文学陕军新梯队作家书系
陕西省作家协会◎主编

和杨旦没完

王宏哲◎著

作家出版社

序：一抹迷人的新绿

贾平凹

八位青年作家的作品摆放在我面前，就好像八个人站在我的面前，他们或高或矮，或胖或瘦，却都揣了一肚子的故事，一肚子的想法，以各自不同的姿势，不同的神情，不同的腔调娓娓地讲述着、叙说着，甚至唠叨着。他们说得那么全神贯注，说得那么情深意切，以至于让我心生感动，倏忽间看见了自己不太遥远的青年时光。

这八位青年作家多生于秦地，是黄土地养育的一群儿女。三秦大地多神奇，神奇的不光是这里的山山水水，沟沟卯卯，更有那些古老的传说，厚重的文化。生于斯，长于斯，骨子里难免就有了这块土地的脾性，血脉里自然就有了这块土地的因子——他们就像是这块土地上生出的几株小树，就像是这块土地上长出的几株庄稼，一边汲取着传统的营养，一边沐浴着时代的阳光，默默地扎着自己的根，长着自己的杆，繁茂着自己的叶，孕育着自己的果。而这一次的集中亮相无疑令人眼前一亮，欣喜的看见在陕西文坛的土地上又增添了一抹迷人的新绿。

作为这块土地上成长起来的作家，我和这八位青年作家大都见过面，说过话，虽然谈不上多么的熟稔，但对于其人其文，每每见之，却总能生出一股子说不出的亲切。这里面有地缘的因素，更有文化的姻近。我耳闻或者目睹过他们如何在纷繁喧嚣的当下抵御着各种各样的诱惑，独守着一份宁静顽强地跋涉、探索；我亲眼见证过他们凭借着汗水和努力取得的大大小小的收获。我常常在心底里为他们加油，为他们祝福；我也常常为为了他们的成长提供各种帮助的人们而心生敬佩。去年以来，陕西省委宣传部启动了“百名青年文学艺术家扶持计划”，包括这八位作家在内的二十余名青年作家被纳入其中，除了给予经费上的帮助，还多次组织学习班、培训班，邀请名家传道解惑；陕西省作协联合鲁迅文学院举办了鲁迅文学院陕西中青年作家研修班，为这些青年作家举行了拜师仪式，聘请了国内一流的作家评论家担任他们的导师。同时，在《中国作家》组织了作品专号，赴京组织了作品研讨会，并在《文艺报》等媒体对这些青年作家进行宣传，为他们摇旗呐喊。今年以来，文学院先后组织了“三秦文学季”系列讲座，聘请国内名刊大刊编辑进行系列讲课，帮助他们打开视野，拓宽思路；为了集中推介展示他们的创作实力，这次，文学院又选拔出八位青年作家，由作家出版社集中推出八部作品。现在，这八本书即将和读者见面了，是丑是俊，是咸是淡，就交给读者去品咂吧。

在和这些青年作家的交流中我说过这样的话，文学上有些道理本来也讲不出来，而且一讲出来就错了。因此，我不想就创作的方法原理一一赘述，我也不想就这八位青年作家的八部作品一一分析。我想说的是，创作需要个人的实力和努力，创作也需要一个良好的环境和氛围。幸运的是，在一大帮文学热心人的勤劳操持下，环境和氛围有了，就像唱戏的台子已经搭起来了，开场的锣鼓已经敲起来了，接下来戏会唱得怎么样？我期待，我有信心。

2015年8月　西安

目　录
CONTENTS

贝明和我们的一段往事

贝明现在终于肯给我写信了。贝明说，已有十几年了，想想我们那时候的情形吧，我们看禁书，我们居然还谈女人，疯疯癫癫的，真不知道有多轻狂呢。接着，他向我追述我们是怎样地藏了胡老师的眼镜，使他变成了睁眼瞎而四处乱碰，追述我们是怎样地往一位女生的书包里放了一只死蛤蟆，令她高声尖叫……最后，他提到了那年冬天，提到了刘老师。他问我还记不记得那年冬天，还记不记得那年冬天里发生的事情。

我是伏在我的写字桌上读完这封信的。我准备马上给贝明回一封信，这封信将以那个冬天和那个冬天发生的一件事情为主要内容。

我想起来我是在那个冬天里的一节早读课上被刘老师叫去的。

刘老师出现在我桌前的时候，我正混在一片乱汪汪的读书声中偷看一对男女做爱。其实，我这样的叙述显得有些夸大其词，真实的情形是我当时正在兴致勃勃地阅读一部艳情小说。我正读这部小说的时候刘老师就站在了我的桌前。

刘老师用他的细长的食指在我的桌子上敲了敲，接着又敲了敲。我当时的错误在于误以为是我的同桌娅娅在捣乱，所以我采取的办法是理都未理。这样导致的结果是原先敲在桌面上的食指后来准确无误地敲在了我的头上。这使我觉得有些过分。就在我恼怒地抬起头想要发作的时候，我才知道原来敢用食指敲我脑袋的不是娅娅而是刘老师。

我当时的恐慌可想而知。我顺手把书往抽斗里一塞，我说：刘老师。

刘老师细白粉嫩的脸上挂着让我琢磨不透的笑。他非常认真地看着我，就像面对一个有意思的字词，或是审视一段出了差错的病句。我不敢正视他的眼睛，我把目光投向了他油光水滑的分头。后来，我大约红了脸，我说我是在读书，所不同的是同学们都在大声地朗读，而我则是在不出声地默读而已。

刘老师对我的辩解似乎不感兴趣。他用敲过我脑袋的那根食指指了指抽斗，又指了指他的宿舍，然后，背转身一言不发地走了。

我呆呆地望着他的背影，我显得有些六神无主。剩下来的时间里我坐下又起立，起立又坐下。如此一番后，我终于抽出桌斗里的书往怀里一塞，贼一样地溜出了教室。

走到门口的时候，我感到背后有个身影。还没顾得扭过头，我就听见贝明在叫我的名字。我转过身，我发现贝明人高马大地站着，鼻孔里冒出两股指头粗细的白气。他的可笑的两只帽耳现在竖了起来，直挺挺的，衬托得有几粒麻子的瘦脸有些狰狞可怖。我说贝明你刚才看到了。贝明说我又不是瞎子。我不好意思地朝教室里扫了一眼，又擦了擦快要流到嘴边的清鼻涕，这才把贝明往墙角拽了拽，贴着他的耳根保证：放心吧，我绝不说出书是你的。贝明剜了我一眼，说：可书是我借郝庆祝的，我到时候拿什么给人还呢？我嗫嚅着，我最后向他许诺我一定另想办法，绝不让他为难。贝明沉默了一会儿，叮嘱我要说话算话，然后又咕哝了一句什么，才气咻咻地返回教室去了。

刘老师的宿舍在学校西南角那排平房的最西头。我现在要到达他的宿舍得先穿过一个用砖砌成的菱形花园，再绕到会议室的后门，然后再经过那座新建的厕所才能进入到老师们的宿舍区。我抄着手，弯着腰，冬天的早晨的冷风拼命地透过我的棉袄往我的体内钻。我抖抖嗦嗦地走着，在经过厕所门口的时候我没有想到会碰到谭校长。谭校长边往出走边系裤带。他的不安分的红裤带垂了下来，摇摇晃晃的，看上去既像一只火红的蝴蝶又像一截流出的肠子。我朝谭校长的红裤带笑了笑，谭校长笑眯眯地朝我点了点头。

我来到刘老师宿舍门口的时候，下早读的铃声已在校园里响成一团。我看了看门牌上刘维斗三个字，终于鼓起勇气喊了一声报告。刘老师在里边说：进来吧。我轻轻地推开门，悄悄地走了进去。刘老师对我的到来似乎显得无动于衷，他坐在火炉边，一会儿极其认真地往皮鞋上挤油，一会儿又用刷子在鞋上刷来刷去。炉子里的火苗蹿得老高。上面的水壶盖嘭嘭地溢出一些水，滴到炉膛上发出烙铁烫在皮肤上的声响。我心里有些发毛，又显得有些无所事事。我当时考虑的是我是冲过去夺过刘老师的刷子替他刷鞋呢，还是勇敢地提起水壶替他灌好开水。就在我犹豫不决的时候，刘老师终于抬起了他那张白净的长脸。这使我当时有些莫名的激动，我感觉我的眼泪都要流出来了。

刘老师说：王进勇。

我说：刘老师。

知道我为什么叫你来吗?

我说：我错了。

刘老师嗯了一声，接着抬起右手，叉开五根修长的手指拢了拢快要垂到眼睛的长发，然后才朝他的单人床上指了指，说：坐吧，知道错就好。

刘老师的态度有些出人意料，这令我有些受宠若惊。我在他的单人床前扭扭捏捏了一阵，就把目光投向了他的床单。我把目光投向他的床单并不是我对他的床单产生了兴趣，而是想寻找一个合适的地方放下我的屁股。刘老师的被子叠放在一角，蓝白相间的格子床单铺得平平展展。令我感到新鲜的是在床单的中间部分毫无规则地印着几团奇形怪状的图案。我当时想到我在贝明被子上见到的情景。贝明说那是他晚上睡觉时做了一个梦，早晨醒来后肚皮上凉凉的一片黏湿，被子上就印下了那一团“地图”。他还告诉我那叫梦遗，说是男子成年后一般都会有的。

就在我面对刘老师的床单浮想联翩的时候，刘老师又在那里催了。他说有啥好客气的，老师让你坐你就坐嘛，还愣着干啥。我赶忙掐断了我的胡思乱想，我说：谢谢刘老师。

看到我坐下来，刘老师点了点头，并顺手端起了桌上的茶杯。这使我产生了误解，以为他是要给我水喝。就在我启动双唇准备客气的时候，刘老师却径直将茶杯送到了自己的嘴边。所以，在他咕嘟咽下一口茶水的当儿，我咕叽吞下了一口唾沫。

喝完茶，刘老师把我从头到脚地打量了一番，突然问我是不是共青团员。我没有吭声，我不明白刘老师为什么不提偷看禁书的事，却对这个毫不相关的问题情有独钟。见我没有立即回答，刘老师说：问你话呢？我说噢，刘老师，我现在还不是，不过我已写了申请呢。刘老师说好，写了申请就好，知道要求进步嘛。而后，他稍微停了停，弯腰拿起炉子旁的铁条往炉膛里捅了捅，坐直了身子，脸上就有一些严肃的意味，说：不过，现在我有几个问题要问问你，就看你能不能如实回答了。

我说行。

刘老师说好。

刘老师问我的第一个问题居然会和贝明有关。他问我：你和贝明是什么关系？我答：同学关系。刘老师说我知道，我是说你们的关系达到了什么样的程度，譬如说就像社会上流行的“哥们儿”，或是其他什么之类的。我说基本上可以这么认为，我和他一个村的，又在一个班，平时一块来一块去，晚上又同住一个宿舍，同钻一个被窝。刘老师说好，好。第二个问题是你平时有没有发现贝明和其他同学有不同的地方。我想了想，我说有。刘老师说噢，你说说看。我说贝明比我们班任何一个同学都高，身上的肉也多。再就是……我不知道这算不算，该不该说。刘老师说，怕什么，说。我吭吭哧哧地憋了半天，就把春上发生的一件事说了出来。那是个春日的下午，我和贝明到厕所里去小解。尿完尿，他不急着提裤子，却只顾低了头看。我催，他不理，还笑。我说笑啥呢。他说你看，你来看我这里长了头发。我走到他跟前，他有些不好意思，嘿嘿笑着，说怪不，我鸡巴上长了头发。我说尿毛，一边往他的裆部看去，果然就看到了一撮茸茸的黑毛。我感到吃惊，因为我敢肯定那个时候我们班任何一个男生都还没有长毛，像我，到现在还只一点儿嫩芽芽哩。刘老师笑了，刘老师说：怪熊。你再想想，贝明平常有没有什么异常表现，比如说胡说八道，对女同学动手动脚，或者在厕所的墙上掏洞或画画之类什么的。我说没有，至少我没有亲眼见过。刘老师说好，那好。你先再想想，什么时候想起来了再找我谈。接着，刘老师又问我昨天晚上是不是和贝明在一起，都干了些什么？我说，我是和贝明在一起。下晚自习后我们打了一会儿篮球，之后，我们又准备到学校外的录像厅去看录像，后来，我嫌冷，我们就没有去。我们在宿舍里胡乱吹了一通牛，贝明说他肚子有些饿，我们就翻墙到学校南边的地里偷了两个萝卜。再回到宿舍的时候熄灯铃已经响了，我们就拉开了被子。刚要睡觉，贝明说他肚子疼，想上厕所，问我去不去，我说不去，他就一个人去了，等他回来我已睡着了，就是这么回事。当然我还顺便就偷萝卜的事向刘老师作了检讨。

贝明是几点上的厕所？刘老师问。

我说：大约是十点半左右。

刘老师放下了手中的茶杯，他表情既显得满意又好像有些美中不足。他沉思一会儿，说很好，你是一个诚实的学生。老师就喜欢诚实的学生。今天和你的谈话不要向任何人说起，记住，这可是对你的一次考验啊。

我说放心吧，刘老师。我跟谁都不会说的。

刘老师说那就到这里吧。你先去上课。我说噢。就起身往外走。刚走到门口，刘老师又叫住了我。我说：刘老师。刘老师说：嗯，你就这样走了，那本书呢，你还要接着看么？我脸一红，原以为刘老师对这件事没有深究，就这么胡乱地搪塞过去了，没想到又问，就从怀里掏出书往桌上一放，调头扭屁股跑了。

听说老师没有追究那本书的来路，贝明显得轻松了许多。他甚至还安慰了我几句，说郝庆祝那边他会想办法顶着的。实在不行大不了答应把他家的小“黑背”送给他就行了。“郝庆祝早就算计着我的小‘黑背’呢。”贝明说，并且豪爽地拍了拍我的肩膀。我挺感动，我拿不准我要不要将刘老师和我的谈话内容告诉贝明，我猜测贝明和刘老师之间是不是出了什么麻烦，要不刘老师为什么对我的偷看禁书轻描淡写而对贝明的情况极感兴趣呢。我这样想着，我终于没有将这件事说出口。我感到问心有愧。事实上最后的那节英语课我一个字也没有听进耳朵，我不停地朝贝明的座位上张望。我看见贝明的课本栽在桌上，他的头则隐在书后呼呼大睡。我想起贝明说过他最不愿上英语课，他说上英语课对他而言就像服了安眠药，只要老师嘴一张他就要打呵欠了。现在他睡着，我虽然听不清他是否打起了呼噜，但他沉睡的样子却足以让我感觉到他睡得是那么踏实和那么香甜。我感到不安，我在惶惶不安中度过了那节英语课。

放学后，贝明照样走到我的桌前叫我。贝明说：撤。我说：噢。我说噢的时候大约底气有些不足，样子有些无精打采。贝明就翻了我一眼，说：熊样子，都快赶上“四乏”了。我问：什么四乏？贝明没有吭声。他往四周看了看，拉我走出教室，看着四周走远了人影，才将嘴巴凑到了我的耳朵，说：这都不知道呀，告诉你吧：卸了套的牛，炸了饼的油，下了杆的猴子，×了×的㞗。说完瓮声瓮气地笑，就像谁搔了他的胳肢窝，身子一仰一合，眼泪都快要流出来了。我说贝明你怪怪的，咋知道这？贝明说听大人们谝传时说的，这有什么？有一件事我还没有告诉你哩。我说啥事，你说吧。贝明却很老诚似的摇了摇头，说算了吧，我怕你嘴上没毛，说话不牢。我说喂喂喂，贝明你不就是比我多上了两年三年级么，你还以为你是大人了，不说拉倒。见我有些急，贝明放慢了脚步，又往四周看了看，说谁叫咱俩是咱俩呢，我告诉你你可不许对第二个人讲呀。

我说行。贝明就朝地上吐了一口浓稠的痰，压低声音说：刘老师偷看贾美丽尿尿哩。

接下来，贝明就用了尽量生动的语言向我描述了这件事情的来龙去脉。

贝明说他昨天晚上回到宿舍后先是咚咚地放了两个响屁，后来就感觉肚子咕噜咕噜地有些疼。肚子疼不是病，一泡臭屎没屙净。他想，就准备去一趟厕所。他问我去不去，我说不去，他就嘟嘟囔囔的，胡乱在作业本上撕扯了一张纸，晃着粗壮的身子出了宿舍。他一出宿舍，房间里的灯就都熄了。独自走在去厕所的路上，天已经很黑了，又刮着风，所以他缩着脖子，步子迈得很小很轻。走到离厕所大约五十米的时候，他模糊地看见前面有个人影。后来，他听见前面那个人打了个喷嚏，他从这个喷嚏听出了这个人是上学期的音乐老师贾美丽。“她打喷嚏都有唱歌的味道呢。”贝明说。他当时觉得好像不上这趟厕所也可以的，但考虑到已走到了半道，就迟迟疑疑地继续往厕所走。由于原先的距离，再加上自己走得较慢，贝明说他大约在贾老师走进女厕所之后一分钟之内走进了男厕所。男厕所里的两只灯泡坏了一只。剩下的那只也病蔫蔫的，犹如一位玩忽职守的哨兵。贝明说他没有朝厕所里边多看，径直就走到了最北端的一个便池。他蹲了下来，他感到有一股冷风立刻就舐上了他的屁股。他打了个寒战，他屙得既专心而又认真，但努力了半天却没屙出哪怕一滴。他觉得无聊。他于是开始转动他的脑袋，他希望能发现一些什么有意思的事情。令他感到振奋的是他发现最南端挨着女厕所的便池上好像正蹲着个人。这使他感到有些喜出望外，他想他可以和这个人搭讪闲聊来打发时间。他说他就要张嘴的时候突然改变了主意。他说他之所以改变主意是因为他发现这个人不是别人而是我们的老师刘维斗。刘维斗老师的样子有些特别，他固执地拧头向着墙壁，似乎对同在厕所里的贝明一无所知。贝明觉得奇怪，贝明就那样奇怪地看着刘老师而淡忘了自己的屙屎。

就在贝明忘记了屙屎的时候贝明却屙出屎了，而且屙得惊天动地。这有些出乎他的意料，甚至使他因为这夸张的声音有些不好意思。刘老师显然受到了惊吓，他迅疾扭过了头惊惶地看着蹲在另一头的贝明。贝明说他傻乎乎地朝刘老师笑了笑，他说他明知道刘老师不会看见自己的笑但他还是坚持笑了笑。刘老师好像哦了一声，一阵窸窸窣窣之后就提上裤子匆匆忙忙地跑出了厕所。贝明一个人蹲在那里，他感到有些莫名其妙。他被这种念头支使着，就挪到刘老师蹲过的那个便池，并学着刘老师的样子扭过了头。他原以为墙上有什么有趣的东西，比方谁谁谁题的诗，谁谁谁作的画。可是没有，只有一个洞，幽幽地透出一缕黄光。顺着小洞望去，贝明可以看见贾美丽正在提裤子——刘老师是在偷看贾美丽尿尿。贝明想。贝明说他觉得有意思。他说他后来一直就那样蹲着，气都不敢大声出。后来估计贾美丽已回到了宿舍，他才贼一样地溜回了我们的寝室。他说他翻来覆去老睡不着，就想和我说话，可蹬了我几脚，我却睡得死猪一样，他就憋了一夜，想不跟我说算了。但他现在却改变了主意。他说他之所以改变主意是因为刘老师常常有意让他在黑板上做题出丑，还揭他留级的短。“更重要的是他还收了你的书。”贝明说，“别吃他那一套，自己都不正经哩。”

我当时的惊讶可想而知。我沉默了好长时间，想起刘老师是和贾美丽谈恋爱的，就把这话说给了贝明。贝明说狗屁，我亲眼见过有一次贾美丽把他推出房子并摔上了门，额头上还碰了个疙瘩哩。是么？我问。贝明不再吭声，在裤兜里一阵摸索，捏出了个手枪式的电子打火机，问：这是啥？我说：打火机。贝明说：对呀，这就是刘老师的打火机，我昨晚在厕所捡的哩。我一愣。我们学校只有刘老师有这种火机的，我想起他早晨抽烟的时候没有用火机，而拿了一盒火柴。

你总该信了吧？贝明说，看起来有些得意。我没有吭声。路上的同学越来越少，有一阵风卷起了一阵风沙，吹得我满身满脸的。我们裹紧了棉袄低头朝饭堂走去。

匆匆地吃完了饭，我的脑子里乱哄哄的，耳边嗡嗡响，好像萦飞着一窝蜜蜂。我一会儿想起刘老师早晨和我的谈话内容，一会儿又想起贝明说的刘老师的事，我没有想到刘老师之所以对贝明探根摸底的原来是因为厕所里的事情。我慌乱极了。我疑心我已卷进了一场没有名堂的是非。我想着贝明借给我那本书的前前后后，我甚至觉得我的同桌娅娅是导致我犯这个错误的罪魁祸首。她是女生里早熟的那一类，涂了口红，画了眉毛，还穿那种专门突出胸部的短褂，唱一些情呀爱呀的酸歌；她让我闻她身上的香味，问我是她的脸白还是伍晓菡的脸黑。尤为可气的是她还说我是个木头，说和一截木头当同桌可真是一件乏味无聊的事情。这使我愤怒，同时也产生了对她的好奇。后来的情形是她居然出现在了我的梦里，并且使我第一次出现了遗精。这以后我常常胡思乱想，心神不安。我把这事说给了贝明，贝明笑得一颤一颤的，他说娅娅怕是看上你了。我说娅娅看上猪了。贝明说你嘴甭硬。就给我列举了我们班谁和谁好谁和谁好的，说就剩下我一个单干户了。见我不吭声，他就眉飞色舞地向我传授了一大堆勾引女孩子的手段和经验。我一边听，一边就笑了，说：贝明怪不得你连着留了两级，原来你把精力都用在研究这事上了。贝明嬉皮笑脸的，说：见笑见笑，研究谈不上，书倒是读过一本。我问：还有这样的书？贝明说当然，又看了我一眼，问我是不是想看。我笑了笑，没有说话。贝明乐了，砸我一拳，说假正经，我明天就去找郝庆祝给你借。

贝明没有食言，第二天下午他果然把书交到了我的手中，并附带着说了郝庆祝是多么啬皮，而他为了说服郝庆祝又费了多少宝贵的唾沫。末了，他还长辈似的拍了拍我的肩膀，说师傅引进门，学艺在个人，现在就看你自己了。

我开始读那本书，它使我面皮发烧而又心跳加速，我担心我就要犯错误了，可我却总是无法抵抗一股莫名的诱惑，在那本书里越陷越深，直到刘老师收了书，我还愣里愣怔的，如在梦里一般。

现在，我觉得最紧要的是不让把我读禁书这件事给传扬出去。但这件事的决定权显然并不在我，而是在于刘老师或者贝明。贝明捅出这件事的可能性不大，但刘老师就难说了。想想他和我谈话时的神态，好像他就是那个会念紧箍咒的唐三藏，而我就是那个被人捏了把柄的孙猴子，只要胆敢忤逆，定会让我好受的。可是，我就真的按照刘老师的意思抖出贝明的底细么？不能，我们好歹是朋友，况且，我能卖了贝明，贝明就不能再卖了我么？我在贝明和刘老师之间徘徊着，我觉得我就像一截必须被切掉一头的萝卜。临近傍晚的时候，我终于理清了头绪，我想我其实是在庸人自扰。刘老师不就是想探听到贝明到底对厕所里的事了解到什么程度么，我只要找到贝明把这件事向他说清，然后让他去找刘老师，告诉刘老师他其实什么也没有看见不是就行了么。我往贝明的座位上寻视，却不见他的影子。我一连扭了好几次头，我大约有些神不守舍。娅娅就吭吭地干咳了几声，问我是看啥哩。我说贝明，贝明呢？娅娅斜睨了我，嘴角抽起一丝怪怪的笑，说贝明么，你一下午魂不附体的样子，没看见刚才郝庆祝趴在贝明的窗子外头一个劲儿地摇手，跟他出去了呢。我说是么，心想反正快下自习了，又没有老师在教室，就要往出走找他。娅娅又哧哧地笑了，说真是客不离货，货不离客。

我在学校东边的侧门口碰见贝明的时候他看起来很愤怒，嘴里骂骂咧咧的，棉袄的胸膛上缺了两枚扣子，隐隐约约地露出里边红紫的肤肉。我叫贝明，我提高声音叫贝明。贝明没有吭声，只抬头狠狠地瞪了我一眼。这令我有些莫名其妙。我随他走了几步，我试探着说贝明，我到处找你哩。贝明停了步，扭过头，鼻子里喷出的两股粗气热烘烘地就吹到了我的脸上。我看见他嘴角上残留着一丝血迹，两只眼睛的四周乌紫乌紫的，活像熊猫。我感到不妙，我问贝明到底是出什么事了。贝明朝地上呸了一口，说还不都是因为你。他妈的郝庆祝真不是东西，明明知道书让刘老师收了却硬要我立马还他，而且连“黑背”现在也不要了呢。连“黑背”也不要了？我问。贝明说，可不是，现在变本加厉地提出除非把“黑背”它妈给他，那可是我爸托人从新疆的一家军犬基地弄来的种狗哩，他想得倒美。贝明说着，又往地上呸了一口，接着就把郝庆祝是如何出言不逊，他是如何针锋相对；郝庆祝是怎样趁其不备往他的眼睛上打了两拳，而他又是如何临危不乱瞅准机会朝郝庆祝的腰眼踹了两脚的经过演说了一遍。末了，他不无责怪地说，你要是早来一会儿就好了，我们两个二打一，看不捶扁了狗日的郝庆祝。

我说是是是，我感动得只会说是是是。贝明斜过眼珠瞥了我一眼，然后高高地把头昂起，很仗义的样子，接着往前走。我跟在他的后面，我的声音因为激动而显得有些怪里怪气，我说贝明，我我我……你放心，我一定会把书还他，我会的。

贝明往后扭了扭头，说：你?

我说：我。

贝明嘿嘿笑了两声。

我是在寝室里鼾声四起的时候溜出寝室的。我显得有几分兴奋，有几分不安而又有几分悲壮。我悄悄地朝刘老师的宿舍移动，我一边走还一边想着贝明被揍青的眼窝。一定得实现自己的诺言。我这样鼓励着自己，后来就来到了刘老师的窗前。刘老师宿舍里边没有亮灯，这在我预料之中。下晚自习的时候我见过他，慌里慌张的，好像有什么事出去一趟，想是现在还没有回来。我先学了几声老鼠叫，后来又用指甲在窗框上抠出很响的声音，待到确认房里没人后，我试着用手推了推窗扇，竟然开了。我朝四周看了看，最后就悄悄地钻了进去。我忍不住咚咚的心跳，双手在刘老师的书桌上四处乱摸。我后来想起刘老师似乎是把那本书放在靠里手的第三个抽斗的，就伸手去拉抽斗，没想到却上了锁。我急了一头的汗，左拧右扭，手都给锁子硌出了血。咯嘣，锁子终于被扭断了，我颤抖着手拉开抽斗，另一只手刚一伸进去没想到门开了，灯也亮了……

刘老师受到的惊吓大约和我一样，他呆呆地站在门口，声音听起来就像走了调的二胡。你……你……你……干什么?他说，你究竟想干……什么?

我说不出一句话，我呆呆地说不出一句像样的话。刘老师看了看我，看了看推开的窗户，又看了看地上的锁子，长长地舒出一口气，关了门，闭了窗，然后像一截掏空了粮食的布袋，无力地跌坐在椅子上，擦着头上的虚汗。

刘老师，我说，我，我，我……

不用说了。刘老师说，从胸前的口袋里摸出一支烟，点燃，慢慢地吸了起来。刘老师吸烟的时候我只能看见他的侧面。他专注地注视着墙壁，看起来有些惊魂未定，又好像若有所思。

我很快地设想了这件事的后果，我感到害怕，我的腿都有些软了。

后来，大约是一段好长时间的沉默。然后，我似乎突然变成了一只失去了控制的自来水龙头，叽里呱啦地说话说个不停，以至于连脑袋都说晕了。为了增强效果，我尽量地做到声情并茂—— 一边述说一边拼命地往出挤眼泪并做出痛心疾首的样子。刘老师好像被我打动了，因为他终于回过头，摇了摇，叹了口气，脸上是一副恨铁不成钢的样子。我在这一瞬间有了一点儿得意，我觉得我的表演并没有白费力气。算了吧。刘老师叹息着说，算了，人非圣贤，孰能无过，我可以原谅你这一次，但是你明天必须得当着谭校长的面把你刚说的话说上一遍。当然，主要是贝明借给你那本书和指使你偷书这一段。

我说好，我一连说了几个好。我嘴上说好脑子里却宛若乱麻。我不知道我刚才都向刘老师说了什么，我稀里糊涂地点着头，拿不准自己是应该继续留下来，还是趁机溜开。刘老师发话了，刘老师说天不早了，你回去睡觉吧。

我朝刘老师说了声再见。我朝刘老师说再见的时候我发现他脸上的表情居然呈现着一种莫名的满足。

出了刘老师的房子，我一时变得六神无主而又愧悔不迭。天色已经很黑，又呜呜地起了夜风。我裹了裹棉袄，缩起了脖子。我觉得自己像一个怀揣赃物的贼，又像一只被猫盯梢的老鼠，专门顺着墙根拣没有灯光的地方走。我蹑手蹑脚地走进了宿舍。我爬上床的时候贝明翻了一个身，说了一句梦话。

我无法入睡，我眼睁睁地无法入睡。我一会儿想着贝明，一会儿想着刘老师，一会儿又想象着这件事弄到谭校长那里后的后果。我觉得我很愚蠢，我懊悔极了，我万万没有料到我的自作聪明非但于事无补而且简直是在自投罗网。关键是贝明，贝明若知道我为了自己而牺牲他，他肯定会难过得吐血的。

对不起了，贝明。我不停地在心里说。

我是第二天中午来到谭校长办公室的。我到谭校长办公室去的时候红肿着双眼，脑袋垂吊着，像块沉重的石头。谭校长坐在火炉边，他双手捧着一个搪瓷茶缸，肥胖的身子微微前倾，脸面显得红润而又油亮。他摘了帽子，圆圆的光头渗出一层细密的汗珠。正在喋喋不休地向坐在一边的刘老师抱怨他的身体。他说他前天量了血压，高压竟达200，低压也高居150至160。这是多么危险呀，前任校长老黄就是因为血压一直居高不下，最终导致中风，以致颅内溢血因而撒手人间的。都是因为胖啊！谭校长说，可他就是胖，一生下来就胖，胖得连自己都觉得自己快要成为地球的负担了；可有什么办法，这是没办法的事啊。他说，摇了摇头，一副无可奈何的样子。刘老师笑了，他笑得极为腼腆，说，胖也有胖的好处啊，胖了富态，而且和善。最重要的是一般情况下当领导的都胖；胖了才像个好领导呀；像他，瘦得宛若一缕炊烟，风一吹就会没了；自己倒是想胖，可那是想胖就能胖的吗？刘老师说完，嘿嘿笑着，抓过谭校长的杯子往里续水。他这时看见了我，双手捧着茶缸往谭校长手里一递，说谭校长，这就是我们班的王进勇。我朝谭校长鞠了一个躬，我说谭校长好。谭校长笑眯眯的，并没有我想象的那样暴怒如雷。他说噢，好，你先坐吧，坐下来慢慢谈。我偷眼望了一眼刘老师，半个屁股挨着一把椅子坐了下来。说吧。谭校长说。说吧。刘老师也说。我看了他们两人一眼，我的身子开始发抖。我双手放在了膝盖上，我把昨天晚上向刘老师说的话当着谭校长的面又重复了一遍。

刘老师长长地舒了一口气，谭校长意味深长地唉了一声，说王进勇啊王进勇，没想到你们年纪小小的脑子里却想着这些乌七八糟的东西。尤其是那位贝什么明还是宁同学，嗯，自己偷看禁书不说，还引诱教唆别人；更严重的是他还往教师的身上泼污水，企图损坏人类灵魂工程师的形象。这怎么得了，这怎么得了呢。谭校长一连说了几个这怎么得了，然后话题一转，说你能知错改错，勇敢地站出来和这种丑恶思想作斗争，这说明我们学校一贯的政治思想工作是必要的，成功的。当然了，这里面也有刘老师的一份功劳嘛。刘老师笑了笑，刘老师说哪里哪里，还不都是谭校长您领导有方么。就在这时，门口有人打报告，刘老师和谭校长几乎同时说：进来。

接着，贝明就出现在了我们的面前。

贝明的目光在我们每个人身上停留了一会儿，他愣里愣怔的样子足以让我相信他对昨晚发生的事情一无所知。他显得有些莫名其妙。我垂下了头。我听见贝明和谭校长刘老师一一打过了招呼。谭校长大约被茶梗卡住了喉咙，他贪得无厌地干咳了半天，又惊天动地地吐了一口浓痰，然后就问贝明知不知道叫他来干什么。贝明说不知道。不知道？老校长提高了声调，那样子让我想起了审判台上端坐的法官。他把茶缸往桌面上狠劲一放，吩咐刘老师插上房门，自己又亲手关严了窗户，这才气咻咻地从抽屉里拉出那本书往桌面上一摔，说不知道，你自己干下的好事你居然还敢说不知道。贝明傻愣愣地往桌面上看了一眼，又有些怨怒地把目光投向了我。不要执迷不悟了。谭校长说，念书念不懂歪门邪道倒是一沾就通，你说，你说说你年纪小小的脑子里装的都是些什么破鞋烂袜子啊，嗯?！贝明的脸开始涨红了，他嘴唇哆哆嗦嗦的，好像有什么话要说。谭校长果断地打断了他，谭校长说住嘴吧，你还有脸说，三年念了个老一册，升一级就像攀登珠穆朗玛峰，比攀登珠穆朗玛峰还难，你算算你都留了几次级了，你。你还要说，你是想狡辩吧，你认为你的狡辩就能混淆是非蒙混过关么？我现在代表学校明明白白地告诉你三点……谭校长喘了喘，呸呸吐了口里的一片茶叶接着说，一、立即停止谣言传播；二、对自己的错误思想进行深刻反思并写出书面检讨；三、准备接受学校对你做出的任何处理。谭校长停顿了一会儿，他的语调显得平和了许多，说，考虑到整个事件的极坏影响，我们不会做出公开处理的，希望你也不要有思想负担，只要能认识到自己的错误并积极改正，学校还是会对你们的成长和前途考虑的。

一口气说了这么多的话，谭校长显得有些气喘吁吁，肚子一起一伏的。刘老师手里抓着一张报纸，眼睛却时不时地瞅向贝明。贝明满脸涨红，胸脯起起伏伏。他看看谭校长，又看看刘老师，最后恶狠狠地瞪了我一眼，眼里泪蒙蒙地转身冲出了房间。

我木木地站在原地，我的脑子里乱得就像一只被捅散的蜂窝。我想贝明此刻肯定恨死了我，我幻想着我是应该让他捅一刀呢，还是求他挥起木碗一样的拳头揍我个鼻青脸肿。我这样想着，我无心再听清谭校长和刘老师的谈话。我问刘老师我现在能走么？刘老师和谭校长交换了一下眼神，谭校长说走吧，你先走吧，我们还要进一步研究对贝明同学的处理决定呢。我说好，我如获大赦。转身急匆匆地朝教室走去。

贝明的座位空着，同桌说他根本就没回来。我又出了教室，我想贝明能到哪里去呢？我决定找到他，既不想解释什么，也不求得他的谅解，只要他能狠狠地骂我一顿，揍我一通就行。我寻遍了校园的角角落落，我终于在校外的一片麦田间看到了贝明。贝明低头在麦田里走着，双脚不停地踢着地上的土块。我慢慢地走到他身后，我说贝明不是我有意的，我对不起你。贝明好像没有听见，半天一声不吭，猛地一转身说我是叛徒王连举，说我是软蛋甫志高。他说你滚吧，滚吧，我不想再看见你，我最不想看见的人就是你。我站着无话可说。贝明理也不理我，一个人远远地走了。

第二天贝明变得沉默寡言，弯腰垂首的谁也不理。我心里慌乱不安，我不知道学校将对贝明做出何种处理。我利用课间时间去找了一趟刘老师，刘老师让我放心，说我基本无事——我是受人引诱，况且能主动揭发，就算是将功折罪，认个错，以后坚决不犯也就行了；他还告诉我吸收新团员工作马上就开始，他会给团支部书记打个招呼的。至于贝明，刘老师说他是冥顽不化，至今还没有主动找老师认错；如果赶明天他还不交来检讨的话，说不定是要被学校开除的。刘老师说这不是他希望的，自己班里的学生被开除，难道他当班主任的脸面上就光彩？他叹息了一声，双手在白润润的长脸上抹了一把，说毕竟是自己带的学生，必要的时候，他是会去谭校长那里说说情的。

我把这些话端给了贝明，我劝他写个检讨算了，反正又不公开，总比弄得开除了的强。贝明不听我的话，他说他已说过让我滚我为什么不滚，问我是不是苍蝇，若不是苍蝇又为什么总是对他这堆大便穷追不舍。

第三天贝明没有到校，第四天贝明依然没有到校。我坐不住了，我想我应该到他家去看个究竟。我去了，贝明的妈妈显然对学校里发生的事情一无所知。她喜滋滋的，一边往猪槽里倒食，一边笑着，说贝明在新疆的父亲就要退休了，他为贝明办了接班手续，因为时间紧，昨天就带上贝明到新疆去了。末了，她又奇怪地询问难道贝明没有给我说，责怪贝明是怎么搞的，平时和我好得穿一条裤子，怎么这么大的事也不给我说一声。我尴尬地嘿嘿着，推说我还要赶回学校上课，就一溜烟地跑了。

我开始规规矩矩地上课，小心翼翼地等待着事情的进一步发展。后来的实际是刘老师和谭校长好像都淡忘了贝明和那段事情的存在，事情就这样在我的预料之中慢慢地不了了之了。可是我却一直念念不忘。我念念不忘的不光是贝明的离校，我一直颇费心思的是贝明向我描述的厕所里的那幕究竟是他自己的捏造还是刘老师的隐私。

值得提及的是刘老师后来结婚了。那是在我离开学校的第四年，新娘呢，不是别人，正是给我们当过音乐老师的贾美丽。

贝明一直没有和我联系，直到收到这封信之前。时间过得可真是快呀！贝明在信里边感叹，回想过去的那些日子仿佛只是一个错觉或者是一个梦。他问我还记不记得他给我说的刘老师偷看贾美丽尿尿的事。他说其实并非他所说的那样，真实的情形是他先在刘老师蹲过的便池旁捡到了那枚别致的打火机，他一边玩着打火机，一边就百无聊赖地用树枝在墙壁上捅了一个洞。后来他看见有一个人影匆匆地走了进来，就赶忙起身提好裤子往外走。他看见那人好像是刘老师，但他看见了却装作没看见。刘老师显然是来寻找丢失的打火机的。他在他蹲过的便池旁蹲下了身，他踅踅摸摸的样子既让贝明感到好笑，又让他产生了“创作”灵感……我真是浑呀，贝明说，瞧瞧我都做了些什么。

我认真地给贝明写好了回信。我去邮局发信的时候意外地碰到了刘老师。刘老师还似当年的样子，只是额上多了几条皱纹，鼻梁上架了一副眼镜。他亲热地喊了我的名字，并神秘地把我拽向一边，眼里闪着兴奋的光。

贝明来信了，刘老师说，还给我寄了一件特别的礼物呢。

接着，刘老师就要我猜贝明给他寄的是什么。我说是一本书？是一条领带？我一连说了五六种刘老师都说不对不对，并鼓励我开动脑筋继续猜猜。看到我确实已经江郎才尽，刘老师躲在镜片后的眼睛狡黠地挤了挤，一只手在兜里一掏，那只精美的手枪式打火机便在我们的眼前明灿灿地闪亮了。

这个贝明呀。刘老师说，脸上漾着笑，头摇了又摇。

这个贝明呀。我也说，我们两个人都笑了。

青苗的秘密

那天上午我在做一个蛐蛐罐。我找来了一个罐头瓶子，往瓶底铺了一层湿土，又用钉子往瓶盖上扎一些眼儿。起先的时候，我并没有想到这么做，我只是找了一个废旧的洋瓷缸子，随便把蛐蛐往进一放，然后盖上盖子就算完事了。王进步那天来看见后一连叫了三声爷，王进步说："爷啊，爷啊，爷啊，没见过像你这样的蛐蛐罐儿。"王进步这样爷啊爷啊地叫当然不是在叫我，而是他表达惊讶的一种口头禅。他冬瓜一样的长脑袋不停地摇着，嘴角撇得几乎能够挂上耳朵梢。他说："你这是蛐蛐罐？你这是蛐蛐棺还差不多！"我盯着王进步的那一张长脸，我说："到底咋了你直说么。"王进步就叹了一口气，说："蛐蛐哪能离得了土？再说了，你捂上盖子蛐蛐咋出气？蛐蛐出不成气那还不把蛐蛐给捂死了？"

我不得不承认王进步说得有道理，我朝王进步看了一眼，不好意思地嘿嘿笑了。王进步翻着眼睛瞪了瞪我，一副恨铁不成钢的样子说："你过来，你过来。"我就朝王进步跟前靠了靠，王进步在我的肩膀上拍了拍，接着两只手比画着就告诉了我蛐蛐罐的简易做法。

我蹲在榆树底下，我一只手扶着钉子，一只手抡着锤子在瓶盖上扎着眼。阳光从榆树繁茂的叶子中间透出来，在地上映出斑斑驳驳的一片子亮，我家的小黄狗在一边卧着看着我，几只鸡咕咕地叫着在一旁寻觅着啥。我很快就在瓶盖上扎好了几个眼。我抹了一把头上的汗，我拿过了那个洋瓷缸，把里面的蛐蛐捉出来往我新做的蛐蛐罐里放。蛐蛐肯定是在洋瓷缸子里憋久了，一进到铺着新土四边透明的罐头瓶里立即就兴奋得在里面欢实地跑了几圈。大概是为了表达对“新居”的满意，它还张开翅膀嘹亮地叫了几声：“唧唧唧，唧唧唧。”

我把我新做的蛐蛐罐拿起来放在窗台上，我又在墙上摘了一只红辣椒放进去。“吃辣椒的蛐蛐歪（厉害）。”王进步上回对我说，“要不然辣椒地里的蛐蛐为啥都能咬。”我的蛐蛐是我在我家后院的墙根捉到的，我想要让它变厉害那我就得给它吃辣椒。我把辣椒放进去，蛐蛐起先像是被吓住了，躲在一边偷眼看。后来，我看见它触须一动一动的，慢慢向辣椒靠近，靠近，最后张开钳子在一下一下地啄那根辣椒了。

“好好吃，好好长。”我隔着玻璃瓶子对里面的蛐蛐说，“吃饱了，歇够了，好好和王进步的蛐蛐干一仗。”我正这样说着，我的肩膀就被谁从后面拍了一下。我吓了一跳，我扭过头刚要骂，青苗姐已经笑嘻嘻地开口了。青苗姐说：“傻愣愣的，和谁说话。”我搔着后脑勺，我也嘿嘿地笑了。我说：“我和蛐蛐说话。”青苗姐朝窗台上的蛐蛐罐看了一眼，说了一声：“傻，蛐蛐又听不懂你的话。”然后转身就往他们家的厦房里走。青苗姐穿了一件葱绿色的上衣，浅蓝色的裤子，两条又粗又黑的长辫子随着腰身的扭动一晃一晃的。她臂弯里挎了一个竹篮子，竹篮上还捂着一顶草帽子。里面一定藏着什么好东西，要不然，为什么会捂上一顶草帽呢？我这样想着就跟着她的背影追了过去，我说：“姐，姐，你篮子里装的啥好东西？”青苗姐那时已经走到了门口，她回过头笑吟吟的，露着一口白牙，说：“啥好东西？不告诉你！”

我追进了屋子，我看见青苗姐把竹篮放到了地上，我就伸出一只手去揭帽子。青苗姐在我的手上打了一下，青苗姐说：“甭动。”

我嘿嘿笑着，我说：“啥好东西嘛，还不让人看。”青苗姐说：“你答应我几件事我就让你看。”我说：“你说你说。”青苗姐歪着脑袋，眼珠子转了转，好像是想了一会儿，说：“第一，管住你的狗；第二，没事了帮我一起拔草；第三，第三……”青苗姐显然还没想好第三件事，因此，说到这里的时候就停了一会儿。她说：“第三，第三我叫你干什么你就干什么。”我嘿嘿就笑了，我说：“成，成，成，你快拿开帽子让我看看是什么。”青苗姐说：“说话算话？”我说：“说话算话。”青苗姐就笑了，一笑嘴两边两个小酒窝，要多好看有多好看。青苗姐笑着揭开了帽子，我看见竹笼里是两只青灰色的兔子，毛茸茸的，眼睛红亮亮的。它们挤在一起，眼睛直勾勾地看着我们，嘴巴一动一动的。

我说：“兔子，呀，兔子，姐你在哪儿逮的兔子？”青苗姐一边用手摩挲着兔子，一边说：“在哪儿逮的？是我在集市上买的，你可要管好你的狗。”“嗯，一定。”我说，“我把黄狗拴起来，我不让它靠近兔子。”青苗姐说：“好，要是黄狗欺负了兔子，看我会咋收拾你！”我说：“不会的，不会的。兔子好像饿了，得赶快给它吃些啥。”青苗姐就转着脑袋在屋子里看，她看见半棵吃剩下的白菜，就走过去撕了一片白菜叶递给我，说：“你先给兔子喂着吃，我得赶快做晌午饭了，吃完饭咱给兔子挖个窝。”青苗姐说完，就在盆子里洗了手，走到案跟前做饭去了。我手拿着白菜叶往两只兔子的嘴边送，它们好像是不信任我，鼻子一张一翕的，身子却直朝后边缩。我就学着青苗姐的样子，腾出一只手在它们的背上摩挲着，另一只手把菜叶往它们的嘴边送。起先是一只兔子试探性地咬了一小口，后来，另一个也跟着咬了一小口，再后来，它们两个就像是饿极了的孩子，嘴巴不停地蠕动着，发出轻轻的咔嚓咔嚓的声音。

我给兔子喂完了两片白菜叶，我就听见我母亲喊我的声音。我母亲的声音是从后院我们家的灶房传来的，我母亲喊：“树哎树，你在哪？快回来。”我本来想装着没听见，我想和兔子再玩一会儿，青苗姐在案边回过头就催我，说：“我五娘喊你呢，快回去，记住了，吃完饭咱一起给兔子挖个窝。”我说：“嗯，那我回去呀。”我站起来出了门就朝我家跑。我母亲那时正从锅灶前站起来往案边走，她撩起围腰在手上擦了擦，说：“刚还看你在院子，咋一会儿就不见了？”我说：“我到前院我青苗姐家去了，我青苗姐买了一对儿小兔子。”我母亲已经在揉案上的一团面了，她说：“我就说呢，一眨眼就不见了，你都快成你青苗姐的尾巴了。”我说：“尾巴就尾巴。”我母亲笑了笑没说话，我听见她推着擀杖在擀面，案板上发出咚咚的声响。

青苗姐是我大伯的女儿，我从来都没见过我大妈，后来我听说我大妈是得了一种什么病不在的，我大伯就带着青苗姐一直单独过。青苗姐前两年就不上学了，在家里专门为我大伯做三顿饭。她似乎也不爱在外面跑，不是在家里面学做针线，就是一个人挎着竹笼去拔草，安安静静的也没有多少话。但和我在一起就不一样了，又是说又是笑。我呢，也愿意和青苗姐一起玩儿，或者听她讲一些不知道从哪听来的故事，或者和她一起干一些莫名其妙的事，说一些莫名其妙的话。我好像根本就不拿她当大人，玩疯了的时候，我还会没大没小地和她打打闹闹。青苗姐一点儿也不生气，最多是故意脸一吊，说：“不听话，再也不和你一起玩儿了。”

我父亲从地里回到家，我大伯也从地里回到家。我们两家人都端着饭碗围在老榆树底下吃。我大伯端了个大老碗，碗里的面条长长的，被辣子染得红红的。他歪着脑袋挑一筷子面条吸溜吸溜地往嘴里吸，额头上明晃晃出了一层汗。我父亲看着我大伯的吃相就笑了，说：“大哥吃面总是吃得那么香。”我大伯听见我父亲说他，嘴里噙着一根子面看着我父亲笑了笑。我母亲说：“还不是咱苗的手巧，你瞧那面揉得多筋道，擀得多滑溜。”我母亲这样说着就拿下巴朝青苗姐指了指，青苗姐把一条面挑得高高的正要吃，听见我母亲说她，就又放回了碗里，说：“巧啥呢，还不是跟五娘学的。五娘要是不教我，我怕是到现在啥也不会呢。”我母亲端着碗就笑了，说：

“大哥，你看咱苗，不光手巧还会说话，赶明个要是嫁了哪个小子，那他还不是平白得了个宝。”我大伯端着个碗光嘿嘿，青苗姐脸一下子却红了，说：“五娘笑话我，我不嫁，我才不嫁呢。”我往青苗姐跟前挪了挪，我也跟着说：“就是的，谁敢娶我青苗姐？谁要是敢娶我青苗姐，看我不让黄狗咬断他的腿。”我的话把大家都惹笑了，一旁卧着的黄狗汪地叫了一声，树上的麻雀哄地飞散开，叽叽喳喳地在院子上空转。我父亲用筷子远远地指着我，我父亲说：“你呀你，你个傻小子，傻不愣登的，你懂个啥！”

下午，我和青苗姐在东墙角挖了一个坑，我提议在四壁再用铲子掏几个洞，我的想法是，兔子白天在坑里玩耍，晚上就可以安安稳稳地钻进洞里睡觉了。青苗姐说：“不用，兔子自己会打洞。”她把坑底铲平了，又往上面铺了一层干草，然后就把那两只兔子放了进去。兔子们显然对这个新窝还有些陌生，它们睁着红亮亮的眼睛，一会儿看看这里，一会看看那里，鼻子一吸一吸的。我说：“兔子好像不喜欢这个窝。”青苗姐说：“待一待就习惯了。”我又说：“它们会不会跳出来？”青苗姐说：“不会，有这个呢。”青苗姐拿过了一块上面刻着窟窿眼的木板，说：“平时用这个盖住。”青苗姐把那块木板盖上去，透过上面的窟窿眼，正好可以清清楚楚地看见里面兔子的活动。我说：“这下好了。”青苗姐说：“嗯。”我们一起转过了身准备回屋里，可是我们立即都站住了。我看见黄狗在那里站着，舌头耷拉着，眼睛正直勾勾地看着兔子窝。它一定在那里站着看了好久了，以至于我们和它面对面的时候它居然一点儿反应都没有。我说：“坏了，坏了，这狗东西八成是打起坏主意了。”青苗姐抬起手朝黄狗做了一个要下手打的姿势，说：“那你还不好好收拾收拾它。”我说：“看我怎么收拾它！”我一把抓住了黄狗脖子上的项圈，抬腿在它的屁股上踢了一脚，然后，我又用一根指头点着它的额头，我说：“听好了，你要是敢打兔子的主意，我就打你的嘴，我这样打。”我朝狗嘴上扇了两巴掌。我说：“我不但打你的嘴，我还要拔你的胡子。”我捏住了狗嘴旁边的一根长毛狠劲一揪，狗疼得叫了一声，身子使劲朝后坠。我说：“我还要饿你饭，几天不给你吃一口食。”我抓住狗的长嘴摇了摇，我说：“你听清了没？”黄狗低垂着眼睛，小声地呜呜着，像是受了委屈的样子。青苗姐在一边露出一口白牙就笑了，说：“树你咋这么坏，你弄条绳子把它拴起来不就行了，你欺负一条狗算干啥。”我松开了黄狗，我嘿嘿笑着，我说：“我就是想教训它一下。”

王进步就是在这个时候走进来的，王进步怀里揣着个啥，腰猫着，长脑袋在院子里扭来扭去地看。他显然看见了东墙角的那一堆新土，他说：“爷啊，好好的挖一堆新土干啥呢？”我说：“你甭管，我蛐蛐罐做好了，啥时候咱咬一仗。”王进步好像没听见我的话，直接就朝兔子窝跟前走。我连忙跟了过去，我说：“你到底想干啥嘛。”王进步已抓住了盖子，王进步说：“看你说的，我能干啥？我就是想看一看么。”我说：“看看看，有啥好看的。”王进步已经揭开了盖子，王进步哈哈就笑了，王进步说：“爷啊，兔子，原来是兔子。”我说：“王进步你能不能不爷啊爷啊的，见了兔子也叫爷。”王进步没有搭理我，头探进坑里一门心思地看着，紧接着又叫了一声爷。王进步说：“爷啊，爷啊，一对青丝蓝，和我家的一个样。”我说：“去去去，就光你们家有兔子。”王进步捂上盖子，两只大眼睛瞪着我，说：“真的，我骗你干啥。我哥今天上午才从集市上买回来的，和这两只一个样。”我就扭过头去找青苗姐，我说：“姐，王进步说咱的兔子和他家一个样。”青苗姐已经走到了屋门口，她扭过头轻轻笑了一笑，说：“一个样就一个样，不一个样那就不是兔子了。”

王进步还在拿眼睛瞪着我，王进步说：“我没骗你吧？”我说：“算了算了，懒得和你犟。我新蛐蛐罐做好了，敢不敢咬一仗？”王进步哈哈地笑着，两只肩膀一抖一抖的，说：“敢不敢？你问我敢不敢？我来就是找你斗蛐蛐的。你说我敢不敢？”王进步说着就从怀里掏出了蛐蛐罐，在手里一晃一晃的，说：“来，来，来，看谁能咬得过谁？”我到窗台取下我的蛐蛐罐，我把我的蛐蛐放到王进步的罐里让两只蛐蛐斗。王进步的蛐蛐和我的蛐蛐一见面，两只竟然都有些不好意思似的，谁也不搭理谁。王进步拿着一根细草棍儿在他的蛐蛐屁股后边捅，一边捅一边说："上，上，咬它，咬。"王进步的蛐蛐在草棍儿的驱赶下向我的蛐蛐步步紧逼，我的蛐蛐则胆怯地节节往后退。王进步抬起头得意地看着我，王进步说："哈哈，光会往后退。"王进步的蛐蛐把我的蛐蛐逼得没处退了，我的蛐蛐突然张开翅膀唧唧唧叫了一嗓子，接着就向王进步的蛐蛐扑了过去。两只蛐蛐缠斗在一起，好像是我和王进步缠斗在一起。我们两个头抵着头，嘴里都在喊着："咬，咬，咬！"最后，是我先停止了喊的，我看见王进步的蛐蛐咬住了我的蛐蛐朝外一使劲，我的蛐蛐就被甩远了。王进步的蛐蛐紧追不舍，很快就追了上来。我的蛐蛐像是完全丧失了斗志，被王进步的蛐蛐追赶着，在蛐蛐罐里兜起了圈子。

"不咬了，不咬了。"我垂头丧气地把我的蛐蛐从罐儿里捉出来，我说："今天不咬了，改日再咬。"王进步喜得眼睛都没了，一个劲地劝我，说："再咬一会儿，再咬一会儿么。"我说："不咬了，不咬了，我下午还有事情呢。"王进步很是遗憾地摇了摇他的长脑袋，把蛐蛐罐往怀里一揣，一边往出走一边说："不咬就不咬了，和你咬也没个啥意思。"

王进步一走，我想起来明天就要上学了，我的作业还没有写，我就在榆树下拉开小方桌写作业。那时候，我大伯我父亲母亲他们都下地了，院子里静悄悄的，阳光亮汪汪的，黄狗在树下卧着，几只鸡在周围闲逛，树上的麻雀不安分，叽叽喳喳吵一阵儿，扑棱一声从这个枝条跳到那个枝条上，兴冲冲地不知道又在说着啥。我埋头写了一会儿作业，感觉好像有一阵子没看见青苗姐了，我就歪着脑袋朝她的门口看。门大开着，可是，门口连半个人影也没有。难道她什么时候出去了？我这样想着，我就从小方桌旁站起身往青苗姐的房子里走。我故意把脚步迈得轻轻的，我尽量不发出一点儿声。我快要摸到门口的时候，我听见青苗姐在小声地哼一首歌，好像是电影《柳堡的故事》里的歌，"九九那个艳阳天来哟，十八岁的哥哥呀坐在河边。东风呀吹得那个风车转哪，蚕豆花儿香啊麦苗儿鲜……”青苗姐声音低低的，嗓子细细的，仿佛原本只是在心里唱，可是，一不小心给唱出声了。我把头探进去，我看见青苗姐正坐在窗前低着头纳鞋垫，额前的一缕头发垂下来，把她的脸遮得影影绰绰的。我就有了一种恶作剧的念头，我猛地喊了一声“啊!”青苗姐吓了一跳，抬起头眼睛直勾勾地盯着我看了好一会儿，就扬起手中的鞋垫子扑过来要打我，说：“我叫你坏，我叫你坏。”我嬉皮笑脸地不躲也不闪，我知道青苗姐根本不会真打我。我说：“姐你刚唱的啥歌真好听。”青苗姐说：“去去去，我啥时候唱歌来？”我说：“你就是唱了，我听到了，你唱十八岁的哥哥坐在河边。”青苗姐脸就红了，又要扬起鞋垫来打我，说：“叫你胡说，我叫你胡说。”我一把抓住了青苗姐手里的鞋垫，我看见上面绣了一道水，一朵莲花，还有两只肩并肩的鸳鸯。我说：“咦，这鞋垫真好看，给谁的？”青苗姐一把就把我手里的鞋垫儿抢去了，她把鞋垫往枕头底下一压，说：“去去去，反正又不是给你的。”我说：“啬皮，你就是给我我也不要，我又不是新女婿，新女婿才铺新鞋垫儿，我只不过是想看看你都不让呀。”青苗姐拿起一把梳子往头上梳，笑吟吟地说：“那就等你当新女婿的时候姐也给你绣，姐给你绣上一大堆。”我说：“不要，不要，我才不当啥新女婿。”青苗姐嘻嘻就笑了说：“好，你记住你说的话。”我说：“记住就记住。”青苗姐嘻嘻地又笑开了。

我再回到小方桌跟前写作业的时候，才想起来我的一本书让王进步借去了。他原本说好那天放学就还给我，结果我们两个都忘了。现在我要写作业，我必须把那本书要回来。我朝屋子里的青苗姐打了一声招呼，就走出院门朝王进步家走去了。

王进步家在村子的最东头，我要走到他家得穿过两条巷子再朝北头走几十米。我游游荡荡地来到他家门口的时候，我看见院门虚掩着，里面静悄悄的。我心想王进步要是不在家就糟糕了。我推开门一边朝里面走一边喊：“王进步，王进步!”王进步的哥哥王进勇却从墙角冒了出来，他大约正在忙着什么，一件白色的印着红五星的背心在裤子里面扎着，衬衣的纽子没有扣，下摆绾了一个大疙瘩；他长着一颗和王进步一样的长脑袋，头发朝两边梳开来，脸面白白净净的，眼睛细细小小的。看见我走进来，他搓着两只手上的土，脑袋朝屋里指了指，喊：“进步，进步，玉树找你呢。”我听见王进步懒洋洋地在屋里应了一声，紧接着，就揉着眼睛站在了门口。王进步说：“刚刚才咬过，现在又要来咬，你烦不烦！”我说：“谁找你咬蛐蛐，我是找你要书来的，我要写作业。”“我就说呢。”王进步说，“咬又咬不过。”他返回身从屋里拿出书递到我手里，紧接着就拉住我的胳膊往墙角走。我问他干啥，他没说话，直接挪开墙角地上的一块木板，说：“看，你自己看。”我看见木板下是一个土坑，土坑里是两只和青苗姐那两只一模一样的兔子。我眼睛就瞪大了，我说：“我们家兔子咋跑你家来了？”王进步笑得咯咯的，说：“我给你说你还不信，这下信了吧？”他又用下巴朝他哥哥王进勇指了指：“我哥哥上午去集市上买的。”我一会儿看看王进步，一会儿看看王进勇，我说：“怪事情，怪事情，咋能长得一模一样呢？”王进步说：“谁知道呢。”

王进勇不说话，一只手在头上搔了搔了，脸上露出一股子莫名的笑。

回到家我找到了青苗姐，我很认真地对她说：“王进步没说谎，他家的兔子和咱的一个样。”青苗姐笑了笑没说话。我说：“真的，我下午在他家看见了。”青苗姐好像被我说得有些烦，她回过头看着我，说：“不是给你说过了，都是兔子，区别能有多么大？”我说：“这也实在是太巧了，一天买的，又都长得一个样。”青苗姐显然已经不耐烦了，说：“都给你说了你还寻思啥，去去去，赶快写你的作业去。”

王进步那一天放学后被刘老师留住了，刘老师对王进步说：“作业没写完不准回！”刘老师说完这句话又看了看我，刘老师对我说：

"你监督！"我对刘老师点了点头，刘老师转过身气哼哼地回家了。王进步把铅笔头咬在嘴里，一眼一眼地偷看我。我说："看啥，你作业没写完，害得我也不能回。"王进步嬉皮笑脸地朝我跟前凑了凑，王进步说："要不你替我写算尿了，反正我又不会写。"我说："你想得美，你自己的作业自己写。"王进步朝四周看了看，小声对我说："你写，你写了我把我那只蛐蛐送给你。"王进步的那只蛐蛐确实够厉害，它已经把我们班几个同学的蛐蛐都咬败了。他这么一说我就有些心动了，我斜了他一眼，我说："谁知道你说话算不算数？"王进步双手拉住我的胳膊，说："算数，算数，一定算数。"我就从王进步手里拿过了铅笔，我说："就这一回。"王进步说："嗯，嗯，就这一回。"

我帮王进步写完作业，我们刚要往出走，王进步他哥哥王进勇就噔噔噔地走进来了。他脸膛红彤彤的，一双细长细长的眼睛圆睁着，胸脯一起一伏的，看起来怒气冲冲的样子。他一把就拉住了王进步的胳膊，说："你动我东西了，谁叫你动我东西了？"王进步被他哥哥拽着，身子使劲朝后坠，说："我没动，我没动，我动你啥来着？"王进勇一手拉着王进步的胳膊，另一只手就在王进步的书包里翻，裤兜里搜。王进步说："没有，没有，是不是没有？"王进勇不说话，他干脆把王进步摁倒了，三两下就脱掉了王进步的鞋。我看见他把王进步的鞋拿在手里，从里边掏出了一双新鞋垫儿。我感觉那双鞋垫儿好眼熟，我正想仔细地看一看，他已经把那双鞋垫揣到了裤兜里。他气昂昂地指着地上的王进步说："叫你嘴硬，看我回去咋收拾你！"王进步一脸哭相地从地上爬起来，朝他哥哥的背影骂了一句："小气鬼，不就一双鞋垫儿吗，这么凶。"我说："就是的，没见过啥，又没有我青苗姐绣的鞋垫儿好。"王进步拍打拍打身上的土，把书包往手里一提，说："回，回去告诉我爸收拾他。"回去的路上我提醒了一下王进步，我说："你答应的事情了别忘了。"王进步说："知道，忘不了。"

我走进院子的时候感觉院子里的气氛有些怪。我看见院子中间停放了两辆崭新的自行车，一个高个子的中年男人和一个胖胖的中年女人在我家堂屋坐着，我大伯和我父亲在陪他们说着话。我母亲在灶房忙着炒一些菜，香喷喷的，好像还有一股子肉的味道。不年不节的，我母亲为啥要炒肉？我想了想，想不明白我就不想了，有肉吃反正总是好事情。我把书包一放，我就跑到前院的厦房里去叫青苗姐。以前也是这样，只要谁家里做了什么好吃的，我们两家总会合到一起吃。我去叫青苗姐，我看见青苗姐在炕上躺着，留给我一个脊背。我过去扳了扳青苗姐的肩头，我说："姐，我妈炒肉呢，咱晌午有肉吃。"青苗姐转过脸，我看见她头发乱乱的，脸上竟然落满了泪。我说："姐，你是不是感冒了，你是不是脑袋疼？"青苗姐没说话，眼珠转着转着，眼眶里泪水又涌满了。我说："姐你到底咋了你说话，你说话呀。"青苗姐在脸上抹了一把，又长长地出了一口气，青苗姐说："姐没事，你自己去吃饭去。"青苗姐躺在炕上掉眼泪还说她没事，这让我心里有些急。我出了青苗姐厦房就往我家堂屋跑，我对我母亲说："我姐得感冒了，我姐躺在炕上掉眼泪呢。"我母亲那时候已经把炒好的几个菜端上来放好了，我大伯和我父亲正劝着那两个人吃。听见我说完这句话，几个人竟然就都不说话了。我拉着我母亲的衣角，我说："就是的，我姐流了一脸的泪，我姐的眼睛都哭红了。"我母亲还是没说话，只拿眼睛去瞄我大伯和我父亲。我大伯勾着个脑袋不说话，我父亲只把烟袋抽得吧嗒吧嗒的。倒是那个中年男人先说话了。中年男人哈哈笑了笑，说："不吃了，不吃了，害得你们做了一大桌。"中年男人一开口，胖女人就从座位上站起了身，说："不吃了就不吃了，有工夫咱再一起坐。"我大伯和我父亲也从座位上站起来，我大伯嘴里说的啥听不清，我父亲好像在一个劲儿赔着笑脸，说："对不住，对不住。"我母亲把腰间的围裙解下来拿在手里，我母亲说："你看，你看，都做好了，吃了再走么。"那两个人支支吾吾地客气着，推起院子中间的自行车就出去了。

我大伯我父亲和我母亲回到屋里，三个人谁也不说话。我父亲闷了好一阵儿，我父亲说：“好好个对象，人家还是干部呢，也不知道咱苗嫌弃啥？”我母亲瞪了一眼我父亲，我母亲说：“娃的事还是按娃的心思来，免得憋屈一辈子。”我大伯叹了一口气，我父亲对我大伯说：“甭搁事，他们不吃了，咱们吃。树，去叫你姐吃饭来。”

我再去叫青苗姐的时候，她已经从炕上起来了，还洗了脸梳了头，显得清清爽爽的。我说：“姐，快吃饭，菜都快凉了。”青苗姐朝我露了一个笑。青苗姐一笑我心里的乌云也散了，就向她说了王进步他哥哥王进勇撵到学校脱王进步鞋子抢鞋垫儿的事，我说：“王进步他哥也太小气了，为一双鞋垫儿把王进步打美了。”青苗姐又露了一个笑，青苗姐说：“快吃饭，吃完饭我得给兔子窝再添些干草，母兔子八成快生了。”

秋收结束后，母兔子生下的四个小兔子已经能在窝里来来回回地跑动了。那时节，院子里的墙上、树上挂满了一嘟噜一嘟噜的玉米，阳光一照黄灿灿的，鼻子里满是粮食的味道，收获的味道。青苗姐给兔子喂新鲜的红芋叶、大豆叶，青苗姐对那只母兔子说：“都是新鲜的，你有功，好好吃。”母兔子当然不客气，公兔子，甚至那些小兔子也不客气，围着那些新鲜的叶子，嘴唇快速地蠕动着，谁也顾不上搭理谁。

那一天下午放学后，我看见青苗姐刚刚喂完兔子正准备起身往房间走，我叫住了青苗姐，我趴在她耳朵根对她说：“姐，今天晚上村里有电影。”青苗姐好像早就知道了，她只是对我笑了笑。我说：“晚上咱们一块去。”青苗姐还是笑了笑，提起门口的水桶到井边打水去了。我跑进我们家，把书包往炕上一撇，我说：“妈，晚上村里有电影，咱饭吃早些。”我母亲已经在灶间生火做饭了，她扭过头看着我，说：“得是？那你赶快把作业写了，晚上好安安生生看电影。”我说：“嗯，耽误不了作业的。”我就趴在炕沿上拿出书本开始写作业了。

我们开始吃晚饭的时候天已经慢慢变黑了，村里的高音喇叭也放开了，村长的破锣嗓子在一遍一遍地通知着放电影的事情，他声音刺啦刺啦的，听起来似乎比谁都兴奋。我稀里呼噜喝完了一碗稀饭，又狼吞虎咽地吃完了一个馍。我母亲一直叫我慢着点儿，说小心烫着了，小心噎着了。我哪里顾得上听她的话，我说："还敢慢，再慢的话就去晚了，就占不上好位子了。"我撂下碗，又拿了一个馍，我一边吃着一边就朝门外走。我听见身后传来了我父亲对我母亲说话的声音，我父亲说："这娃，提起看电影就啥也顾不上了。"我母亲说："可不是，连饭都顾不上吃了呢。"

我嘴里噙着一块馍冲进了青苗姐家，我看见我大伯一个人正在端着碗吃饭，我青苗姐则正对着镜子梳头发。我嘴里噙着馍含混不清地说："姐，你咋还磨蹭，再磨蹭去了就没好位子了。"青苗姐黑缎子一样的头发披散着，歪着头一边用梳子梳着一边笑着对我说："急啥，开演还早着呢。"我说："还早？村长都在喇叭里喊叫几遍了，还早啥呢？"青苗姐嘿嘿笑了笑，她把头发梳好了，重又编成两条粗辫子，她还在辫梢用红头绳扎成了一朵花，红艳艳的，朝背后一甩，晃得我眼睛都有些花了。我说："姐，你这辫子真好看，你像电影里的李铁梅。"青苗姐咧嘴笑了一下，她又开始洗脸，用香皂一遍一遍地搓，搓完了还往脸上抹雪花膏。我实在是等不及了，我顿着脚，我说："姐你能不能放快些，再磨蹭真的就迟了。"我大伯大约也看不下去了，端着碗也催我青苗姐，我大伯说："收拾好了快去么，一个劲儿叫娃等。"青苗姐没接我大伯的话，她往手心剜了一指头雪花膏，两只手搓匀了就往脸上抹，一边抹一边还把脸伸过来让我闻香不香。我故意说："不香，不香，你放快些。"青苗姐抹完了雪花膏，似乎还没有要走的意思，她又开始收拾起案上的碗碗盆盆。我急得两只脚不停地在地上顿，我说："姐你是咋了，往常看电影跑得比谁都快，今天咋这么多事的。"青苗姐手里拿着一个盆，说："对了，姐想起来还有一件事没干完呢，要不你先去给咱占位子，姐到了好找你。”那时候，高音喇叭又响了，村长喊电影马上就要开演了。我转过身就往门外走，我说：“那我先去占位子，你忙完了赶快来。”青苗姐说：“嗯，你去，你快去。”

我赶到电影场子的时候银幕前已经黑压压坐满了人，我好不容易找了一个空地方，我还用半块砖头在我身边占了一块地方。有好几个人想往那儿坐都被我撵走了，我说：“这儿已经有人了，你到别处找地儿去。”有的人我一说就走了，有的人却偏不走，说：“有人我咋没看见？等人来了我再走也不迟么。”我当然不答应，我一定要替青苗姐把这一块地方占好了。我已经赶走三四个人了，电影也已经开始了，可是，青苗姐没出现，青苗姐始终没出现。我心里又气又急，我一遍一遍地伸着脖子朝人群外边看，我还一声一声地在换片子的间隙朝人群外边喊，我那晚上一点儿也没看进去，我甚至连电影名字都没记住。

我跟着散场的人群垂头丧气地往家里走，我气得眼泪都快出来了。我一进院门就朝青苗姐家走去，我准备问问她为啥说话不算数。我推开了青苗姐的家门，我看见我大伯在煤油灯下坐着正抽烟。我问我大伯：“我姐呢？”我大伯拿烟锅拨了拨灯花，我大伯说：“看电影去了，咋，你没看见？”我说：“我等了一晚上，我连她人影影都没看见。”我大伯把烟锅在炕沿上磕了磕，我大伯说：“咋回事，这是咋回事？”

我在青苗姐家里又等了一会儿，青苗姐还是没回来。我大伯就有些急了，他下了炕穿上鞋好像是一时想不起来要干啥，就在地上一个劲儿地转圈圈。我父母见我没回家，就也到青苗姐家来了。我大伯说：“怪事情，电影完了这一会儿了，咋还不见人回来。”我父亲说：“不急，不急，没准碰见谁了说一两句话耽误了。”我母亲却不这样看，我母亲说：“大姑娘家的，黑天半夜的在外边叫人咋放心，我看咱还是出去找一找。”我大伯看一看我父亲，又看一看我母亲，说：“成，那咱就分头去找一找，悄悄的，甭声张。”我父亲我母亲点了点头，我们正要出门去找青苗姐，青苗姐迎面子就进门了。她好像是刚刚跑过，或者是遇见了什么好事情，胸脯起起伏伏的，脸膛红扑扑汗腾腾的，腮帮子上还挂着一抹子不经意的笑。青苗姐瞪着一双大眼睛，说："都不睡，在这儿等啥呢？"我母亲在青苗姐的肩头拍了一下，我母亲说："你还说，还不是怕把你个宝贝给丢了。"青苗姐嘻嘻就笑了："丢不了，丢不了，在咱村能丢到哪里去。"

我母亲拉着我往家走，我回过头对青苗姐说："说话不算数，明天再和你算账。"青苗姐说："睡去，睡去，明儿算账就明儿算账。"

第二天去学校，王进步一见我又叫爷。王进步说："爷啊，爷啊，我算是知道为啥咱两家的兔子一模一样了，我算是知道我哥为啥为一双鞋垫儿收拾我了。"王进步说着就故意住了嘴，他显然是想等着我问他。我偏不问。他就朝四下瞅了瞅，说："那兔子是我哥买了送给你姐的；那鞋垫儿是你姐绣了送给我哥的。"我一听王进步这样说就急了，我说："王进步你甭胡说，我姐才不会要你哥的兔子，我姐才不会给你哥绣鞋垫儿。"王进步眼睛眨巴了又眨巴，王进步说："不骗你，昨晚上看完电影我哥回来给我爸都说了，我爸还说今天就去你家提亲哩。"我说："呸呸呸，王进步你甭胡说，我姐要是能看上你哥才怪了，我姐才不会看上你哥哩。"王进步说："你不信算了，你不信了你自己回家看去。"

中午我一放学就往家跑。我看见王媒婆在我家堂屋坐着和我大伯我父亲我母亲说着话，王进步的哥哥王进勇穿得整整齐齐的在一边低着头，眼睛一下一下地朝院子里瞅。我青苗姐端着一个茶盘子正从前院的厦房里出来要往堂屋里走，我母亲不知在里面喊了一声啥，青苗姐脆亮亮地应了一声，说："茶泡好了，我还给里面加了糖。"

王进步不知道什么时候就出现在我身后了，他呼哧呼哧的喘气声吓了我一大跳。我回过头，他就把他的蛐蛐罐往我手里塞。王进步说："给，说好的给你，我说话算数。"我拨开了王进步的手，我说："拿走，拿走，谁稀罕！"王进步一边挠着头，一边又开始叫爷了。王进步说："咱都要成亲戚了，你咋脾气还这么大？"

棉花白

秋妮出了村子。秋妮朝村东的河湾走。那时候，太阳已经要西落了，一些光亮恋恋不舍地留在村庄，照得那些房屋，那些树梢黄黄亮亮的，就像是梦里一般。秋妮在梦一样的村庄的黄昏里走着，秋妮一只胳膊挽着竹笼，另一只胳膊抬起来，把头上的红头巾紧了紧。已经过了寒露，一阵阵风吹过来，脸上凉飕飕地冷。

一翻过大堰，河湾那一大片地就出现在秋妮的眼前了。秋天的时候这里是一大片玉米，现在，玉米秆连同玉米都被收回了村子，堆在一家家的院子里、粮柜里，将变成一缕缕炊烟，一口口热饭，温暖着接下来的连绵不绝的日子。收过了玉米的河湾地此时显得光秃秃的，麦子刚种下去只露了一点儿头，羞羞怯怯的；个别田块里的玉米秆还没来得及砍，风吹日晒雨淋之后东倒西歪的，一副弱不禁风的样子。

秋妮在河湾的小道上走着，布鞋底子在路上摩擦出嚓嚓的响声，清清楚楚，急急匆匆的，就像是她此时的心跳，好像是，有点儿紧张，有点儿期盼，又有点儿担忧的样子。紧张啥？担忧啥？又不是做贼，也不是什么见不得人的事情，有什么嘛？秋妮在心里对自己这样说，她甚至还清了清嗓子，挺了挺胸膛，故意把头抬得高高的往四周看了看。四周当然没有什么人，地里的活停当后，还有谁愿意整天待在地里呢？其实就算是碰见谁也没有什么，秋妮早就把话想好了。起初的时候，秋妮想的是，要是碰见谁，她就说是拔草呀，挑菜呀。后来一想不对，天都快黑了去拔草，去挑菜，时候似乎不太对；再说了，又不是夏秋天，都快入冬了哪来的野草去拔，野菜去挑？说不过去，说不过去。后来秋妮想到了河，一想到河秋妮的主意就来了，要是碰见人就说是去河里洗衣服呀，河那么大，好多人一年四季都在那里洗衣服，谁又规定了傍晚不能去河边洗衣服呢？想到了这一层，秋妮每次出门的时候就顺便往竹笼里扔一件旧衣服。事实证明这件旧衣服确实管用，昨天这个时候刚一进河湾，秋妮就和拾柴的三婆碰了个照面，三婆往秋妮的竹笼里瞄了瞄，三婆说："这女子真勤快，天都快黑了还去洗衣服呀。"秋妮朝三婆笑了笑嘴上没说话，三婆啧啧咂着嘴把秋妮夸了老半天。秋妮心里想：谁说说话非要用嘴，有时候一个物件、一个动作就是一句话，就像这件旧衣服，只要往竹筐里一放，替自己把想说的话就都说了。

秋妮心里想着这件事，就朝竹筐里瞥了一眼，加紧了脚步朝河边走。河里的水瘦瘦的，细细的，不像夏秋的时候满盈盈地翻着浪。秋妮褪掉了鞋子，挽起了裤脚，一只手挎着竹笼，另一只手拎着鞋子就往水里蹚。河水一天比一天凉了，刚一入水一股子寒意通过脚板爬上双腿直往心里钻。秋妮咝咝地吸了几口冷气，牙齿嘚嘚地碰了几下，身子不由就晃了晃。但秋妮很快就适应了，一想到对岸那块子还没有摘净的棉花地，一想到冬天父亲身上的棉衣和弟弟的棉裤，秋妮的心中立马像燃起了一团火，烤得全身热乎乎的，暖洋洋的。

秋妮这么晚出来，其实是想到对岸那块儿没有摘净的棉田里去摘棉花。

秋收一结束，秋妮就开始考虑着父亲和弟弟过冬的衣服了。她翻箱倒柜地把父亲和弟弟的过冬衣服搜出来，原想着洗一洗晒一晒，收拾收拾等冬天穿。可是，一拿出棉衣秋妮忍不住就红了眼，泪珠子吧嗒吧嗒地往下落。父亲和弟弟的棉衣还是母亲在世的时候做的，上面摞满了补丁，里面的棉絮薄薄的，好多地方简直就只剩下了两张皮，哪能挡一点儿风，隔一点儿寒。难怪父亲一到冬天总是给腰间束一条腰带，袖着两手，脸上总是红紫红紫的；难怪弟弟一回到家就往热炕上钻，喊叫腿冷，膝盖疼。弟弟才上四年级，教室里四面透风，穿着那么薄的棉裤静坐着，要说不冷才怪呢。要是妈妈在就好了，妈妈在时总能想尽办法让一家子吃饱穿暖。可是妈妈三年前就不在了，妈妈临终时一双眼睛恋恋不舍地看看这个，看看那个，最后一把抓住秋妮的手，嘴唇哆嗦着说不出一句话，两行眼泪刷刷地往枕头上流。妈妈虽然没有说话，但秋妮觉得她听见了妈妈没有说出的话，秋妮攥着妈妈的手，哭着对妈妈说："你放心，我一定会把爸爸和弟弟照顾好。"

秋妮在妈妈的面前这样说，秋妮也在心里发过誓，一定要把父亲和弟弟照顾好，不让村里的人看笑话。秋妮从学校回来后先摸索着自己学做饭。一开始的时候不是面和得软了没法擀，就是面和得硬了擀不开；最难掌握的还是蒸馒头，碱使大了馒头蒸出来颜色黄还有苦味，碱使少了馒头发酸，还咬不动。父亲倒不计较，端起碗拿起馍好像并不觉得不可口，还故意呼噜呼噜地吃出响。弟弟就不一样了，面对眼前的饭菜就像是面对着一道难做的数学题，苦着脸，大睁着眼，一会儿看看姐姐，一会看看饭碗，有时还小声地嘟囔一句啥。那一天吃早饭时弟弟就嘟囔了，弟弟手里拿着个馍在眼前看呀看，冷不丁冒出一句："馍僵得像死人的脚后跟，这叫人咋吃么？"这句话被父亲听到了，父亲端着碗瞪了弟弟一眼，说："就你讲究大，这么好的馍你还弹嫌啥？"弟弟像是不服气，眼角扫了一下父亲，嘟囔说："好啥好？我妈蒸的馍又白又绵软，那才叫好呢。"弟弟这句话一出口，秋妮心头泛上一股酸，眼泪就要往出涌。父亲先是愣了愣，之后重重地把饭碗往地上一蹾，大耳刮子就要往弟弟的头上扇。秋妮赶忙跑过去拽住父亲的胳膊，一边劝父亲别生气，一边叫弟弟不要再犟嘴赶快吃了饭去上学。弟弟没见过父亲发这么大的火，大眼睛盯着父亲看了好一会儿，端起碗嘴还没张开，眼泪先刷刷地流了两长行。

秋妮强忍着没流泪，她狠着心一定要学着把饭做好。秋妮专门去找三婆。三婆的锅灶上活是有名的，同样的米面同样的水，经三婆手做出来那颜色那味道就是和别人不一样。三婆见了秋妮先掉眼泪，说："娃可怜的，小小的年纪，多难怅。"三婆不但详细给秋妮讲什么饭应该怎么做，三婆还专门在做饭时间赶到秋妮家指导着秋妮做。不几天，秋妮做的饭菜就像模像样了，弟弟乐得眼睛笑成了一条缝，说："姐做的饭咋越来越好吃了，咋这么怪？咋这么怪？"父亲叹着气不说话，三婆在一边就开了腔，三婆说："怪啥？有啥怪的？还不是你姐心灵手巧会做么。"

学会了做饭，秋妮还和隔壁的嫂子学着做针线。起先只是缝缝补补，洗洗涮涮，后来秋妮买了一本裁缝的书，自己边看边琢磨，竟然能自己裁剪衣服了。父亲的那件罩衣就是秋妮自己裁剪着做的，弟弟夏天的汗褂也是秋妮照着书上的样子做的，父亲和弟弟穿着秋妮做的衣服在村里一走，不少的姑娘媳妇就眼瞅着看，夸说样子好，针线活好，说秋妮的手真是巧。三婆也夸，只不过三婆夸得有些伤感，三婆说："多懂事个娃，多灵性个娃，可惜早早就没有了妈。"

没了妈这个家也不能垮，没了妈也一定要让父亲和弟弟照样生活好。可是，把父亲和弟弟的棉衣拿出来晒的时候，秋妮就有些犯难了。父亲的棉衣穿得时间太长了，里面的棉絮需要絮一絮；弟弟的棉裤实在太薄了得赶紧重新做一件，布料还好办，旧衣服旧布片凑合凑合就应付了，可是棉花怎么办？那天晚上吃完饭，秋妮向父亲提出来买几斤棉花，父亲把烟锅抽得吧嗒吧嗒的，末了只说了一句话。父亲说："棉花多贵的，要棉花干啥？"秋妮说："你的棉衣和弟弟的棉裤都不行了，得重做。"父亲把烟锅在地上磕了磕，父亲说："有啥不行的，去年能穿今年也能穿，花那冤枉钱做啥？"弟弟开始是瞪着眼睛在一边听，后来父亲话一落地弟弟就开腔了，弟弟说："我棉裤去年穿着就不顶用了，今年还要让人受冻啊？"父亲转过头看着弟弟好像想发火，但父亲终于还是没发火，父亲只是摆了摆手，父亲说："去去去，啥地方都有你插的嘴。"

晚上秋妮躺在炕上翻过来翻过去睡不着，她知道父亲是心疼钱，但她却不能因为父亲心疼钱就让父亲和弟弟冬天去挨冻。该怎么办呢？想来想去，秋妮想到了河东的那一大片棉花地。河东家家都种棉花，棉花地多了摘的时候就摘不净，烂在地里也是白烂了，所以村里常有些妇女蹚了水过去摘。秋妮记得母亲在世的时候就过去捡拾过。母亲总是在傍晚的时候早早地做好了饭，然后挎一个竹笼悄悄地出村子，等到夜里听到敲门声，一准是母亲回来了。母亲把头巾从头上取下来，母亲的脸上汗津津的，头上袅袅地飘散着一团气。母亲顾不得和谁说一句话，转回身关上门，然后把竹笼上面覆盖着的一些青草拿掉，掏出一把一把的棉花放在炕上。那些棉花白生生，绵茸茸的，让人一看见就欢喜。秋妮记得有一次自己迷迷糊糊地睁开眼，看见母亲把一团一团的棉花往炕头摆，她情不自禁地叫出了声，她说："呀，棉花！"母亲好像被她的声音吓了一大跳，母亲扭头朝门口，朝窗外瞥了瞥，母亲说："小声点儿，那么大的声音做啥呀。"秋妮吐了吐舌头就住了口，心里说这有啥，反正又不是偷的，害怕啥。母亲一把一把地把竹笼里的棉花往外掏，母亲做这一切的时候脸上的表情是享受的，心里也一定是愉悦的，母亲深情地看着摊在炕上的棉花，那时候，母亲的目光是绵软的、温热的，母亲一遍遍地抚摸着那些棉花，就像是那些棉花是她的女儿，是她的儿子。

第二天晚上，当秋妮第一次提着竹笼从河东捡拾回一笼子棉花放到炕头的时候，秋妮才真正理解了母亲当时的心情。

今天，秋妮已经是第四次来到河东这块棉花地了。秋妮算过，这次再捡拾一笼子，那父亲的棉衣和弟弟的棉裤就够做了。秋妮上了岸，秋妮把双脚上的水珠子甩了甩，又在一堆枯草上蹭了蹭。穿鞋子的时候秋妮朝四周看了看，远处近处，那些村庄，那些树木笼罩在一片淡淡的雾霭之中，木呆呆，静悄悄的，衬托得偶尔响起的一声狗吠，一声牛哞是那样的清亮、那样的悠长。天上的一弯月亮也升起来了，好像比昨天要大些，要亮些，笑吟吟地看着大地，看着大地上的河流，土地，村庄。秋妮仰起头看了一会儿月亮，就挎起竹笼朝一块已经摘过的棉田走去。月亮真是好月亮，月亮照亮了秋妮脚下的小路，月亮也照亮了那些棉花枝上没有摘净的白生生的棉花。

这家棉花地的主人应该是个粗心人，几乎每株棉花枝上都会遗留下一两朵棉花。秋妮就着月光，一双手只往白花花的地方去，只消轻轻地一捏再一抽，那些软绵绵毛茸茸的棉花就攥在了秋妮的手心，暖烘烘的，带着秋妮的体温就躺到了竹笼里。秋妮每摘一团棉花在手里，心里就会有一股暖意，一股子喜悦，仿佛是，秋妮那一晚上捡拾的不是棉花而是喜悦；仿佛是，秋妮竹笼里越装越满的不是棉花，而是一竹笼子喜悦，一竹笼子暖意。

谁能想到偏偏在这个时候有一声喝问响起来，有一道光亮照过来。

“谁？干啥呢？”是一个男子的声音，粗声粗气的，听起来年龄并不大。

这声音让秋妮定住了，这声音让秋妮手捏着一团棉花不知道往竹笼里放。秋妮木呆呆地回过了头，一道子手电光耀得秋妮睁不开眼。秋妮一只手在眼前遮挡着，秋妮说：“别照了，乱照啥？”那人当然没有听秋妮的话，手电光依然在秋妮的脸上胡乱晃。“嗨，我说谁在地里干啥呢？原来是在偷棉花。”男子说，“我看看是谁胆子这么大。”男子朝秋妮跟前走了走，秋妮朝后边退了退。男子比秋妮高了半个头，黑戳戳像一根木桩子。男子说：“哟，模样蛮俊的，怎么能到别人的地里偷棉花？”秋妮护着竹笼，秋妮说：“你胡说，我没偷。”“没偷？”男子用手电上上下下地照着，男子说：“没偷？没偷你手上拿的啥？你笼子装的啥？”秋妮朝自己的竹笼看了看，秋妮又朝一大片子棉田看了看，秋妮说：“这一片棉田都收过了，收过了我来捡拾咋就是偷？”男子像是被秋妮的话给问住了，吭吭哧哧的半天回不上来话。秋妮挽着竹笼瞥了男子一眼，秋妮迈动了双脚就要朝地外边走。

“站住！”男子薅住了秋妮的竹笼，男子说，“偷了人家的棉花你说走就要走，天底下哪有这样的便宜事。”秋妮一把打脱了男子抓竹笼的手，秋妮说：“我都给你说清楚了，不是偷。”男子缩回手吸了一口气，男子说：“还厉害得很！就算你是捡拾的，你给地主人说过了？”这句话还真把秋妮给问住了，秋妮想了想，秋妮说：“我想说可我哪知道主人是哪个？”男子嘿嘿就笑了，男子说：“不知道？不知道了我告诉你，这块地就是我家的。”“你，你家的？”秋妮变得结结巴巴的，秋妮说：“你骗人，我不信。”男子一把拉住了秋妮的胳膊，男子说：“你不信了不要紧，我带你到村里边去问一问，要不是我家的地你说咋办就咋办。”秋妮抖脱了男子的手，秋妮说：“动手动脚地干啥呀，你家的地就你家的地，大不了我把这些棉花再还给你。”秋妮说着就要把竹笼里的棉花往出掏，没想到男子嘿嘿又笑了，男子说：“还？你说得简单，你说摘了就摘，说还了就还，你说得咋这么简单。”秋妮说：“不简单了你说咋？”“我说咋？”男子嘿嘿坏笑着。男子说：“要还也行，这些棉花原本都长在枝条上，你要还，就给我还到枝条上去。”秋妮说：“你，你这是不讲理。”“我不讲理？”男子说：“嘿嘿，走走，咱到村里叫大家说一说，看看是谁不讲理。”男子说着走上来又要拉秋妮的胳膊，秋妮往一边躲了躲，秋妮的眼泪都要急出来了。这事要传到村里谁知道会被描成啥样子，谁又知道将会发生啥后果？前两年米花的父亲在别人地里偷玉米，被抓住后满村子游行，还被罚演了一场电影，一家子在村里都抬不起头；红霞她娘在萝卜地里偷拔了几个萝卜，被抓住后批斗会开了三四场，羞得红霞她娘差点儿没跳了井。自己要是被当做贼，那父亲在村里还咋活人，弟弟将来还咋活人？秋妮越想越害怕，秋妮的眼泪就下来了。

看见秋妮不说话，男子的笑声似乎更得意了。男子围着秋妮转了好几个圈，男子说：“其实问题也好解决，只要动动脑子啥问题也能解决好。”秋妮说：“咋解决?”“咋解决我得想一想。”男子说：“其实我已经想出办法了，就是不知道你愿意不?”秋妮说：“啥办法?”男子说：“嘿嘿。”秋妮说：“你想出了啥办法你快说。”男子似乎有些难为情。男子一只手在自己的头上搔了搔，然后朝秋妮的脸上指了指。秋妮以为自己的脸上沾上了啥东西，就抬起手在脸上摸，脸上却什么也没有。男子说：“我是说，我是说，嘿嘿。”秋妮还是没听明白，秋妮说：“啥办法你就快些说。”男子没有快些说，男子朝秋妮跟前靠了靠，猝不及防就在秋妮的脸上啄了一口。秋妮感到自己的脸上猛地热了一下，接着就是一股子浓烈的汗腥味。秋妮像是被电击了，秋妮像是被点穴了。秋妮呆愣愣地站了一会儿，秋妮说：“流氓，你个臭流氓!”提了竹笼就朝河边跑，鞋子也没顾得脱，扑通一下踏入水中，哗哗地蹚着河水朝对岸走。那时候，天上的月亮依然笑眯眯的，河里的月亮却像是受了惊，随着秋妮双脚踩起的水花一晃一晃的，散碎着一河的亮光。

一入冬，秋妮父亲的新棉衣和弟弟的新棉裤就都上了身。父亲穿着新棉衣转过来转过去地看，抿着嘴只是偷偷地乐，弟弟则换上新棉裤在院子里来来回回地走，直喊叫棉裤做得太厚了，影响得他走路都不利索。弟弟在教室上课容易冷，秋妮特意多絮了些棉花。看着父亲和弟弟高兴的样子，秋妮感觉自己身上也暖烘烘，喜洋洋的。喜过暖过，那天晚上的事情却总会从某个角落里冒出来，让秋妮脸红一阵儿，不安一阵儿，好像是自己做了啥见不得人的丑事情；好像是，让自己做丑事情的那个人一直在某个地方潜藏着，时不时地会冒出来，不怀好意地嘿嘿几声，怪笑几声。“讨厌，臭流氓，臭流氓!”每每这个时候，秋妮就会在心里骂几声，咒几句。“臭流氓，讨不下老婆的臭流氓，活该一辈子打光棍去。”咒归咒，骂归骂，咒骂完之后秋妮又思忖自己是不是过火了，毕竟自己的确是摘了人家的棉花，毕竟人家只是在自己的脸上“碰”了一下，黑天暗夜的，要是真的是坏人，谁知道会发生什么样的事情呢？村东的新媳妇张改丽夜天在半道上被一个蒙面人截住了，身上的东西被抢光了不说，还被人家给糟蹋了；邻村的那个小姑娘更不幸，被人拖到玉米地糟蹋完，还给掐死扔到了机井里，尸体捞上来的时候泡得又肿又胀的，要多害怕有多害怕。那个人倒是有些赖，但好像并没有那么凶，自己慌里慌张地跳下河的时候，他在后边用手电照着亮，还一声一声地喊叫不要慌，慢慢走。哼，臭流氓，谁知道臭流氓当时怎么想。那天晚上回来后，秋妮躲在房子里打一盆水把那张脸洗了又洗，搓了又搓，也不知怎么搞的，好像是越搓越洗越麻烦，脸上的那个地方像是长了一个疮，虽然看不见摸不着，但一直火辣辣烧乎乎的不自在。

这一天三婆又来到了秋妮家。三婆一进来就笑眯眯地往秋妮一家三口子脸上瞧，三婆说："好事情，好事情。"全家人都瞪大了眼睛看三婆，三婆却故意噤了口，往秋妮身上上上下下地瞧。秋妮被三婆看红了脸，说："三婆你这样看着人家弄啥呢，低头不见抬头见的，又不是不认识？"三婆嘎嘎笑着攥住了秋妮的一只手，三婆说："女子真是长大了，瞧瞧这模样，瞧瞧这身条，啧啧啧，谁个见了不心疼。"三婆说完又把脸转向了秋妮的父亲，三婆说："上次说的给娃说媒的事有眉目了，河东我娘家侄子主动托人要我说咱秋妮呢。"秋妮父亲嘿嘿笑了笑，秋妮父亲说："那就有劳三婶了。"三婆说："有劳啥，不就是张张嘴动动腿的事情么，我已经答应人家今天后晌见面呢。"秋妮父亲说好好好，秋妮却在一边直跺脚，秋妮说："我还小呢，我不嫁。"秋妮父亲噙着烟锅说："说啥话？再大了找人就不好找了。"三婆也说："就是的，有好的早早定下了，女娃家出门还不是迟早的事。"弟弟在一边就瞎起哄，弟弟说："谁爱出门出门去，我姐姐就是不出门。"秋妮父亲瞪着弟弟扬了扬手，秋妮父亲说："你不说话看谁还会把你当哑巴？一边去！"弟弟扭着头说："一边去就一边去。"扭着脖子只管走，不小心踩着了脚下卧着的黑狗的尾巴，黑狗汪的一声叫，吓得窗台上一溜子麻雀哄地飞上了天。

见面的地点就选在三婆家。秋妮换上了一件新罩衣，红头巾在脖子上围着，低着头快速地朝三婆家走。三婆早在门口等着了，看见秋妮走进来，一个劲儿地拿指头朝房间里指。秋妮看见三婆家院子里停着一辆自行车，车梁上裹着一些花花绿绿的布，车轱辘的辐条上还用红绸子缠着一些红红的花。三婆又朝屋里指了指，三婆朝屋里说："根胜，秋妮来了，你们俩就在屋里说说话。"

秋妮低着头走到屋子里，秋妮手捏着衣襟不说话。根胜从凳子上站起来，根胜看了一眼秋妮也不说话。窗外边一群麻雀闹哄哄的，一只狗汪汪的不知道在叫个啥。根胜朝窗外看了一眼，根胜终于没忍住，结结巴巴叫了一声秋妮。秋妮像是被吓了一大跳，抬起头说："你认识我?"根胜低下头没说话，秋妮却忽然感觉眼前这个叫根胜的男子有些眼熟，却想不起来在哪见过。秋妮说："我问你是不是认识我?"根胜慢慢抬起了头，根胜说："我早早就认识你了。"秋妮眼睛就瞪大了，秋妮说："你早早就认识我?"根胜说："我姑家就在你们村，我来走亲戚时常常遇见你。"秋妮说："哦，怪不得我看你有些眼熟哩。"秋妮一说眼熟，根胜搓着双手就嘿嘿地笑。根胜嘿嘿一笑，秋妮的心里就一紧，秋妮说："你这人笑起来有些怪?"根胜说："怎么怪?" "嘿嘿，你笑起来爱嘿嘿。"秋妮说，"你嘿嘿的声音有些怪。"根胜说："这有什么奇怪的，好多人都是嘿嘿地笑。"秋妮说："不对，好多人是都爱嘿嘿地笑，但你的嘿嘿和别人不一样。"根胜说："都是嘿嘿，能有什么不一样?"秋妮说："不一样，反正我感觉就是不一样。"

根胜后来就不再嘿嘿了。根胜不嘿嘿了却也再说不出一句话，根胜脸憋得红红的，大冬天头上往下直冒汗。秋妮说："这么冷的天你为啥要冒汗?"根胜说："我不想冒汗谁知道汗偏要往出冒。"秋妮说："冒汗一般是身子虚，你看看是不是生病了?"根胜抬起头脸似乎憋得更红了，根胜说："我没病，我身子从来都不虚。"秋妮说："那谁知道呢，说不定是身子不虚心里虚。"根胜的脸似乎更红了，两只手不停地搓啊搓，根胜说："你看你说的，我又没做啥亏心事，我怎么会心里虚？”秋妮把头扭向了窗子外，秋妮说：“你看你，虚不虚你自己知道就行了，我就是随便说一说你紧张啥。”根胜头低得像是重得抬不起来，根胜嘴里哼哼唧唧的，听不清在说些啥。

从房子里出来，三婆急急地问秋妮怎么样，秋妮笑眯眯地低下头没说话。三婆又急匆匆地跑到屋里去问根胜怎么样，根胜抹着满脸的汗，根胜说：“谁知道呢，我看八成是要黄了。”

秋妮确实没相中根胜。

回到家先是父亲贴上来问。父亲当时正和好了一堆子泥用铁铲铲起来往墙上的一处豁口上抹，看见秋妮回来就奓着两只泥手盯着秋妮问：“咋个样？”秋妮说：“不咋样。”“不咋样是个什么样？”父亲眼睛睁得大大的，父亲说：“你三婆把那个小伙夸的，说是个子大有力气也长得好。不是的？”秋妮说：“就是的。”父亲一只泥手甩了甩，父亲说：“就是的，你咋说不咋样？”秋妮急着往灶房里边走，秋妮把辫子朝后边一甩，秋妮说：“不咋样就是不咋样，你还要我咋说么？”

秋妮不愿意说，父亲也就不再问。父亲不问弟弟却偏偏没眼色，嬉皮笑脸地跟进了灶房，说：“姐，姐，我姐夫到底长得什么样么？”秋妮心里正烦乱，抓起抹布往案上啪地一甩，说：“什么样？什么样？俩眼睛一嘴巴一鼻子就那样。”弟弟起先被吓住了，后来嘻嘻就笑了，说：“哦，明白了，原来没有耳朵呀。”秋妮瞪着弟弟愣了愣，后来忍不住就被弟弟的话逗笑了。秋妮说：“去去去，就你一天怪话多。”

天还没黑透，三婆就到秋妮家来了。三婆说：“娃呀，婆想跟你说说话。”秋妮说：“婆你有啥话尽管说。”三婆说：“根胜这小伙你也见了，不用婆再多说啥。他给我说了，他可是看上你了，不知道你是啥意见？”秋妮手里摆弄着辫梢子，秋妮说：“婆，我真的还不想嫁。”三婆盯着秋妮看了一会儿，三婆哈哈就笑了，三婆说：“你这娃没给婆说实话。我问你小伙长得有啥问题？”秋妮说：“没问题。”三婆说：“河东村条件不比咱村好？”秋妮说：“比咱村好。”三婆又问："那你听说了小伙子人品有啥问题？"秋妮说："没听说。"三婆两只手啪地一拍，三婆说："就是呀，既然河东村比咱村条件好，小伙子身体棒，人品也没啥，那你还有啥不愿意的？"秋妮抬起头看着三婆，秋妮说："婆，不是我愿意不愿意，是我现在还不想嫁。"三婆嗨地叹了一声气，三婆说："你看这事情弄的，那边是铁了心看上了你，你这里倒……唉，不说了，不说了。"三婆从凳子上站起来就要往外边走，父亲和秋妮站起来送，三婆摆着手说："不送不送，我自己走，自己走。"

晚上躺在炕上，秋妮望着窗外心里边乱乱的。她怎么也想不到今天见的人会是那天晚上的那个人。平心而论，若是没有那天晚上的事，秋妮没准还真没啥意见，可是有了那件事，秋妮心里总疙疙瘩瘩的，一想起就特别不舒服。哼，动不动就敢亲人家女娃脸，就算条件再怎么好，又能是什么好人呢？不同意，不同意，谁说啥也不同意。秋妮在心里这样想，秋妮感觉脸上被亲过的那一块火辣辣的，说不清是疼还是痒。

原想着这事情就这样过去了，没想到过了不到五天三婆又到家来了。三婆这次来还是满脸笑，但明显笑得和往常不一样，好像是那笑是强装出来的，好像还透着一股子难为情。三婆能有什么难为情呢？秋妮还正在琢磨，三婆就犹犹豫豫地开口了。三婆说："娃呀，你甭嫌婆太啰嗦，婆也不知道这话该咋说呀？"秋妮说："婆你有啥话尽管说。"三婆轻轻叹了口气，三婆说："根胜也不知道是着了什么魔，知道你没相中他，回去后几天不吃饭，眼泪兮兮的，对他妈说要是娶不上你他就不活了。"三婆的话倒把秋妮给惹笑了，秋妮说："那么大个小伙还流眼泪？我又不是什么金枝玉叶的，他凭啥不娶我就不活了？"三婆瞪大了眼睛看着秋妮，三婆说："这娃些，婆说的全都是真的，他妈昨天专门接我去看了，壮壮实实个小伙一下子瘦得眼窝都陷成了两个坑。"见三婆这样说，秋妮就不再笑，只是低着头看脚尖。三婆叹了一口气，三婆说："娃呀，你就当是帮三婆个忙，能不能再见一次面。"一听说是还要再见面，秋妮抬起头，秋妮说："没啥好见的，我不见。"三婆被秋妮一句话噎得大睁着眼不知道该说些啥，就转着眼睛一会儿看看秋妮一会儿看看秋妮的父亲，秋妮父亲磕了磕烟袋，秋妮父亲说："这娃些，咋说话！你婆把话都说到这地步了，你去见见能少个啥？"秋妮低着头一只脚在地上蹭呀蹭，就是不说一句话。

嘴上说不见，秋妮第二天还是去见了。地点还是在三婆家，还是那间小屋子。秋妮一进去根胜就日急慌忙地往起站，不小心把凳子都带倒了。根胜确实像是大病了一场，高高的个子圈着个腰，像是被什么东西重压着，怎么伸也伸不直；原本红红的脸膛蜡黄蜡黄的，大眼睛显得更大了，灰塌塌的少光气。秋妮说："听说你病了？"根胜说："没病，没病。"秋妮说："听说不娶我你就不活了？"根胜低着头不说话。秋妮说："才见一次面就说这样的话，假不假？"根胜低着的头抬起来，根胜说："不假，不假，这多年每次到我姑家我都会偷偷看看你，我早就……"秋妮脸红了一下，秋妮说："这么说你早就认识我了？那天晚上你也认出了我？"根胜低下头抠着手指甲，根胜说："认出了。""认出了你还……"秋妮说，"你羞不羞？"根胜可能是没站稳，扑通一声竟跪下了。根胜说："我是太喜欢你了，我忍不住想开个玩笑的。""玩笑？"秋妮说，"天底下哪有你这样开玩笑的？"

又过了几天，三婆得到了秋妮的回话。三婆笑得脸上的皱纹全都开成了花。三婆说："咋说的？真是好事多磨，好事多磨呀。"

得到秋妮这边的回话，根胜背了一捆子弹过的白生生绵茸茸的棉花要三婆给秋妮送。三婆满脸的皱纹仿佛隐藏着一个个深深的疑问，三婆说："咋回事？没听说过相亲相中了男方要送女方棉花啊？"根胜嘿嘿笑着，根胜说："叫你送你就送，她知道。"棉花送到秋妮家，秋妮父亲也疑疑惑惑地瞪大了眼。转过了脸问秋妮："这是咋回事？"秋妮头一低，说："谁知道呢？他能送，他心里应该最清楚。"

少年米强

柳街镇中学初三学生米强不知道，在他被叫到校长办公室的那个下午，他的学生生涯就要走到头了。

那天下午第一节课是自习课，全班同学大都趴在桌子上或者看书或者做题，唯独米强神不守舍地把头扭过来扭过去，眼睛在一个个座位上看来看去，像是在焦急地寻找着什么人，急于要说什么事。他细长的脖子长长地伸着，一颗圆圆的小脑袋灵活地转来转去，椅子在他的屁股下就弄出了一些吱吱扭扭的声响。可是，大家似乎对他弄出的声响闻所未闻，谁都没有朝他这里看上一眼的意思。

米强就缩回了脖子，一脸失望地低下了头。

米强把脑袋低到了桌子下，一只手就在裤兜里摸出了一个新手机。手机是上午才买的，可惜大家谁都还不知道，米强就莫名地有些失落感。他一手拿着手机，另一只手就故意捅了捅同桌的肖亚亚。没想到肖亚亚只是朝边上让了让，低着的头连抬都没抬一下。米强就坏坏地笑了一下。他把手机重新往兜里一装，就取出了圆规抓在手里，漫不经心地朝肖亚亚的胳膊上扎。

啊！肖亚亚像是在睡梦中被蛇咬了一口，捂着胳膊肘就凄惨地尖叫了一声。班里的同学一下子就都扭过了头朝这里看。只见肖亚亚捂着胳膊咧着嘴，眼睛里含着泪水正怒目朝着米强看。米强这时候脸上却带着笑，像是一个刚刚演出完毕的演员，冲着围拢过来的目光微笑着一下一下地点着头。

班主任李老师就是在这个时候走进教室的。李老师说吵什么吵什么，再有几个月就要中考了还有工夫瞎起哄。说完了就拿眼睛在人群里扫。扫见了满脸带笑的米强，就用指头指着米强，说你，你，就是你，赶快到校长办公室去一趟。

米强从座位上站起来。米强看到全班同学的目光都朝自己射过来。他就站起身，微笑着在大家的注目下慢慢地往教室外边走。

校长室离教室并不远，出了门沿着走廊朝右边再一拐，第一个房子就是校长的办公室。校长办公室的门半开着，米强看见校长正在和一位年轻的女老师说着话，他就磨磨蹭蹭地进去了。校长是一个五十多岁的矮胖子，额前的头发掉了一大片，明晃晃地闪着光。他正坐在桌后边挥舞着双手向对面的女老师说着什么事，就看见米强歪歪扭扭地站到了房中央。校长立马从座位上弹了起来，他伸着白白胖胖的手指指着米强问，你是哪个班的？怎么不打报告就进来了？米强说我是初三四班的，班主任李老师说是你找我。校长收回那只白白胖胖的手，在自己光亮的脑门上拍了拍，说知道了，知道了，你先出去，先出去，我这忙完了再叫你。

米强说了一声哦，就退出了校长办公室，站在门口摇晃着脑袋，一边左顾右盼着，一边一眼一眼地往校长办公室瞄。

校长和那位老师叽叽呱呱地说了老半天，才看见那位老师站起了身朝门外走。校长站起来往自己的杯子里接了一杯水，放到桌子上后又点了一支烟，这才吸了一口，朝门口喊，你，你进来。

米强再一次站到校长办公室中央的时候，校长咂着烟眯着眼先把米强看了足足有一分钟，这才从嘴上拿出烟头弹了弹烟灰，说对了，你叫啥来着？米强说，我叫米强。校长说对，对，对，就是你，今天叫你来有件很重要的事，希望你能认真对待。米强说哦。校长一拉抽屉取出了一沓卷子，另一只手在上边弹了弹，说你看看，你看看，这些是不是都是你的？米强朝校长跟前挪了挪，伸长了细脖子就朝那一沓卷子上看。校长说这就是你两年多来最好的成绩，数学十八分，语文三十分，英语倒好，干脆就是个六分。你说说，你说说你这几年到底是怎么学的？

米强从那一沓试卷上收回了目光，眼睛又朝校长的脸上看。校长白胖胖的一张脸躲在烟雾后面无奈地笑了笑，说成绩这样也就不说了，我再问你，把同学的手机扔到水池的是不是你？往班主任老师茶杯里放洗衣粉的是不是你？

米强起先低着头，校长说到往班主任茶杯里放洗衣粉时，他竟忍不住发了一声笑。那声笑显然是憋了好久没憋住，鼻子上顺带就冒了两个鼻涕泡。校长顿了顿，用手在面前扇了扇，说笑，笑，笑，你还笑，你知道你这都是些啥问题？咹，啥问题？

米强伸出手在鼻子上抹了一把。米强说你说啥问题就是啥问题。

校长咔咔咔咳嗽了一阵，说你还顶嘴，我叫你顶嘴，告诉你，学校研究过了，像你这样的学生我们不能要，也不敢要。去去去，把你爸叫到学校来，你怎么来的叫他还怎么把你领回去。

校长这句话说完正喘气，米强细长的脖子就梗了起来。米强看着校长，米强说我没有爸。

没有爸？没有爸？校长嘴里念叨着，像是在对米强说，又像是在自言自语。校长说没有爸把你妈叫来也能成。

米强说我也没有妈。

没有爸也没有妈，难怪你会像个野……好了，好了，不说了，没爸没妈有什么家长叫来都一样，总而言之，言而总之，这学你最好是别上了，别上了。知道不？

米强看着校长愣了愣，莫名其妙地嘿嘿就笑了。米强说不上就不上，我还巴不得不上呢。就朝校长鞠了一躬，说谢谢校长。转过身就朝办公室外面走。校长似乎还有一肚子的话没说完，就从座位上抬起了身，手指着米强的背影，说你，你，你啥态度，啥态度，咹？

米强背着书包走出教室的时候，班主任李老师冷冷地瞥了他一眼。米强看见了就好像没看见，他甚至还冲着李老师露出了一个笑。李老师四十刚出头，黑黑瘦瘦的，梳着个中分头，戴着一副厚厚的近视镜。那时候，他正在讲台上讲一道题，看见米强进了教室背起书包朝门外走，李老师手捏着一根粉笔就停住了，好像是对米强有啥话说，但看见米强脸上的笑，他就只是轻轻地摇了摇头，啥话也没有说。

米强把书包往肩膀上一抡，朝李老师意味深长地又笑了一笑，就头也不回地朝外边走。

米强出了教室这才回头望了望，那时候他已看不见李老师，但一想起李老师喝洗衣粉水时的样子，他就禁不住得意洋洋地笑出了声。

一周前同村同学米小放拿了一部新苹果手机，班里的好几个同学就围着叽叽喳喳地看。米强看见了就也凑上去，伸了手也想拿过来看一看。想不到米小放把手机往兜里一揣，说好了，好了，不就是一个苹果手机嘛，有啥好看的。米强伸出去的手就又悄悄地缩了回来，心说牛逼啥，还不是仗着有一个有钱的老爸。米小放他爸在下河村当村主任，又成立了一个建筑公司在柳街镇上揽工程，家里的条件在村里当然数第一。米强当时看见米小放把手机揣到兜里还骄傲地扬了一下头，就朝地上吐了一口又踩了踩，冷笑了一声没说话。

第二天上午课间休息时，米小放突然在座位上站起身，大声喊着说手机，手机，我的手机谁看见了？周围的几个同学就都摇了摇头，其中一个说上一节体育课你还拿出来打游戏来着，你想想会不会丢在了操场。米小放就转身出了教室往操场跑。他在操场急急火火地转了好几圈又问了好几个人，大家都说没看见。米小放头上就冒出了汗，又回到教室让几个关系好的同学帮着找，说谁找到了奖励谁一百元。有几个同学就都离开了座位帮着四处找。米强看着大家忙忙碌碌的样子自己就坐在位子上傻傻地笑，一边笑一边嘴里还哼唱着一首歌。米小放朝米强看了一眼，搔了搔后脑勺，说米强你有没有看见我手机？看见了你就说一声。米强说我看见了，我就等着你问我呢，可是你又没问我呀。米小放说你真的看见了？那你看见在哪儿呢？米强嘿嘿笑了笑，细长的脖子伸了伸，朝水房那边指了指。米小放就转过身朝水房跑。在水房的水池里，他果然看见了自己的手机，湿漉漉的，上面洒上了不少水。

是哪个狗日的把我的手机扔到了水池子？米小放从水池里拿出自己的手机，心疼得眼泪都快要出来了。谁干的？有谁看见了是谁干的？米小放站在水池边朝四处喊。就看见米强笑模笑样地跟了过来，说你掉了我帮你捡起来了你还骂。米小放盯着米强，说原来是你干的好事啊，抓住米强劈头盖脸抬手就打。米强当然不示弱，抡起了一双拳头还击。米小放人高马大的，瘦小的米强自然占不了便宜，鼻子就被打破了，汩汩地朝外冒着血。米小放依然不依不饶的，抓着米强的领口，就把他扭到了班主任李老师的办公室。一见到李老师米小放先是委屈地哭，接着就指着米强对李老师说，他把我手机扔到了水池子，我找他他还动手要打人。李老师让米强擦净了脸上的血，问米强手机是不是你扔到水池子的？米强像是电影里宁死不屈的游击队员，挺着胸，昂着头，说是我扔的又能咋？李老师说你呀你，你知道苹果手机多少钱？你知道你把手机扔到水里啥后果？走走走，你这个学生我管不了，咱到你家里让你家长评评理。就拉着米强出了门，发动了自己的电动自行车载着米强朝下河村走。

下河村家家户户都盖起了两三层的楼房，听说这几年可能要拆迁，好多家正运来了水泥砖头在加盖。李老师骑着他的电动车绕过了一堆堆砖头和楼板，走过了一条条大街和小巷，终于在一间低矮破旧的土屋子前停住了车。米强说到了。李老师看着米强，一双眼睛在厚厚的镜片后面扑里扑腾地闪了闪，说这就是你的家？米强歪着头说我骗你干什么？就自己抬脚先往里走。进了屋米强就喊奶，奶，我老师到咱屋来了。就见一个头发花白的老太太拄着个拐杖从一间房子走出来，说老师来了，快搬个凳子让老师坐。李老师说不坐了，不坐了，你是米强的奶奶？老太太说是的，是的，米强这崽娃子是不是又闯祸了？李老师这才看清老太太原来眼睛是失明的，就扶了她坐下来，说老人家不着急，你听我慢慢说。老太太说好，好，不着急，不着急。就转过身喊孙子，说强强，给你老师倒杯水。米强说嗯。就进了厨房去倒水。

李老师等老太太坐好了，就将米强把米小放手机扔到水池的事情说了一遍。老太太听完拿着拐棍儿一个劲儿地往地上捣，说这个不争气的，怎么和他爸小时候一个样。李老师这才想起来问米强他爸爸怎么没见人，老太太说唉，不提了不提了，前几年先是媳妇跑出去，再是他跑出去寻媳妇；寻来寻去的，他自己一晃多少年都没回来了。

李老师就长长地叹了口气，说唉，难怪孩子成这样，出了这事可怎么办呀？米强的奶奶伸着脑袋说能怎么办？砸了锅卖铁也得给人家赔。你甭管，你甭管，我会自己想办法。李老师就叹了一声气，正准备转身要告辞，就看见米强端着一杯水来到了面前。李老师本来不想喝，米强奶奶在一旁一个劲儿地劝，说强强这孩子给你们添麻烦了，跑了这么远的路咋能一口水都不喝？李老师就接过杯子喝了一口。水不烫，李老师一口水刚下肚，感觉味道有些不对劲儿，再张口说话时嘴里就一个接一个地吐泡泡。

就看见米强躲在一边捂着嘴笑得弯下了腰——

李老师回来把情况向校长一汇报，校长气得铁青着脸，说这还了得，这还了得，手机得赔，他的这种不良习气也一定要处理。后来，还是米小放他爸爸出面说了话。米小放他爸爸米满仓当着李老师和校长的面说算了算了，不就是一个手机么，乡里乡亲的犯不着为这件事翻了脸。

米强却并不领这个情，他后来回到家对他奶奶说，怕什么，赔就赔，反正是树掏钱又不是我掏钱。米强的爸爸叫米长树，他奶奶常常就叫树，米强也就这样跟着叫。

米强对他奶奶说完这句话，就用家里的座机给他爸爸打了一个电话。他只知道爸爸在广东一个什么地方打工，却几乎想不起来他长啥模样。他抓过了电话就说哎，这个月的生活费没有了你啥时候打钱呀？电话那边说这个月怎么花得这么快，这才刚刚十几天呀。米强说反正现在是没有了，寄不寄钱由你吧，就啪的一声挂了电话。第二天卡上果然就多了一千元。米强啥话不说取出八百元买了一个手机，没想到在学校却没机会拿出来显摆一下。

米强走出学校大门后从口袋掏出了那个新买的手机，拿在手上玩了一会儿，忽然就想打一个电话，想了半天但却想不起来该给谁打，就拿着手机摇摇晃晃地朝柳街镇走。

米强游游荡荡地来到柳街镇的时候，头上已经密密麻麻地冒了一层汗。他脱掉了外衣，只穿着一件黑乌乌的白背心，书包和上衣在瘦削的肩膀上搭着，甩着一条胳膊东张西望地在镇街上漫无目的地走。末末面馆老板娘刘末末那时候出来倒垃圾，一抬头看见了吊儿郎当的米强，就手提着簸箕打招呼，说米强今天这么早就放学了啊？刘末末娘家和米强家在一个村，她还和米强的爸爸米长树是同学，他妈妈出走的那一年米强的奶奶还抱着米强求刘末末喂过奶。米强看见刘末末在叫他，就咧开嘴露了一个笑，说是末末姑呀，我从今往后不上学了。刘末末就愣了一下，说你来来来，这么小的不上学了你想干啥？米强边甩着胳膊往面馆里走，边说，不上了就不上了，学校一点儿意思都没有。说完了就在一个饭桌旁坐下来，问有水没，把人渴的，嗓子里都快冒烟了。刘末末说有有有，就拿出一个纸杯在热水器上接满了，放到了米强的面前，说小心烫，等晾凉了你再喝。米强说嗯，眼睛就在店里胡睃巡。刘末末看着瘦瘦小小的米强就叹了一口气，说你看你的背心都成啥了，脱下来姑给你换一件。米强就收回了目光往自己的身上看，一边看一边就不好意思地嘿嘿笑。刘末末的丈夫王小鱼这时候敞着个肚皮正从厨房里面走出来，说嘿嘿啥，你姑叫你换你就换么，还有啥不好意思的。米强看了王小鱼一眼，叫了一声叔，就把那件背心脱了下来。刘末末上到二楼拿了一件新背心，说这件背心买了好久了一直没人穿，你试试看大小怎么样。米强接过那件白背心朝刘末末和王小鱼的脸上看了看，又放到鼻子下闻了闻，一股久违的清香气味就在心肺里散开来，弄得他直想掉眼泪。米强很快地把背心套到了身上，不大不小，居然刚合适。就眼睛热热地嘿嘿笑，说末末姑，刚好，刚刚好。

刘末末和王小鱼看着米强穿好背心，两个人对看了一眼，就轻轻地摇了摇头。刘末末问，你爸爸妈妈还没消息？

米强就从新背心上移开了目光，冷冰冰地说谁知道呢，听说找他老婆找了几年没找到，到现在倒快把自己找没了。刘末末叹了一口气，说你爸爸也是恓惶人。就想起了当年的情景，那一年，在广东打工的米长树领回来一个长得白白净净的女子，说是自己谈下的对象，现在两个人准备回到村里老老实实过日子。结婚不到一年女子生下了一个娃，之后就莫名地离开村子失踪了。米长树不甘心，把孩子留给母亲就又回到了广东去找。一年没找到，两年没找到，米长树就留在了广东，说是只要一天没找到，他就会待在广东一直找。

唉，刘末末又叹了一口气，说那你不上学了你爸爸知道不？米强说我上不上学是我的事，他没工夫管，我也没指望他能管。王小鱼就有些听不进去了，说你这娃，再咋说那也是你爸爸呀，看你说的这是啥话。米强就不再说话，端起杯子咕咚咕咚地喝开了水。

喝完水米强嘻嘻哈哈又笑了，说末末姑，小鱼叔，要不我将来就在你这里打下手？刘末末看了一眼王小鱼，扭头对着米强说你这娃，我和你叔还能指望你干活，你再去找找学校最好继续去上学，再不要胡思乱想地胡成精了。米强就站起来把书包和上衣往肩上又一搭，说姑，叔，这学我是指定不上了，谢谢你们，我走呀。就站起身一阵风似的朝外边走。刘末末就在后面喊，说米强，有啥事别忘了来找姑。米强头都没回，说哦，知道了，姑你回去忙你的事。

米强来到镇街上，一路漫无目的地从西头往东头走。走到一个用砖墙围着的场院时，他听见里面有一头猪在歇斯底里地叫。米强的眼睛就亮了，绕着砖墙走了一圈才看见了一个铁栅栏门。门是从里边插着的，米强手伸进去一拨，门就吱扭一声打开了。这时候院子里的几个人正按倒了一头猪，往一个长条凳子上抬。猪的四蹄被绑着，头拼命地昂着号叫着，四个蹄子狠劲儿地蹬。抬猪的四个男子个个挣红了脸，按头颅的按头颅，揪尾巴的揪尾巴，终于将猪放到了条凳上。这时候一个光头的胖子一伸手从地上的篮子里拿出了一把尖刀，噗的一声就插进了猪的脖子里，又嗖地往出猛一拔，就看见一股一股的血刷刷刷地往地上的盆子里流。猪的叫声就越来越小，四个蹄子也动得慢了，哼哼唧唧的，地上的盆子里就接满了血。

米强站在这些人后边出神地看着，他感觉脊梁骨起先凉凉的，慢慢地就感觉全身的血液在朝心头涌，朝脑门涌，就情不自禁地喊了一声好。这一声好显然把正在杀猪的几个人吓了一大跳，一回过头就看见了在夕阳里傻愣愣地站着的米强。光头男子撇了刀，说小子你啥时候跑进来的，咋咋呼呼地喊叫啥呢？米强抹着脑门子上的汗嘿嘿笑着就走近了，捡起那把带血的刀子凑到眼前看，放到鼻子下闻，又伸出舌头在上面舔。光头男子愣愣地看着，一伸手就夺了那把刀，说嗨嗨嗨，你是谁家的小子？不好好上学，跑到这里拿个杀猪刀子撒啥癔症。米强嘿嘿就笑了，米强说我要学杀猪。学杀猪？光头男子朝其余几个人看了看，仰着那颗光脑袋哈哈就笑了，说学杀猪，你要学杀猪？去去去，谁家的毛孩子，找个地方和一堆子尿泥玩儿去吧，别在这里瞎捣蛋。说着，一伸手就在米强的肩上推了一把。米强被推了个屁股蹲，坐在地上站起来却不走，嘿嘿笑着依然在那里着迷地看。

光头和几个人抽了一根烟，接着就刮毛，就开肠破肚地取下水。等到天擦黑的时候，那头猪就变成了两扇子干干净净的鲜肉。这时候，光头男子再一回头，他看见米强不见了。奇怪的是，刚才被米强拿过的那把刀子也不见了。

狗日的野小子，把老子的刀子顺走了。光头男子朝另外三个人说，下次再见了那小子千万别放过。

早上太阳已经升起了老高，米强还在床上没起来。他奶奶就在外面一声声地喊，说你还睡，还睡，今儿不用去上学了？米强翻了个身又打了一个呵欠，说不去了，今后我不用去学校了。他奶奶拐棍就在地上戳出咚咚的响，说好么，好么，你说不去就不去了？我管不了你，看你爸回来咋收拾你。米强就有些不耐烦，说他收拾我？他凭啥收拾我？再说了，谁知道他猴年马月才回来？他奶奶咔咔地咳嗽了几声，说昨下午你爸打电话，说是这两天就到家。米强说知道了，知道了，爱回来不回来。就从床上坐起来，眼睛往床头四处看。那把刀子就在床头上放着，昨晚上他玩儿了半晚上。那时候，他把刀子握在手里朝墙上戳，朝书本上剁；他还十分好奇地拿刀子在自己的手背上轻轻划了一下，他感觉手背好像是被马蜂蜇了一下，凉飕飕，麻辣辣的，慢慢地，就浸出了一道细细的血印子。现在他把那把刀子又拿在了手上，他闭着眼睛，回味着刀子划在手背上的感觉，那感觉让他有种说不出的畅快和奇妙。

蹬上了裤子，把那件新背心往身上一套，又把那个手机往兜里一装，米强推开了房门就要朝外边走。他奶奶说叫你半天不起来，现在急急火火地干啥去呀？米强说不干啥，我出去耍逛呀。他奶奶就说没王法了，没王法了，就是逛你也吃了饭再去么。米强说知道，知道。就在馍笼子抓了一个馍。说我走了。

米强出了门就在村子里面胡乱窜。他把手机拿在手里，插着耳机听着歌，眼睛往街道两边胡乱瞅。村里好像是一个大工地，机器轰隆轰隆地鸣叫着，一些浑身泥浆的男人女人们吵嚷着，把一座座一层两层的楼房一个劲儿地往高里加。米强走在这样闹闹嚷嚷的街道上，他失望地发现他几乎找不到一个闲人可以说说话。他漫无目的地溜达着，走到村子西头的时候，他看见米立傻愣愣地坐在门口的一个小凳子上仰着脖子望着天。米立小时候发高烧，烧成了小儿麻痹，不但走路像鸭子一样摇摇摆摆的，还哼哼哈哈地说不出一句囫囵话。米强看见了米立就笑了，米强说米立你看啥呢？米立嘿嘿着，米立说我看鸟鸟。米强就仰起头，却并没有发现有鸟鸟，就说天上哪里有鸟鸟，天上连个毛都没有。米立就低下头看着米强笑，说没有鸟鸟，没有鸟鸟？米强说没有，没有。就把手里的手机三摁两摁的，弄出了一只喳喳叫着的鸟鸟往米立面前递。米立拿着米强的手机看着看着就嘿嘿地笑，一笑涎水就丝丝牵牵地往下流。米强也笑得咯咯的，把耳塞往米立的耳朵上插，说米立你听你听，鸟鸟还会一声声地叫呢。米立戴上了耳塞，米立脸上的笑很快就泛滥了，说鸟鸟叫，鸟鸟叫，好好好。米强看着米立，米强也笑得嘿嘿的。

米强和米立正拿着手机笑，就听见身后有另一个人在冷冷地笑。米强扭过头，他看见米小放骑着一辆崭新的山地车，两条腿在地上撑着，两只耳朵插着耳塞，眉毛挑着正斜眼看着他。米小放说，那个手机泡坏了，我又买了一个新的，还是苹果的，我爸给买的。米强瞪了一眼米小放没有说话。米小放就从自行车上下来撑好车，走到米强跟前弯着腰看了看，说哈哈，你这是什么手机咋这么高档呢？米强从米立手里拿过了自己的手机，说你管不着。米小放说你老子老娘都不管你，谁稀罕管你呢。米强就攥起了拳头瞪起了眼。米小放则一点儿也不示弱，又往前走了一步，明显地就比米强高出了快一头。他居高临下地看着米强，说你攥着拳头你想弄啥呀？就顺手推了米强一巴掌，米小放手上汗湿湿的，这一巴掌就在米强的白背心上印上了一个黑乎乎的手印。米强朝自己的胸前看了一眼，啊地喊了一声，一挥胳膊一拳就打在了米小放的脸上。米小放猝不及防地挨了一拳头，鼻子一酸，一股鼻血就唰地流了下来。米小放用手在鼻子上抹了一把，又放在眼前看了看，哇的一声就哭出了声，说你狗日的把我鼻子打破了，你狗日的把我鼻子打破了。挥动着两条长胳膊就扑上来。米强挥动着拳头一边乱打一边朝后退，脸上身上不可避免地就被打了几拳头。米小放依然不依不饶地追着打，最后就抱住米强把他压在了身底下。米小放压着米强朝他的胸前打了一拳头，说你狗日的服不服？米强被压在身下扭动着，伸出一只手胡乱抓，说你个王八蛋谁服你。米小放就又打一拳，说叫你狗日的嘴再硬。

两个人在地上翻来覆去地滚了一身的土，脸上青一块紫一块的就都有了伤。米立起先在一旁看着拍着手笑，说打起来了嘿，打起来了嘿。后来就尖着嗓子哇哇地哭，说血，血，流血血了呀流血血。这时候就有几个人往跟前走看是咋回事，一辆路过的轿车也吱的一声停住了，走下来了米小放的爸爸米满仓。米满仓走到两个人跟前一把就拉起了自己的儿子米小放，说，弄啥呢，弄啥呢，不叫你和他玩儿，谁叫你又和他玩儿。米小放被他爸爸米满仓抓着一只胳膊，另一只胳膊朝正爬起来的米强指，说谁和他玩儿来着，是他先动手打的我。米满仓就朝浑身是土的米强看了一眼，说算了算了，两个半大小伙子在街上打来打去的像啥话。走走走，以后不要再和他玩儿了好不好？米小放就朝米强吐了一口口水，被他爸爸拉远了。米强拍打着身上的土朝米小放父子背影也吐了一口，说这事和你没有完，狗日的，咱们走着瞧。

米强在一家盖房的水管子前洗了脸，就揣好手机朝柳街镇走。到了镇街上漫无目的地走了一阵，脚步就不由自主地又拐到了末末面馆前。那时候已经是中午吃饭的高峰期，三五成群的人吆五喝六地一个接一个地往面馆里走。米强在门口来来回回地徘徊了好几圈，正想着该不该往进走，在门口迎客的刘末末就瞥见了，朝他招着手，说强强，强强，在门口踅摸啥呢，还不赶快进来。米强就冲刘末末笑了一下朝里面走。一进门刘末末朝米强脸上身上看了一阵子，说强强你这是咋了？弄得浑身是土脸上还有血印子，是不是和谁打架了？米强本来想笑一笑说没有事，却委屈得鼻子酸酸的，眼泪忍不住吧嗒吧嗒地往下掉。刘末末在包里取出一沓纸就在米强脸上擦，说不哭不哭，这么大的小伙子还掉眼泪不怕人看见了笑话呀？米强嘴里嗯嗯着，胸脯一起一伏的，哭得却更伤心。旁边有一个吃饭的熟客就扭过了头，说老板娘这是你儿子吧？小伙子都长这么大了呀。刘末末笑了笑没说话。

等米强情绪稳定了，刘末末让米强把那件土乎乎的背心换下来，自己拿去洗净晾好了，这才又朝后厨交代说给米强下一碗面。米强就摆着手，说我吃过了，不吃了，不吃了。刘末末就拿眼睛瞪米强，说说谎话了是不是？姑姑管你一顿面还是管得起的，再不许你客气了啊。米强就嘿嘿笑着点了点头。不一会儿，后厨端上来一碗油泼面，搁了辣面子放了葱花浇了油，一端在手里就有一股子香气往鼻孔里钻。米强端着碗朝刘末末看了一眼，看见刘末末也正笑眯眯地注视着自己，就咧开嘴绽了一个笑，拿起筷子狼吞虎咽地吃完了那碗面。

碗往桌子上一放又抬胳膊擦了嘴，米强就问刘末末说有啥他能干的活，说反正今天也没什么事，就在这里顺便帮一下忙。刘末末说这里的活都有人干，不用你忙的。米强就自己在各个桌上看了一圈，见有不少吃完饭的碗还来不及收，就一一收了，往后厨送；见有些客人来了在桌前干坐着等上饭，就又提了面汤壶给一个一个客人面前的空碗里倒面汤。倒面汤米强有些不顺手，免不了就泼泼洒洒地洒一桌子，差点儿没有烫伤人。刘末末的丈夫王小鱼看见了就走出来，一只手接了米强手里的壶，一只手顺带着在米强的头上抚摸了一下，说这活不是你干的，你要是再没啥事了就到一旁玩儿去。米强嘿嘿笑着看了王小鱼一眼，他那只手在他头上抚摸的感觉就慢慢地弥漫了米强的全身，也说不出来具体是啥感觉，总之就是轻轻的，亲亲的，柔柔的，让他想撒娇，想流泪，想拽住衣襟不松手的那一种。这一种感觉，在有限的几次爸爸回来的时候似乎偶尔曾有过，只是因为时间太久太久，以至于他到现在几乎完全想不起来了。

米强就想起了自己的爸爸。爸爸最近一次回来应该是在五六年前，匆匆忙忙地几乎没顾上和米强吃一顿饭，放下一些钱就走了。米强此后一直在脑子里回忆爸爸的样子，但任他怎样挖空心思地想，记忆却总是模模糊糊的不清晰。

米强在店里磨磨蹭蹭地一直待到吃饭的高峰期过去了，刘末末就收回了那件已经晾干的背心让米强再穿上。看米强换好了衣服，刘末末就说强强呀，你这样小小年纪就不上学的确不是个事，要不还是叫你爸爸回来了去找学校再说一下。米强说他哪里顾得上我，他要是能顾上我也不会这么久都不回来。王小鱼说看你这娃，你爸爸不回来一定也是有自己的难处，你不能这样子想你爸爸。米强低着头没说话，停了一会儿猛然间想起了一件事，说对了我爸——爸昨晚上给家里打了电话，说他今天要回来，你们不提我还差点儿就忘了。米强在说“爸爸”两个字的时候口有些生，一说出来就有些磕磕巴巴的。刘末末和王小鱼两口子就笑了，说那好啊，让你爸爸去趟学校找一找，还是继续上学是正路么。米强说可是我——实在——不想上学了。刘末末就故意拉了脸，说这娃些，不上学你小小年纪弄啥呀？王小鱼也说，就是么，上不上等你爸爸回来了，你爷俩好好合计了再下结论么。米强就又抿了嘴。等了一会儿说姑，叔那我回去呀。走到门口又折了回来，问刘末末手机号，说对了，我有手机了，号码是1367459×××。姑，叔，你们有啥事要我帮忙就打这个哦。刘末末笑吟吟地说记下了，记下了。

米强出了面馆又在街上东游西逛了一下午。走到那个四面砖墙圈起来的屠宰场门口时，听见里面又有猪在歇斯底里地叫。米强本想绕到门口去看一看，想起了昨天偷走刀子的事就摇了摇头，只把耳朵贴到了墙上听，他似乎听见了噗的一声，他似乎看见了一股子血汹涌着从猪脖子下面往出冒，他浑身颤抖着，感觉全身的血似乎一下子都在往自己的头顶流，往自己的头顶涌。

米强走回村子的时候天已经完全黑了下来。街巷里的路灯零七碎八地亮着几盏，迷迷瞪瞪的，像是一些无精打采的眼睛，照得街巷模模糊糊朦朦胧胧的。米强懒里懒散地在街巷里走着，脚步在地上踩出沙沙地响。走到米小放家门口的时候他听见米小放的爸爸和他妈妈在大声地说着话，他听见米小放一个人在大声地笑。米强就朝地上狠狠地吐了一口痰。米强想起了上午米小放和他爸爸离去的背影。一想到这父子俩的背影米强就又朝地上狠狠地吐了一口痰。

这时候他看见米小放他爸爸米满仓的黑色轿车就在路旁停放着，米强眼睛亮了一下，嘴角一咧嘿嘿就笑了。米强在心里说，我让你们好好地笑。

米强慢慢地朝轿车走过去，米强准备放掉两个轮胎的气。米强身子刚弯下去，就发现远处有一个人走过来。米强就背过了身去装作在小解。眼看着那个人走远了，米强又一次弯下了腰，耳朵边却传来了一个人的咳嗽声。米强又一次直起了身。米强装模作样地提着裤袋吹着口哨来到了路中央。这个时候他已经改变了主意，他觉得现在路上人正多，不好下手，不如回家先歇一会儿，等路上人少了再动手。

米强回到自己家里的时候，看见堂屋里放着一个旅行包，就随随便便地踢了一脚，朝他奶奶的房间扭着头，问这包是谁的。他奶奶咔咔咔地咳嗽了大半天，才喘着气说你疯到哪去了，怎么一天都不沾家？你爸爸天擦黑就回来了，四处寻你却不见你人影。米强说回来就回来了，找我干啥呀。他奶奶说你爸爸知道了你不上学的事，急急火火地要去找校长，你爸爸还说要去找米小放他爸爸米满仓，说这回回来就不出去了，想在他家的公司里找个事情干……

够了，够了，再没人找了，找米小放他爸爸米满仓做啥呀？米强顿着脚打断了他奶奶的话，一推门就回到了自己的房间。奶奶在自己的房间里嘟囔了一句啥他没听见，他脑子里净是米小放和他爸爸上午走在一起时的背影。他在房子里狂躁地转了几个圈，眼睛就准确无误地落在了那把刀子上。他把那把刀子拿在手里凑到眼前看了看，又放到鼻子前闻了闻，耳朵里就响起了那头猪歇斯底里地号叫，眼前就出现了黏黏稠稠的一团血；那血热热乎乎地冒着气，他似乎摸到了那血的温度，闻到了那血的气味，他感觉自己全身的血液又开始往头上流，往头上涌。狗日的。米强骂了一声狗日的，就把那把刀往怀里一揣，噔噔地往出走。

米强听见他奶奶的声音追出来，他奶奶说又要到哪去野呀，你爸爸说他办完了事就回来，让你在家等着他。

米强很快地就把他奶奶的声音远远地扔到了身后。他像一阵风似的，很快地就来到了米小放家门前。他看见那辆黑色轿车还在那里停放着，他听见院子里还有人在大声地说笑着。他这次一点儿也没有再犹豫，他举起刀子一下子就捅进了一个车轱辘。我叫你笑。那个轮胎噗嗤一声憋下来的时候，米强的脸上露出了开心的笑。我叫你拿个苹果胡显摆。米强第二次举起刀子要朝第二个轮胎扎，没想到米小放家的大铁门吱扭一声被推开了，一个人影大喝一声谁？就急急忙忙地朝车跟前走。米小放那时候已没地方躲，转过身一刀就朝那个人影刺过去。他听见了噗的一声响，他听见了咚的一声响，他感到一股子热热的东西溅了他一手又一脸。他木呆呆地站了一会儿，一转身就像是一只受了惊吓的狗，迈开脚步没命地朝村外跑呀跑。

米强一口气跑出了村子，跑到了一片麦田旁。他弯着腰大口大口地喘着气，他感觉自己的腿似乎快断了，心也怦怦怦的，像是随时都要跳出来。他呼哧呼哧地喘了一阵子气，把刀子往麦田里一扔，一屁股就在地上坐了下去。他感觉四周有风吹过来，地底下有湿气升起来，一时间就觉得四肢凉凉的，禁不住浑身抖个不停点儿。他朝村子望了一眼，他朝离村子不远处的灯火闪烁的柳街镇望了一眼，长长地出了一口气，身子朝后边一倒，说杀了，我把米小放他爸爸米满仓杀了……

第二天早上米强是被一阵电话铃声惊醒的，他看见屏幕上显示的是刘末末，就摁了接听键叫了一声姑。刘末末火急火燎的，一接电话就问你在哪？说你赶快到镇医院来一趟。米强问姑你是不是住院了？刘末末没回答却挂了电话。米强揪着地畔的一撮子草擦了擦手，又撩起衣襟抹了抹脸，就迈开双腿朝镇医院跑。一进镇医院大门他看见米小放他爸爸米满仓正和一个医生说着话，他看见王小鱼和刘末末夫妻俩正搀扶着他奶奶往走廊上的椅子上坐。米强一下子就蒙了，心想着难道是奶奶突然得了什么病？这时候，他看见刘末末朝自己走过来。他感觉刘末末抓住了他的一条胳膊。他听见刘末末对他说，你爸爸昨晚上被人捅了一刀，幸亏米小放他爸发现了及时送到了医院。

米强说那，那他，他现在怎么样了？刘末末说已经整整抢救了一晚上，现在还在抢救呢。

米强嘴张着不知道想说一句什么话，两条腿却软软的，身子沉沉的，就要往地上倒。

和杨旦没完

碎石在老烟庄的麦花家找到杨旦的时候，天色已经慢慢地暗了下来。碎石对杨旦说，我找你哩。

杨旦坐在院子中央的一张小方桌前和一帮人打牌。他弓着腰，那件漆皮已经掉得斑斑驳驳的仿羊皮衣在肩上松松垮垮地披着，仿佛一个行将褪掉的壳。他嘴里叼着一根烟，眼睛半睁半闭着，一手捏了一张牌在空中悬着，一副犹疑不定的样子。听见碎石说话，就哦了一声，扭头看了一眼碎石，啪地把手里那张牌往桌上一扣，说不打了，不打了。

桌上的几个就有些不依，说杨旦也太不够意思了，见赢就想走，咋就这牌德。还有的就骂，说杨旦你这货咋是母狗的那个玩意儿，只让进，不让出，赢了这半天，怕输了就要走。麦花则嬉皮笑脸地在杨旦的大腿上拧了一把，说让娃走，让娃走，娃急着回去给他婆娘装窑呀么。

杨旦拨开了麦花拧他的手，说有人找我哩，再说黑势都下来了，我又没长夜眼子，要打你们打去。就起身披好衣服，拉了在一旁尴尬着的碎石往门外走。

你来得好么。一出门杨旦就嘿嘿笑着对碎石说，要不被那帮臭手粘着，说不定要打到什么时候呢。碎石说噢么。一双眼睛茫然地向四周瞄来瞄去，一副心不在焉的样子。他抬手在他粗短的脖颈上搔了搔，草笼一样的头颅转向了杨旦，说你赢钱了。杨旦说我手气不错，一连坐了八庄。碎石说噢么。再想说什么，却见杨旦扭头朝暮色初降的街巷四周望了望，吱的一声拉开了裤口的拉链。尿泡都快憋炸了。杨旦对碎石说，一个下午连趟厕所都没顾上去。随即在裆中一阵掏摸，也不停脚，一边走一边唰唰地在街巷坑坑洼洼的土路上洒一道弯曲的水线。

杨旦收回东西的时候，杨旦的家已经到了。门上挂着锁，那只看家的黑狗嘴里呜呜着，疑惑地看着杨旦和他身后的碎石。老婆春红上午去了娘家，看来现在还没回来。杨旦踢了一脚围着碎石转的狗，掏出钥匙开了门，又摸索着门背后的拉线开了灯。这才让碎石在靠墙的一把椅子上坐了，自己张罗着要生火做饭。

碎石说我吃过了，我不饿。

杨旦又提过电壶给碎石倒水，碎石说我不渴。

杨旦似乎这才想起碎石急急火火地找到自己应该是有什么事的，就拉过一把椅子往碎石的跟前坐了坐。抽烟，抽烟。杨旦说，要不咱先聊着，等我婆娘回来了再给咱做饭吃。

碎石接过杨旦递来的烟在手里捏弄着，脸上的笑显得有点儿生硬而又莫名其妙。他的一双小圆眼睛在屋子里飘忽不定地睃巡了一回，他说我找了你一整天哩。

杨旦说噢么。

我早上就来了你们村。碎石说，你家门锁着，隔壁那个耳朵有点儿背的老头说你去了柳街镇，我就撵到了柳街镇。后来听说你去了马庄村，我又赶到了马庄村，再后来听说你哪儿都没去，你在麦花家打牌呢。

噢么。杨旦说，我打牌呢。

我找你找得急呢。碎石说，我脚都跑肿了呢。

碎石又说，我总算找到你了。

噢么。杨旦说。他看见碎石被灯光映到墙上的影子显得臃肿而又模糊不清。他说，你找我你有什么事吧？

不是什么大事。碎石说，其实也不是什么大事。

杨旦就往碎石跟前靠了靠，说有啥事你尽管开口，咱俩谁和谁。

碎石憋红了脸，吭吭叽叽的，说了他找杨旦要办的事。

碎石在杨旦的邻村，二十几岁的时候在工地上偷了一台马达，结果被判了几年。等到回来的时候，父母已经去世，家里也穷得只剩下一堆破烂和几窝老鼠，到现在三十几了还是一条光棍。他找到了同村的麻六。他知道麻六刚从北山里领回了一个女人，麻六说给你也行，但三千元的介绍费不能少。还说这是看在同村乡党的情分上，不然少说也得五千。他还叮嘱碎石抓紧，务必赶在明天晚上一手交钱一手领人，因为老烟庄的烂眼和柳街镇的豁嘴都流着口水伺候着呢。他是不偏灯不向火，到时候谁先交了钱谁领人。碎石于是赶快回家归拢了所有的积蓄，又卖了一些粮食，但还是差一千块。他就想到了杨旦。杨旦是他在工地时交下的朋友，他觉得杨旦能帮他。

我这才找到了你。碎石对杨旦说，我也只有找你了。

没问题。杨旦拍了一下大腿，他看起来有些激动。你能找我说明你拿我当朋友，我不帮你我不够人。碎石不自然地笑着，两手搓了又搓。杨旦又说不过现在不行，他家柜子的钥匙是他婆娘春红带着，而且那个数也不够，好在他圈里的猪肥了，明天卖了凑够数一块送去。

放心，赶明晚前我一定给你送去。杨旦拍着瘦筋筋的胸脯对碎石说，误不了事的，误了事随你说咋办就咋办。

碎石就感动得有些不知所措。两个人又说了一会儿话，碎石说他得赶快回去收拾收拾屋子，就起身告辞走了。

杨旦的婆娘春红回到家里的时候杨旦正躺在炕上呼噜呼噜地装睡。春红轻轻地插上了门闩，肥嘟嘟的身子慢慢地扭到了炕边。她挠了挠杨旦的脚心，又揪了揪杨旦的耳朵，杨旦精瘦的身子就在炕上扭来扭去，说骚情啥，骚情啥，八辈子没回过娘家，天黑了都不回来。春红咯咯地笑，说我想回来我的嘴不让我回来么。她告诉杨旦她娘家养的那群鸡不知得了什么怪病喜欢咬仗，往死里咬，她去的时候就咬死了三只，她弟就烧水拔毛，叫她晚上留下来吃鸡肉。肉烂油汪，我吃得快到嗓子眼儿了呢。春红对杨旦说，你看，我还给你带了两只鸡腿哩。她从一个油腻腻的塑料袋里取出一只肥汪汪的鸡腿在杨旦的鼻子前晃了晃。杨旦嘿嘿地笑了，杨旦说好么，咱等会儿吃。一翻身从裤兜里抓出一把钱往炕头一扔，说你看，你看这是啥。

天神，钱么，这不是亲爱的钱么。春红眼里放着光，声音激动得有点抖抖颤颤。好半天，她才把目光从那一堆钱移到了杨旦的脸上，说你是偷人抢人了，还是抢银行了。

杨旦嘴角扯了扯，有些不屑地说，赢的，赢那帮臭手的。春红就又咯咯地笑了，蘸着唾沫把那些皱巴巴脏兮兮的纸币数了一遍，大惊小怪地说，三百多，三百多呢。才把那些钱往炕席底下一压，油汪汪的嘴在杨旦瘦筋筋的脸上狠狠地啄了一口，又一手搂着杨旦的脖子，一手胡乱地丢剥了衣服，急不可耐地压在了杨旦的身上。杨旦迎合着老婆的动作，却突然感到后脑勺软绵绵，凉冰冰的。他想起春红拿回的那只鸡腿，他就那样莫名其妙地喊着，鸡腿，鸡腿——

完事之后，杨旦一边嚼着鸡腿一边对躺在身边喘气的老婆说了碎石来借钱的事。春红有些不悦，她担心碎石会赖账，或者会还不起。她对杨旦说，那可不是个小数字呢。杨旦说不会，他和碎石交往不是一天两天，何况，那年工地上的事多亏了他。那可是个一根筋呢。杨旦对他老婆说，我答应了人家，咱不能说话不算数。春红沉默了一会儿，春红说你的事你办。两个人就拧身各自睡了。

杨旦卖完猪已是第二天吃午饭的时候，他呼噜呼噜地吃完了一碗干面，这才撂了碗，蘸着口水点齐了一千块钱往腰里一揣，对他婆娘春红说他给碎石送钱呀。他婆娘春红正在厨房里刷锅，一把铁铲在锅底上铲出吱啦吱啦的难听声音。她朝出探了探头，她说去么，去么，你着急你去么。

杨旦出了家门。杨旦很快地走到了村巷。他走到麦花家门口的时候看见麦花正站在门口焦急地东张西望。杨旦对麦花说，你贼头贼脑的像在等野汉子。麦花嘎嘎地一张胖脸笑成了一摊稀泥。她一把拽住了杨旦的胳膊，她说看你这张烂嘴，走走，摊子已经撑好，差一个人没法打么。杨旦甩脱了麦花拉他的手，杨旦说我还有事呢。麦花说你有屁事。她又抓住了杨旦的胳膊，嘴吧喷着热乎乎的湿气贴上了杨旦的耳朵。她对杨旦说五桥镇的宋干板来了，腰里揣了一沓钱，厚得像砖头呢。咱们几个串通好，把狗日的抄干。麦花对杨旦说。

杨旦抓了抓后脑勺，枣核似的眼珠子转了转，就显出一些犹豫的样子。麦花在杨旦腰眼捅了一拳，推着他的脊背说走走走，里边的人正等着呢。杨旦被麦花推着拧拧呲呲地朝屋里走。杨旦说我只陪你们打一会儿，我真的还有事哩。

小桌前已坐了两个人，一个是同村的二贵，另一个是五桥镇的宋干板。看见麦花和杨旦进来宋干板极快地掏出麻将，几个人稀里哗啦地洗牌码牌。

头一圈下来杨旦输了五十。第二圈下来杨旦又输了五十。杨旦的头上就渗出了汗珠，脸红得像喝了烧酒。麦花斜眼瞟了杨旦一眼。麦花说杨旦你撑不住了你吭声。杨旦抹了一把头上的汗瞪了麦花一眼，说操你的闲心。他嚓嚓解开了胸前的纽扣掏出了那沓扎好的一千元往桌子上一摔，说打，接着打，谁不打到底谁是孙子。

杨旦输了，杨旦又输了。村巷里谁家的女人扯长嗓子叫喊贪耍的儿子回家睡觉的时候杨旦的眼前只剩下几张皱皱巴巴的毛票。打，打，接着打，杨旦对其余三个人说，接着打。瘦猴似的宋干板呵呵地笑着，说算了，算了，你欠的那么多我也不要了，等你啥时有了钱咱再耍。二贵不停地捶腰，说坐了一下午腰都快断了。麦花也不时地打哈欠，露出满嘴的黄牙。

杨旦记不清是怎么走出麦花家门的。他在街巷里望了望自已的家，又朝东边碎石家的村子望了望，脚步却莫名其妙地拐向了另一边。

碎石现在正在麻六家的炕脚底站着，他两只手焦急地搓着，脸上的表情显得比哭还要难看。就不能，不能再等一会儿么。碎石对麻六说，说不定再等那么一会儿杨旦就会给我把钱送到的。

麻六背靠着被子吸着烟，不时地咂咂嘴，显出爱莫能助的样子。烂眼刚吃完晚饭就来了，钱一分也没少。麻六说，说好的谁先交钱人归谁，咱总不能说话不算数吧。

可是，可是……碎石嘴里嗫嚅着，却再也讲不出什么理由。都怪那杨旦，杨旦咋就能说话不算数呢。等了一会儿碎石说。麻六已显得有些不耐烦，他挥了挥手说算了，算了，你先回吧，下次再有，一定先考虑你。

碎石慢慢吞吞地出了麻六的家门。他看见村巷里几家窗户透出暗黄而又温暖的光，他甚至能看见光影里互相逗耍的男女和他们那不知羞耻的笑脸。狗日的男人，狗日的女人。碎石嘴里嘟囔着，他忽然想起烂眼现在应该是和那个女人在一起的。狗日的烂眼。碎石狠狠骂了一句。他刚进麻六家门的时候正好碰见了烂眼，烂眼一只眼睛粘麻咯噔的，竟然正眼连瞧他都没瞧，像牵着一条狗或一只羊似的拉着那女人的手急匆匆地往外走。那女人是真正的女人哩。碎石想，她的屁股那么圆，腰看起来那么软，尤其是胸脯，鼓囊囊的，像藏着两个蒸馍。可惜那两个蒸馍要让烂眼吃了。狗日的烂眼。碎石在黑暗里朝地上吐了一口，又狠狠地踩了几脚。

回到家里的时候碎石几乎已经不再生烂眼的气了。他之所以不再生烂眼的气是因为他觉得他生烂眼的气是气错了对象，就像头痒了却一个劲地往脚上挠。他想起了杨旦，他觉得杨旦才是他最应该生气的人。杨旦你怎么能说话不算数呢？你不答应我也行，你答应了我又不兑现你这不是存了心要坏我的事么。碎石想，杨旦你不该啊，你娶媳妇的时候我给你借过粮，你做了贼我替你背过赃。

狗日的杨旦。碎石踢翻了脚底的一个水桶。

挨千刀的杨旦。碎石又挥拳砸翻了屋中央堆放的一袋粮食。

我和你没完。碎石对着倒在地上挣开口子的粮袋说，和你没完。

第二天天刚蒙蒙亮碎石就赶到了老烟庄。他眼圈发青，眼珠发红，一双手在棉袄油光光的袖筒里抄着，粗壮的短脖子直直地挺着，挑战似的对街巷里几双投向他的目光视而不见。他很快地走到了杨旦的家门口，他抬起手啪啪地朝门板上敲了几下。

敲，你敲么，你还知道回来么。碎石听见杨旦婆娘黏黏糊糊的声音。紧接着他听见哐当吱呀一声，那扇黑漆的木门慢慢地打开，露出了杨旦婆娘那张面饼似的胖脸。她的头发散乱着，棉袄的扣子还没有系上，那对肥乳就在贴身的小背心下鼓鼓囊囊的，散发出热烘烘的被窝的味道。她一手揉着眼角的眼屎，一手扶着门框，正要开口再骂却看清了门口站的不是杨旦而是碎石，就急急地掩了怀，说是你，咋是你么？

碎石的脸上没有表情。他说我找杨旦。

春红的眼睛眯了眯，她说杨旦昨天出去了，杨旦没回来。

没回来？碎石眼睛在春红的身上扫了一遍。

没回来。春红愣然地看着碎石，说他说昨天去找你，他夜晚没回来。

碎石说没回来我等。

春红说要等你到屋里坐着等。

碎石说不用。我就爱在外边等。

女人就疑疑惑惑的，回到屋里开始梳头洗脸生火做饭。碎石则抄手猫腰往门口一块竖起的碌碡上一蹲，雕塑似的，远远望去宛若一疙瘩乌黑的石头或是一条团在一起的肮脏的破被。

吃饭的时候，女人端来了饭菜。碎石说我带着哩。他从怀里拉出了一个布兜，布兜里装着七八个冷硬的馒头。

女人又倒了一杯热水，女人说你喝热水。碎石头连拧都没拧，碎石说我爱喝凉水。又从怀里掏出一个装水的塑料瓶，嘴对着瓶口咕咚咕咚地喝了几口。

女人站在一旁眼瞅着碎石，女人说你这人有些怪。

碎石说我怪不怪我自己知道。

碎石就像一个恪尽职守的门卫，和那条蔫头耷脑的黑狗一左一右在杨旦的家门口守着。

他这样一直在杨旦的家门口守了两天两夜。村巷里有路过的人扭了头，眼神怪怪地看，有的还捂了嘴挤眉弄眼地窃窃私语。杨旦的老婆春红就禁不住热锅上的蚂蚁似的在屋子里走来走去。起先她还劝碎石要么在屋里等，要么先回去，等杨旦回来了再来。后来她大约明显地感觉到了她的劝说对于碎石的执著无济于事，就干脆不再吭声，只是在心里盼望着杨旦及早归来和碎石尽快离去。

杨旦的老婆急碎石却不急。碎石心里有数呢。第三天天一黑，碎石如焊接在碌碡上的双脚扑通跳到了地上。他伸了个懒腰又打了个哈欠。他的眼珠在黑夜里转了转，嘴里就咕哝了一句：好么，你躲么，我叫你躲么。

杨旦的婆娘春红看见跳下碌碡的碎石终于朝着街巷挪动了脚步。她的揪紧的心仿佛突然获得了释放。她长长地舒了一口气。她甚至还颤着声对着摇摇晃晃的碎石的背影说了一句天黑了，你慢走。

她没有想到第四天早上碎石又会出现在她的家门口。所不同的是碎石不再是蹲在门口的碌碡上不言不语，而是站在街道的中央对着走过的每一个人喋喋不休。

碎石对一个背着粪筐的老头说：杨旦是个骗子。

碎石对一个跛着小脚的老太太说：杨旦耽搁了我的媳妇。

碎石又对一个噙着烟袋的男人说：杨旦偷过工地上的马达，让我背赃。

杨旦不是个好东西。碎石对一头大腹便便的老母猪说。

杨旦不是个儿子娃。杨旦又对一只路过的东张西望的公鸡说。

……

碎石的嘴在接下来的两天里一刻未停。

终于有一天碎石没有再来。碎石没有再来是因为杨旦在某一个晚上悄悄地溜进了碎石的家。

杨旦出现在碎石家的那个晚上杨旦怀里揣着两瓶白酒和几包香

烟。杨旦脸上挂着笑。杨旦说你喝酒。杨旦又说你抽烟。

碎石瞅着杨旦。碎石脸上的笑泛滥得犹如一团变幻着五颜六色的泡沫。他说你躲么，我叫你躲么。

杨旦说我对不住你。我不是有意要对不住你。

碎石说你说得好听，说得好听么。

你再莫要对人乱说了。杨旦对碎石说，我求你再不要对人乱说了。

碎石说我爱说，我想叫我不说可是我的嘴却爱说么。

杨旦又说我把你叫爷。

碎石说叫爷能干啥。你是孙子，孙子有人烧炕做饭；我是爷，爷光棍吃冷馍睡冰炕呢。

杨旦说这……杨旦说你说的话我明白。

碎石说你明白了能咋?

杨旦头上就渗出了汗，说话也开始有些结结巴巴。他朝碎石杂乱得像狗窝一样的屋子里看了一眼，小眼睛极快地眨巴着，说你要不嫌弃你这个冬天就住我家。我老婆给你把炕烧得热热的，饭做得香香的。

碎石眼皮抬了抬，碎石说我不是你家里人，我住你家我怕人笑话喀。

杨旦说笑话让他笑话去。

碎石说哼哼。

杨旦就挠着脑袋在碎石的房子里转起了圈圈。最后，他把手在大腿上一拍。他说你是泥水匠，就说我屋里有些零活让你帮着干呢。

碎石就咧开嘴嘎嘎地笑了。碎石说这是你说的。

杨旦说我说的。

碎石就抓过杨旦带来的酒，咬掉瓶盖咕咚咕咚灌了几口。

第二日碎石就掂着瓦刀泥壁大模大样地进了杨旦的家门。有认识碎石的人就问，你不是说杨旦是骗子么，你还跟骗子打交道？碎石嘴一咧，露了满口的黄牙。碎石说我那几天发烧，烧昏了头嘴里胡说哩。

碎石被杨旦安排住在他家的厦房。和杨旦夫妻的房间隔了一道薄墙。他白天拿着工具装模作样，或者在街巷里游游转转。晚上回来往炕上一躺，杨旦就赶紧往炕洞里填柴点火。吃饭的时候，杨旦和婆娘也都完全听凭碎石的安排。

我嘴里没味，我想吃肉。杨旦就骑着自行车哐当哐当地去市集上买肉。

我牙痒痒了我想啃干锅盔。杨旦就赶紧让婆娘烙锅盔。

我胃里太干了我想喝稀饭。杨旦就催促婆娘快熬稀饭。

杨旦的婆娘就对杨旦暗地里撇了几回嘴，她说你这么伺候碎石碎石是你爷么？

杨旦说你就当他是我爷。你哄得他高兴就成了。

杨旦每天都暗地里观察着碎石的脸色。碎石的脸色成了决定他心情好坏的晴雨表。这一天碎石从外边逛回来脸又拉成了一个紫色的长茄子。杨旦问他咋。他说他碰见住在村头的烂眼了，烂眼捏那个女人的腰呢。碎石对杨旦说，烂眼晚上还捏那女人的奶哩。

杨旦就低了头不住地吸烟，心里乱惶惶的。你晚上也捏你婆娘的呢。碎石说，你捏你婆娘的奶我捏我的干屁股呢。

杨旦扔了烟蒂。杨旦说你说咋弄。

碎石说我不知道。我知道了我还用给你说哩。

杨旦慢慢地站了起来。杨旦说我知道了。

碎石说你知道了能咋？

杨旦说你等着。

接着碎石就听见了杨旦和他婆娘春红的窃声低语。他还听见稀里哗啦家具落地的声音和巴掌抽在皮肉上的响声。后来，隔了一会儿，他好像听见了杨旦婆娘春红呜呜的哭声。

碎石在炕上翻了个身。碎石感觉肚子里好像有一团火苗一蹿一蹿的。

然后，杨旦就站在了碎石的炕下。碎石看见杨旦棉袄被撕裂了个口子，脸上长长短短地有几道指甲抓印。

杨旦说好了。晚上你过去，我过来。

碎石说你婆娘不愿意。我怕你婆娘不愿意么。

她不愿意我愿意。杨旦往地上吐了一口说，她不愿意由不了她。

碎石就从炕上翻起了身。碎石说这是你说的，我可没逼你。

杨旦说我没说你逼我，我愿意。

晚上吃过饭杨旦就搬到了碎石的房间。碎石则大大方方地走进了杨旦和他婆娘春红的房间。

……

碎石在杨旦家里住得心满意足而又理直气壮。村里甚至有人说碎石比刚来的时候胖了，脸上的气色也好多了。碎石不吭声。碎石只咧开了嘴笑。

两场大雪之后，马上就到了年根。这一天烂眼家门前满满当当地围了一大圈人。有的说是耍猴的，有的说是耍杂技的。碎石和杨旦就也一前一后围了进去。他们发现烂眼家门前既非耍猴也非耍杂技，而是停了一辆警车，几个全副武装的警察正把烂眼和那个女人往警车里塞。碎石就瞪大了眼睛。他听见人群里的麦花对杨旦说，那个女人是烂眼花钱买来的，是贩卖人口。已经抓了麻六，现在要带这个女人和烂眼走呢。碎石暗地里吐了吐舌头。看看没人注意自己，就缩了头挤出人群溜回了杨旦家。

杨旦跟着碎石的屁股进来的时候看见碎石正在收拾自己的东西。杨旦扬着头，杨旦说呀，咦，住得好好的你收拾东西干什么？

碎石说嘿嘿。

杨旦点了一根烟。杨旦的头扬得更高了。杨旦说嘿嘿啥？住在我家有吃有喝晚上还有女人，你走啥哩？

碎石说我没脸。你没借给我钱你是救了我我赖在你家我没脸。

咦，哈哈，你是我爷哩，你咋没脸。

碎石的短脖子缩了再缩，声音丝丝缕缕地在喉咙里打转。他支支吾吾着，提了东西转身要走。

走不成。杨旦的两条长腿在门口劈成了一个八字。你在我家住了两月说走就走你走不成。杨旦对碎石说。

碎石脸上尴尬的笑显得比哭还要难看。碎石说我在你家吃住两月你算成钱我来年还你。

杨旦说你还不起。

碎石说还不起也要还。

杨旦说你说得轻巧，你睡了我的婆娘你说得轻巧。

碎石说我……

杨旦说你咋？

碎石说我把你叫叔。

碎石又说我把你叫爷。

杨旦哈哈地笑了。杨旦的笑把碎石吓了一跳。哈哈，杨旦说叫爷也不成。

碎石的头上急出了汗。他像一只上足了劲的陀螺在房间里转着转着转着，最后就呜呜地哭着蹲了下去。碎石一哭杨旦笑得更响了。

杨旦说碎石你哭起来像个娘们儿。

杨旦说碎石你连个娘们儿都不如。

杨旦说碎石我要打你的左脸。啪。杨旦在碎石的左脸抽了一下。

杨旦说碎石我老婆要打你的右脸。啪。杨旦又在碎石的右脸抽了一下。

杨旦说哈哈，我不打了，我打你我嫌我手疼呢。碎石双手捂着脸，碎石透过指缝看见杨旦在房子的四壁东张西望。碎石看见杨旦的目光盯住了墙上的一把弯镰。碎石看见那把弯镰拿在了杨旦的手里。

哈哈，杨旦拿镰刃在拇指上试了试，杨旦说碎石呀碎石，都是那一根闲肉棒害了你，现在让我做做好事，我要替你动个手术。

杨旦走到了碎石面前。杨旦揪住了碎石的裤带。

杨旦撕脱了碎石的裤子……

呜——哇。杨旦听到了一种奇怪的叫声。杨旦被这种奇怪的叫声吓了一跳。杨旦握着弯镰的手僵在了半空，杨旦毫无表情的脸上突然爬满了疑惑。

杨旦转过了脖子。

杨旦往屋门外认真地瞅了瞅。

呜——哇。这一声是杨旦发出的。杨旦丢了弯镰。杨旦跌跌撞撞地朝院墙拐角的那棵矮槐树奔去。

碎石慢慢睁开了眼睛。他看见了院墙拐角的那棵矮槐。他看见杨旦他婆娘春红在那棵矮槐上吊着，脚一蹬一蹬的，像一只模样奇怪的大鸟。

秋日事件

入秋以后的那个傍晚木头正在拔草。木头拔了整整一个下午的草。

木头站起了身。他踢了踢压得满满实实的草笼，然后又在暮色里漫无目的地扭了扭脖子。他看见刘安忍的婆娘田翠花闪进了他身后那座废弃的老窑。他看见村长刘定选也闪进了他身后那座废弃的老窑。

嘻嘻。木头笑了。木头说：这个女人。

木头又说：这个男人。

咦？木头又说：咦。他想起了他午间在刘聋子瓜田里偷的那个西瓜。他当时没顾上吃。他藏在了老窑里。

日妈妈的。木头骂了一句，又踢了踢草笼，脸上的笑就散了。他抹了一把额头上的汗，又擦了擦快要流到嘴边的鼻涕，就悄悄地朝老窑走去。

老窑里的光线已经暗了下来，勉强能够分辨出地上东一堆西一堆的破砖烂瓦。木头的脚步迈得特别地慢，特别地轻，他一个劲地东张西望，他认真搜寻着自己藏西瓜的地方。

木头先看见了那堆烂麦草。他看见刘安忍的婆娘田翠花躺在那堆烂麦草上。他看见村长刘定选也躺在那堆烂麦草上。日妈妈的。

木头心里骂了一句。他的西瓜就藏在那堆烂麦草下，他担心他们会压烂他的西瓜。他伏下身子一眼不眨地看着他们，他想等他们离开之后再取走他的西瓜。

他看见村长刘定选剥了田翠花的小背心儿。他看见村长刘定选捉住了田翠花胸前那对肥硕的乳房；村长刘定选在那对乳房上又咬又啃，叼空儿嘴里还不住地哼哼着热蒸馍、热蒸馍，好香好软的热蒸馍。

蒸馍让狗吃了。木头想。咽了一口唾沫，全身就莫名地燥热起来。接着，他看见村长刘定选褪掉了田翠花的花裤衩，他在她的裆里摸捏着，一边嘻嘻哈哈地说田翠花是山大沟深，一边就骑了上去，拼命地晃悠，拼命地呻吟。后来，他们两个人的呻吟就纠缠在了一起，一高一低，一粗一细，听得木头也想呻吟。但木头没有呻吟，他把一只手夹在裆里，浑身打摆子似的抖个不住。

日妈妈的。木头说：日妈妈的。

后来，木头觉得自己的裆里一热，就有黏糊糊的东西顺着大腿流了下来。木头吓了一跳。木头说：呀。

老窑里就静了下来，接着是往身上套衣服的声音。

谁？木头听见村长刘定选的声音。

谁？木头听见刘安忍的婆娘田翠花的声音。

嘿嘿。木头有些不好意思。木头说：我。

你？村长刘定选提着裤子走了过来。他的眼睛几乎挨上了木头的脸，声音啰啰嗦嗦的，像被风吹得扭歪了的炊烟。

你，你在这儿干什么？

嘿嘿。

你在这儿多久了？

嘿嘿。

嘿嘿你娘个腿。村长刘定选伸手在自己的鼻子前扇了扇。他闻见了木头嘴里散发出来的浓浓的蒜臭味儿。

你都看见了啥？

嘿嘿，我看见你吃田翠花的奶，摸田翠花的×。木头说，还把田翠花压在身底下。

你狗日胡说。村长刘定选说，我让你狗日的胡说。

我没胡说。木头说：我没有胡说。

你，你……村长刘定选指着木头，黑暗里他的声音慢慢软了下去。

田翠花已经提好了裤子。她的衬衣纽子尚未扣好，就有一些胸肉露了出来，白晃晃的，时隐时现。她往前凑了两步，她说：木头兄弟。

木头说：哦。

可不敢给人乱讲的。

我就要乱讲。

你不能讲，讲了不好。

我不管，我就讲咯，嘿嘿。

你……田翠花的话卡在了喉咙里。她碰了碰一旁的村长。三个人就僵在了那里。

嘿嘿。过了一会儿木头又笑了。他看着田翠花，目光在她的身上游来游去，木头说：要我不讲也行。

村长刘定选看了一眼田翠花，田翠花又看了看黑暗里的村长，两个人几乎同时说：你要什么，你说你要什么？

我要摸田翠花的奶。木头说：我还要摸田翠花的×。

你说啥？村长刘定选指着木头说，你狗日的说啥？

我要摸田翠花的奶。木头说：我还要摸田翠花的×。

你，你……村长刘定选说：日你妈！

木头说，我日田翠花。

村长刘定选气得浑身发抖。他愤怒地举起了拳头。他说我打死你个狗日的。

田翠花拉了拉刘村长，她说你和这个生生货能计较个啥？一边就故作轻松地笑着，朝木头走近了一步，说兄弟你又不傻，你把我叫嫂子呢，你可把我叫嫂子呢。

木头说我不管。

田翠花沉默了一会儿，又沉默了一会儿，最后竟忍不住扑哧一声笑了。她说木头兄弟想要女人，木头兄弟长大了么。不过嫂子不行，嫂子老了；嫂子要让你弄，嫂子是老牛吃了你娃的嫩草，嫂子占便宜，你吃亏哩。

木头说吃亏就吃亏。

田翠花笑了。她又往前走了一步，说这样吧，你只要保证不把今天的事说出去，嫂子保证给你介绍一个年轻漂亮的媳妇，到时候你爱咋就咋，没人管。

木头不说话了。他的眼珠在黑暗里转了转，他说，你想骗我。

田翠花手掌在胸脯上拍了拍，说嫂子啥时候骗过人，你在村里打听打听，嫂子啥时候骗过人。刘生计的媳妇是不是嫂子说下的？刘宝全的媳妇是不是嫂子说下的？骗人，嫂子啥时候骗过谁？

是这样。木头就不说话了。他一只脚在地上蹭了蹭，又揉了揉鼻子，半晌才说，真的是这样。

田翠花说：骗你是狗。

木头就有些心动了，磨蹭了一会儿，他说成。

好。田翠花说这就好，不过你也要说话算话。木头说嗯。想了想又说，脸蛋要漂亮，身材要苗条。

没问题。田翠花说，这没问题。

嘿嘿。木头又笑了。木头有些不好意思。他绕过田翠花在那堆烂麦草下翻出了他的西瓜。嘿嘿。木头朝村长刘定选和刘安忍的婆娘田翠花看了看，笑模笑样地走出了老窑。

刘定选擦了擦脑门上的汗。他对田翠花说，咋遇上了这个货。

田翠花说：幸亏遇上的是这个货。

你真的要给他说媳妇？

嘻嘻。田翠花笑了。田翠花说，你咋和木头一样傻？

玉米快收的时候木头就开始三天两头地在田翠花家门口转悠了。起先的时候他只是满心希望地在家里等，草也不太去拔了，还换上了他妈给新买的一件白衬衣，扣子整整齐齐地扣到了脖根；头发也沾着水梳了个一边倒，有时没晌地拿着一块破镜片笑眯嘻嘻地一边照一边笑。他娘胡秋娥有些莫名其妙，她问木头说：木头你胡成啥精哩？

你甭管。木头说：我的事你甭管。

我不管。木头他娘说，我不管你让你那个短命的爹去管么。

嘿嘿。木头说：都甭管。

木头他娘就不再吭声。她抬起鸡爪子一样的手抹着糊满眼屎的眼窝。她说我咋要了你这么个二百五。

木头不说话。木头等着田翠花给他介绍的媳妇呢。

一天过去了。又一天过去了。木头就有些坐不住了。木头决定去找田翠花。

他一日几次地在田翠花家门前转悠。他时不时地在田翠花家门口探头探脑。有几次他想走进田翠花家去，但不是碰见那条拴在门口的大黑狗就是碰见田翠花的男人刘安忍。田翠花家的那条大黑狗对木头并不友好，不是汪汪狂吠，就是张牙舞爪，有几次还把两只爪子搭上了他的肩膀，吓得他扭头就跑。田翠花的男人刘安忍倒是笑模笑样的，但木头害怕他的那只手。他是铁匠，手劲儿很大，却老爱摸木头的头。他大约觉得木头的头很有意思，摸着摸着就忘了木头的脑袋是人头而不是西瓜，不是梆梆地敲几下，就是狠劲儿地捏几下，疼得木头龇牙咧嘴，告饶不迭。一想到刘安忍的那双手木头就心有余悸。木头说：剁了狗日的手！

这一天木头又来到了田翠花的家门口。那条大黑狗卧在门道里闭目养神，田翠花的男人刘安忍蹲在门口吃馍就葱。木头看了看那条狗，又看了看刘安忍，木头就挤出了一声笑。木头说：嘿嘿。

木头又说嘿嘿。

那条大黑狗没瞅没睬。刘安忍咬了一口葱，嘴里喀嚓喀嚓的。

嘿嘿。木头说：你吃馍呢？

嘿嘿。木头又说：你就葱哩？

刘安忍眼睛朝木头翻了翻，喉咙里咕咚咽下一口馍，又拍了拍沾着馍屑的手说：说。

嘿嘿。木头看了看刘安忍的手，木头说嘿嘿。

瓜子笑多，乳牛尿多。刘安忍说：有话就说，有屁就放。

嘿嘿。木头说嫂子，我找嫂子哩。

找嫂子，找你嫂子咋？

问，问个话。

问啥话？

嘿嘿。木头有些不好意思。他身子扭了扭，朝四下里看看没人，说：你甭摸我的头，我趴在你耳边说。

哈哈。刘安忍笑了。刘安忍说：成。

木头就朝前走了几步，他贴着刘安忍的耳朵，他说嫂子答应给我说媳妇哩。

媳妇，给你说媳妇？刘安忍瞪大了眼睛，他朝木头看了又看，就拍着手哈哈地笑了。

木头朝后退了一步，木头说，你笑啥？

刘安忍说我没笑啥。

咦。木头朝刘安忍翻了翻白眼。木头又朝刘安忍翻了翻白眼。木头说咦，你笑我？

你笑我你以为我不知道。木头又说：你笑我你以为我不知道。

我笑我高兴。刘安忍摇了摇头又摆了摆手。刘安忍说我笑我高兴。

高兴你高兴去。木头说我找嫂子，我还急着找嫂子哩。

找吧，你去找吧。刘安忍说：她会给你说媳妇？笑死人了，她会给你说媳妇？

不和你说。木头说：我不和你说。就绕过刘安忍想往门里走。刘安忍伸出一只胳膊挡住了木头。刘安忍说你嫂子回她娘家去了，要找你到官路上去等。

官路上等就官路上等。木头说我不和你说。

木头转身朝村外走去。木头走过村街时快得像一阵风。他谁也不理，他气呼呼的。

村外的官路两旁，玉米秆密密匝匝地立了一地。这时没有风，四下里静悄悄的，听得见玉米棒子破壳的声音和蛐蛐唧唧的鸣叫；偶尔还会有一只兔子，噌地蹿到路上，支起耳朵警惕地左顾右盼，然后又很快地消失在玉米地里。

木头没有心思去逮蛐蛐，也没有兴趣去撵兔子。他想着刘安忍的笑。他说那狗日的那样地笑。

木头解开了衬衣的纽扣。他拽起衣角擦了擦脸上的汗。他又往路上厚厚的浮土上吐了一口黏稠的唾沫。

那狗日的那样笑。木头说，我让你狗日的那样笑。

木头在官路上走来走去，木头说别以为我是傻子。我才不是傻子呢。木头说。

暮色降临的时候木头终于远远地看见田翠花拐上了官路的那头。他很快地躲进了玉米地。他说我让你狗日的那样笑。

田翠花扭扭搭搭地走了过来，她穿着一件水红色薄纱上衣，月白色的裤子，脚上还蹬了一双时髦的高跟凉鞋。她大约心情不错，一边走一边还哼着一支流行歌。木头蹲在玉米地里，他可以清楚地看见田翠花一颤一颤的胸乳和一扭一扭的屁股。他咕咚咽了一口唾沫。他敏捷得像狗一样蹿到了田翠花面前。

你甭走。木头说：你甭走。

田翠花吓了一跳，她哎哟叫了一声就定在了那里。待到看清是木头，她才松缓了表情，说你是个二百五，你要吓死我啊？

木头没有说话，他脸定得平平的，两只眼睛在田翠花的身上舐来舐去。

田翠花觉得木头的神情有些怪。田翠花朝后退着，田翠花说：你个二百五想咋？

我要摸你的奶。木头的脸上看不出表情，木头说：我还要摸你的×。

你把我叫嫂子哩。田翠花有些慌，田翠花说：你可把我叫嫂子哩。

你把村长还叫叔哩。木头说：他都能摸。

我给你说媳妇呀。田翠花的声音变得忽高忽低的，她说：我给你说媳妇呀。

我不要媳妇了。木头朝地上吐了一口。木头说：我今天就要你。

你，你……田翠花的一句话卡在嘴里还没完，木头就像一头发情的公猪一样扑了上去。他先在田翠花的脸上胡啃乱咬，后来又在田翠花的身上乱摸乱捏。田翠花一开始呆若木鸡，后来就开始奋起反抗。她抓破了木头的脸面，木头则撕烂了她的上衣。最后，木头把田翠花压到了身下，木头布满血印的脸上带着胜利的微笑。

田翠花开始告饶，她躺在地上的身子扭来扭去，像条不肯就范的蟒蛇。她说木头你疯了，木头你疯了。

木头骑在田翠花身上，他气喘吁吁的，但仍然不得要领。

我疯了。木头说我就是疯了。他的嘴角被田翠花撕了个口子，丝丝牵牵地流下带血的口水。他想起了刘安忍的笑，他对着田翠花说：我让你狗日那样笑。

你不能这样。田翠花哀求说：你不能这样。

我这样咋了？木头说：我这样咋了？

安忍不会放过你的，他会剥了你的皮。田翠花说：他会抽了你的筋。

你说刘安忍。木头说：你说刘安忍。他咬了咬牙，嘴朝一边歪了歪。你让狗日的来。木头说：你让狗日的来呀。

田翠花就不再吭声。木头看见她躺在地上呜呜地哭。

刘安忍骑了个浑身乱响的自行车，他是来接田翠花的。他猫着腰，嘴里哼着戏，蹬着脚踏板的两只脚踩得轻松而又优雅。他拐上了官路。他远远地看见暮色里有一个人骑在另一个人的身上忙乱不已。

有意思。刘安忍说：有些意思。

他把腰又往下弯了弯，两只脚踩得脚踏板吱吱乱响。他很快地就骑到了他们跟前。

咦。刘安忍发现骑在上面的人是木头。

咦。刘安忍看见躺在下边的人是他婆娘。

刘安忍把自行车朝路边一扔，他扑上去照着木头的太阳穴就是一拳。你敢动我的老婆。刘安忍说。照准木头的太阳穴又是一拳。

木头哼都没哼一声就倒在了地上。刘安忍看见他口里吐着白沫，一条腿一蹬一蹬的。叫你狗日的骚情。刘安忍说，朝着他的后背踢了一脚。叫你狗日的骚情。刘安忍又朝木头前胸踢了一脚。

田翠花从地上爬了起来，披头散发地抱住了刘安忍的一只胳膊。刘安忍把胳膊一抡，他说我打死这个坏种。

田翠花抱紧了刘安忍的胳膊，她说算了，算了吧。刘安忍把眼睛一瞪，你说算了？他把你都那个了你说算了。

田翠花摇了摇头。她说他没那个成，他没那个本事他没那个成。

刘安忍往田翠花的身上看了看，说真没那个成？

田翠花说真没那个成。

刘安忍站在那里就嘿嘿地笑了。就这也不能饶了狗日的。刘安忍说：得让他赔你这一身衣裳。

刘安忍说：赔你这一身衣裳。

田翠花说就是。想了想又说：还有精神……噢，精神损失费。

刘安忍说：精神损失费。

刘安忍和田翠花站在黄昏的官路上，他们就获得赔偿的数量和途径展开了热烈的讨论。田翠花说，我这身衣服是二百八十块钱买的，但咱得让他赔三百元；咱可不是讹人，那路费加上花销咋说也不止二十块。至于精神损失费，咱不多要，反正他又没那个成，依我说就要五千，五千得行。

五千一个子儿也少不了。刘安忍撇了撇嘴。一个子儿也少不了。

接下来，刘安忍就让田翠花去找村长，他留下来保护现场。他对田翠花说：这事他村长得管，这事他村长应该管。

田翠花骑上了刘安忍的自行车朝村里走去。她对刘安忍说你等着，这事他村长肯定管。他不管谁管？

刘安忍抽完第三根烟的时候村长刘定选和他婆娘田翠花领着几个

人赶了过来。他说嘿嘿，村长你来了。他又说：嘿嘿，村长你抽烟。

村长接过刘安忍的烟往耳朵背后一夹。他说人呢？狗日的人呢？

刘安忍朝玉米地边一堆黑乎乎的东西一指，他说在那，狗日的在那。

村长在木头的身边蹲了下来。村长没有说话。他伸出一只手摸了摸木头的头。他又伸出一只手试了试木头的鼻息。

我只打了狗日的两拳。刘安忍对身边的人说：我只两拳就把狗日的放倒了。

村长从木头身边直起了身。他看了看田翠花又看了看刘安忍，他说完了。

完了。他对他们说。

完了？刘安忍说：怎么完了？

完了？田翠花说：怎么会完了？

村长叹了口气。村长说狗日的死了。

死了？

死了。

刘安忍半天没有说话。他朝村长身边靠了靠，他说这不行，他死了我们找谁赔去？村长，你是村长你做主，得让他娘赔。

村长瞪了刘安忍一眼，村长说你少心眼啊，死人要偿命的，你就等着坐牢吧。

坐牢？刘安忍身子软了下去。他说我会坐牢？

田翠花声音有些走调。她拉住了村长的一只胳膊，她说村长叔你可得帮帮我们，你可得帮帮我们啊。

我帮不了了。村长把耳朵背后别着的烟噙在了嘴里，他说我没那本事，我没那本事我帮不了的。

刘安忍瘫坐在了地上。

田翠花开始是低声的抽泣，后来就开始号啕大哭。她的哭声在秋日的傍晚由小到大，传得很远。

秋收终于开始了。这一年的庄稼由于播种及时，加之风调雨顺，玉米长得一片赛过一片的好。今年的收成不错啊。人们脸上洋溢着丰收的喜悦谈论着，话题最终总会曲里拐弯地绕到刘安忍被装进警车这件事情上。有人说亲眼看见刘安忍痛哭流涕的，还吓得尿了裤子；有人则说刘安忍到底是刘安忍，他不但一直对公安干警喊冤枉，还在警察给他上铐子时打飞了那个小个子警察的帽子。持这两种不同说法的人各执己见互不相让，以至于吵嚷着要到村长刘定选那里当面对质。那天抓捕刘安忍时是村长刘定选带的路，他们认为村长的话应该最有权威。

找村长问去。争论的双方嚷嚷着，说找村长问去。

忽然有人压低了声音。那人说：你们看。

顺着那人手指的方向看去，人们看见坑坑洼洼的土路上，一个年老的女人和一个年轻的女人各自拉着一辆装满玉米的架子车，牛一样地弓着身子艰难地移动。

唉。有人摇了摇头。

唉。后来又有几个人摇了摇头说：唉。

玉米地

老闷在河湾锄地。太阳在西边斜着，像一张烙熟的饼。起了一阵风，玉米的叶子动起来，远处河岸上的树梢动起来。老闷猫着腰，手里的锄头一下一下地钻进土里。噗噗噗。

老闷光赤着上身，裤子几乎挽到了大腿根，裸露的皮肉就黑黝黝的，星星点点地闪着一些光。老闷直起了身。老闷抹了一把额上的汗，又朝地上吐了一口痰，就拄着锄把扭着脑袋朝四处看。

老闷就看见了冯四。

冯四穿着一件白色的T恤，头上扣着一顶遮阳帽，脸上还罩着一副颜色很重的墨镜。冯四的两条长腿被一件黑色的短裤裹着，露出的部分细细瘦瘦的，像是两根干枯的木棒。老闷看见冯四的时候，冯四正挪动着他的两条木棍一样的瘦腿在路上走。身后跟着一只膘肥体壮的黄狗，黄狗的舌头耷拉着，老闷能听见黄狗嘴里发出的声音，呼呼呼。

狗日的天气。老闷听见冯四说：狗日的天气。

老闷没有说话，老闷拄着锄头换了一个站立的姿势看着远方。

狗日的天气。冯四嘴里骂着天气，两条腿已经移到了老闷跟前。冯四说：我在和你说这狗日的天气。

好么。老闷又换了一个站立的姿势。老闷把脸扭过来半边。老闷说：我听见你在骂这狗日的天气。

你听见了你咋不搭话。冯四已经挪到了老闷跟前。冯四从短裤的口袋里摸出了一盒烟，掏出一根给老闷递。冯四说：你听见了你不搭话？

我又不知道你在和谁说。老闷说：我又不知道你在和谁说，我咋搭话？

周围又没有别人。冯四说：周围又没有别人我不是给你说还能是对玉米说，对空气说？

那不一定。老闷说：你后面还跟着一条狗，谁知道你是不是在对狗说。

黄狗似乎听到老闷提起了它，黄狗伸着脖子朝老闷叫了几声，汪汪汪。

老闷和冯四住在同一条街，两个人一年初中毕业回了村。老闷老老实实地学种地，扎扎实实地学瓦工。老闷盖起了一座新房子，老闷很快又给新房子里娶进了一个新媳妇。新媳妇很快又生了两个娃，家里就热气腾腾的。冯四一开始在村里村外地胡逛荡，后来就莫名其妙地消失了好几年。再回到村子的时候，冯四剃了个光葫芦，人也瘦得失了形。只是皮肤似乎白多了，白得赛过了不少大姑娘。

冯四那货八成是犯啥事被法办了。老闷指点着冯四的背影这么对人说。

那段时间冯四话特别少。跟着工队去干活，老闷站在架板上说：搭灰。冯四就搭灰。老闷说：搬砖。冯四就搬砖。休息的时候，老闷坐在架板上吸烟，冯四蹲在砖摞子跟前喘气。你不该一天一天地胡逛荡。老闷吸着烟对冯四说：你胡逛荡你看你落下啥了？你啥也没落下。冯四蹲在砖摞子跟前仰着头看老闷，他看见老闷说一句话头点一下，那样子就像一本正经的村支书冯武全。

冯四就说：你说话的样子像冯武全。

老闷好像没有听见冯四的话。老闷说：种地种地你不会，手艺手艺你没有，冯四啊冯四，你看你现在连个家都没有成，你说这日子可咋过呀？

嘿嘿，哈。冯四在地上笑了笑。冯四说：你说这话的样子像我妈。

你妈是女的，我又不是女的。再说了，你妈都死了多少年了，你怎么能拿我比死人？老闷在架板上坐着一条腿晃了晃，老闷说：你甭嫌我话说得多，你不听我的话你试着。哎嗨，不听老人言，吃亏在眼前。我说这句话你记着。

记着就记着。冯四朝地上吐了一口痰，冯四抬起头对老闷说：这活我还不尿干了。冯四说着就从砖摞子底下站起来，把一双磨得稀巴烂的手套朝地上一丢，转过身晃荡着一双长腿就走远了。

毕了，这小伙子毕了。老闷当时望着冯四的背影摇了摇头，老闷说：毕了，冯四这小子是毕了。

后来，老闷又对柳树村的好多人说过这句话。老闷说完这话一般还会啧啧地咂咂嘴，然后无奈地摇摇头。

嘿嘿，哈。冯四就笑了。冯四说：你意思是我给我狗说？我给你说哩，你说我给狗说？哈哈，嘿。这话是你说的，我可没有说。

老闷瞪着一双牛眼瞅着冯四的脸。他想看看冯四的眼睛，遗憾的是，冯四的眼睛被两个深颜色的黑玻璃坨坨挡着，他看不清。老闷就收回了目光，老闷说：你不在城里享清福，你回到柳树村干尿呀？

你看看，你看看。冯四自己点燃烟吸了一口。冯四说我刚才在给你说这狗日的天你装没听见，害得我现在还得给你重新说一遍。冯四说，这天狗日的这么热，城里比这还要热，坐空调底下也不顶用。有啥办法，我只能回来避避暑了。

你避暑呀你避去。老闷说：我还要把这一块地锄完哩。

你看你。你看你。冯四又吸了一口烟，往出吐的时候舌头在嘴里打了个旋，那些烟雾就套成了一个一个的环，慢悠悠地朝老闷的脸上飘。冯四说，我是要避暑，我本来准备去河里游泳啊，可我不小心看见了你，看见了你我就想和你说说话么。

老闷说有话你就说。

冯四就又笑了笑。冯四说：我想说说我的楼房，我还想说说我的老婆。嘿嘿，哈。冯四朝老闷跟前挪了挪，冯四说：我村里的楼房盖得怎么样？我老婆长得怎么样？

老闷没想到冯四会和他说这些，老闷的一双牛眼扑里扑腾地闪了老半天，就抬起一只手在头上搔了搔。

冯四从工地上离开后又消失了。再几年回到村子的时候冯四居然开着一辆小轿车。冯四一进村就把小轿车的喇叭嘀嘀嘀地摁个不停点儿，逢到有人探着脑袋朝车里望，冯四就把脑袋伸出去，一边笑一边亲切地摆着手。回到家的第一天，冯四叫来了杀猪的胡一刀。冯四把一沓票子往桌子上一甩，冯四说你给我弄上两扇子肉，价钱不用管，但是要跟上明天用。胡一刀应了一声哦，脸上的肌肉一僵又一松，眼睛朝那沓钞票上瞄了瞄，说没问题。紧接着冯四又叫来了厨师胡大勺，冯四照样朝桌子上甩了一沓子钱。冯四说你可着柳树村的人给我置办一场酒席，钱不用管，但是质量一定要有保证。胡大勺瞪着眼睛正发呆，就听见冯四啪地往桌子上又拍下了一沓子钱。胡大勺禁不住一激灵，一只手习惯性地在红不叽叽的鼻子上抹了一把，说你放心，你放心。

天擦黑的时候，冯四又叫来了村支书冯武全。冯四把一条烟往冯武全的胳肢窝一塞，说：支书啊，本来我回来应该先去看你，可是，你知道我刚回来事情多，就只能麻烦你屈驾到我这来了。冯武全胳肢窝夹着一条烟，一条胳膊就显得有些不自然。冯武全说：好说，好说，谁看谁还不是一样的，有啥事你就说。冯四说：支书啊，我这次真的是有事求你呢。你看我让胡一刀把肉订下了，我让胡大勺把酒席订下了，明天我想请咱全村的人吃顿饭。我想请咱全村的人吃顿饭可是我没面子，我想让你请大家。冯武全说：好说，好说，请吃饭呢又不是让干活，谁不来我骂死他先人。

第二天席面在街道上摆了一长行，村里的男男女女都来了。开席前冯武全和冯四都讲了话。冯武全夸奖冯四有出息，说他打小就知道冯四有出息，说冯四致富不忘乡亲，今天请大家来吃饭就充分证明他的心里有大家。冯四一张嘴就先笑，冯四说：惭愧，惭愧，自己浪荡了多少年，也没少给乡亲添麻烦，今天叫大家来就是热热闹闹吃个饭。请大家吃饱吃好千万不要客气。冯四还宣布他要在家里盖房呀，他说柳树村是他的根，不管在城里怎么样，他要在柳树村把根扎牢靠，以后请乡亲们多关照，多关照。

冯四的话一讲完，冯武全就带头鼓掌，街道上噼里啪啦的掌声就响成了一大片。老闷的媳妇叫老闷也鼓掌，老闷低着头只管往嘴里夹一筷子肉。老闷嚼着肉，老闷说：有俩糟钱就了不起？鬼知道那钱是咋来的。要我鼓掌？谁爱鼓掌谁鼓掌去，我懒得鼓。

冯四说盖房就盖房。第二天从城里来了一个施工队，挖掘机搅拌机开来了好几辆。冯四的三层楼房不出三个月就建好了。

哈狗日的，三层楼呀。有人看着冯四的新房子说：气派呀一满是玻璃。有人说：上上下下一满是玻璃，快赶上县城的宾馆了。

老闷远远地看着鼻子里哼了一声，老闷说，那屋顶骚情的，檐子翘得像座庙。

房子装修好后，冯四带着他老婆回来过一趟。冯四的老婆看起来很年轻，腰肢细细的，似乎一把都能攥全了；胸脯鼓鼓的，像是塞着俩大馒头；屁股翘翘的，让人担心要把裤子撑破了。柳树村的男人眼睛就直了，说冯四狗日的美死了，每晚上搂着这样馋人的女人睡觉哩！

老闷在远处只是瞥了一眼，老闷鼻子里重重地哼了一声，老闷说：狐狸精！

老闷你摇头干什么？冯四说：我和你说我的楼房和老婆你摇头

干什么？

我搔头我头痒么。老闷说：我头痒我搔头怎么了？

嘿嘿，哈。冯四的眼睛躲在镜片后边看着老闷，冯四说：你头痒了你就搔，只要嘴不痒，你头痒了你就搔。

搔就搔。老闷说。又抬起手在头顶上搔了搔。

有人说我的房子盖得像座庙。冯四说：有人说我老婆像狐狸精，还有人说我的钱来路不干净。嘿嘿，哈。老闷你说谁说这话是心里生蛆了还是嘴巴痒痒了？

我又没说这话我咋知道？老闷说：谁说这话了你问谁去，你问我？

嘿嘿，哈。冯四又笑了。冯四说：我又没说是你说的，你紧张啥？

老闷说：我紧张？我又没说过这话我紧张啥？

冯四说：你没紧张你那条右腿老抖啥？老闷说：我腿没抖，你哪只眼看见我腿抖了。冯四朝老闷的右腿指了指，冯四说：我忘了，你这条腿受过伤，你受伤的这条腿咋样了？

老闷朝自己的右腿看了看，他抬起了右腿在空中晃了晃，说：好了，好了。

冯四说：好了就好。我想起来一句话，那句话叫好了伤疤忘了疼。老闷你听没听说过这句话？

老闷说：你说这话我没听懂。

冯四再没说话。冯四揭起自己T恤的前襟往自己的肚子上扇着风。冯四一边扇一边只是笑。

老闷三年前从脚手架上掉下来。老闷摔折了一条腿。那时老闷的大儿子刚刚考上县城的初中，学校在催缴费，老闷的腿伤也要钱。老闷躺在床上干着急。老闷的媳妇就唠叨，老闷媳妇说，你说我跟你有啥用？吃好的穿好的我不敢想，现在连娃的学费都缴不起，你说你叫我咋办呀？老闷急出了一头汗，老闷说等我腿好了我就出去挣钱呀。老闷媳妇说等你腿好了学校都快要放假了。你说得好！老闷说那你说咋办？老闷媳妇说我找冯四去借呀。老闷说不准去！老闷媳妇白了老闷一眼。老闷媳妇说不准去难道你能给我拉出来钱？你拉不出来钱我就得去。老闷媳妇说完了就扭身朝外面走。老闷的两只手把床边砸得啷啷响。

老闷媳妇米花走进冯四家的时候，冯四正拿着一根骨头在逗弄他那只狗。冯四把骨头往狗的嘴边放，狗刚要张口咬，他又将骨头举过了头顶，狗的前爪就抬起来，两条后腿在地上站着朝骨头扑。冯四站在狗面前笑得哈哈地，以至于老闷媳妇叫他，他都没听见。老闷的媳妇说：他四叔，你要狗呢？老闷媳妇又说：要狗呢，他四叔？老闷媳妇叫第二声的时候冯四听到了。冯四把那根骨头朝狗一扔，冯四缓缓地转过了身。嘿嘿，哈。冯四抓过骨头的两只手搓了搓，冯四说：我当是谁呢，原来是米花呀。走，走，走，屋里坐。冯四把米花往屋子里让，米花扭扭捏捏地就朝里面进。屋子里只有冯四一个人。冯四让米花在一个很大的沙发上坐下来。米花朝屋里瞅了瞅，她看见冯四屋里的地上铺着好看的花地毯，墙上悬挂的电视机大得占满了一堵墙。冯四从冰箱取出了一罐饮料，冯四说：你坐下先喝口水。冯四挨着米花坐下来，冯四说：难得你能登我的门。

冯四坐下来后米花就朝一边挪了挪。冯四看见了装作没看见，屁股朝米花跟前挪了挪。嘿嘿，哈。冯四笑着，冯四说：说吧，你是无事不登三宝殿，你找我一定有事情。米花低眉垂眼地笑了笑，米花说：还真让你给说着了，我想请你帮个忙。冯四说：你说，我看看我有没有能力帮这个忙。米花这时却就有些说不出口，两只手搓着吭吭哧哧地说不出话。冯四抬起手在米花浑圆的肩膀上拍了一下，这让米花吓了一大跳，瞪大眼睛看着冯四的脸。冯四嘿嘿笑着，冯四说：你这人，客气啥，有啥话你直接就说嘛。

米花结结巴巴说明了来意，冯四一只手在自己的大腿上拍了一巴掌。冯四说，你说说这个老闷，出了这么大的事怎么也不给我说一声。冯四说我俩是穿着开裆裤一块长大的，他不给我说是见外。冯四似乎很激动，冯四说别人的忙帮不帮，老闷的忙我一定帮，一定得帮。冯四又在米花的肩膀上拍了拍，眼睛在米花的胸膛瞄了瞄。冯四说苍蝇，狗日的苍蝇真会选地方。冯四说着一只手就在米花的胸口摸了一把。冯四说看我不捏死它。

米花的脸唰地成了一盏红灯笼，抬起屁股就要往出走。冯四拽着米花的手说：甭着急，我取了钱和你一起去看老闷。

冯四跟着老闷媳妇来到了老闷家。冯四对老闷说你太见外，出了这事都不给我说。冯四把一沓票子往老闷的床上一扔。冯四说：老闷你这人就是好面子，太好面子了伤里子。哎，这话你可得记住了。冯四又朝米花看了一眼，冯四说：米花一个女人都比你强，我看你是越活越回来了。嘿嘿，哈。冯四朝床上的老闷看了一眼，冯四说：你好好养着，有啥事你叫米花来找我。我还有事，我走呀。

老闷的脸憋成了一颗紫茄子，老闷朝着冯四的背影瞪着眼，老闷从鼻子里挤出了一声哼。

嘿嘿，哈。冯四说：你腿好了你忘了你腿是咋好的？是我出钱帮你治好的。

老闷说：我又没有赖你钱，我会还。

指望你还？嘿嘿哈。冯四说：要是指望你还我当初说不定就不借给你了。你能挣多钱？把你卖了又能卖多少钱？冯四可能感觉自己站累了，就提了提裤腿在玉米地里蹲下来，似乎要拉开架势和老闷说一说。冯四蹲下去之后，老闷的眼前忽地就一亮。他看见在冯四身后不远处有只兔子。那只兔子很肥硕，呆头呆脑地正发愣。老闷提着锄头就朝兔子跑。冯四看着老闷奔跑的背影嘴角露出了一个笑。冯四朝他身边的狗使了个眼色，冯四说：上！

那条狗很快地超过了老闷。那条狗很快就叼着那只兔子来到了冯四身边。老闷灰溜溜地往回走。他看见冯四拍着狗的脑袋哈哈笑着，他听见冯四对他说：老闷呀，老闷，你其实还不如我的这条狗。

老闷感觉自己脑袋上的一条筋跳了跳。他看了看那条狗。

看啥？再看你也不如这条狗。嘿嘿，哈。这条狗还能逮住一只兔子，可是你老闷连个兔子毛也没捞着。冯四似乎越说越兴奋，冯四在地上打开了滚儿。那条狗张牙舞爪的，也围着冯四撒着欢。

你压着我的玉米苗了。老闷对冯四说。

你踩着我的玉米苗了。老闷对冯四的那条狗说。

踩了就踩了。冯四说：压了就压了，你一棵玉米苗能值多少钱。大不了你欠我的钱我不要了。我就要压，就要踩。

那条狗也汪汪地叫，四只爪子在地上翻飞着胡乱踩。一棵棵玉米苗被踩断了，嫩绿的汁液映到冯四的眼里就变成了鲜红的血。老闷感觉自己头上的那条筋又跳了一下，老闷的锄头就举起来了。老闷听见砰的一声，老闷又听见砰砰砰好几声响。老闷看见冯四的那条狗躺在了地上，一条腿一蹬又一蹬。

你打死了我的狗。冯四从地上站起来。冯四头顶上的帽子掉了，头发散乱了一脑袋。他摘下了墨镜，一双细眯眯的眼睛盯着老闷，说：你打死了我的狗。

老闷依然举着锄头，老闷说：狗压坏了我的玉米苗。

玉米苗，玉米苗。冯四把墨镜抓在手里，两只眼睛直勾勾地盯着老闷，双脚疯狂地踩压着玉米苗。冯四咆哮着，冯四说：玉米苗，玉米苗，我叫你说玉米苗。

老闷说你停下。老闷说：你不停下别怪我不客气。

冯四停止了踩压。冯四朝自己的脑门指了指，冯四说：有本事你往这里打，朝这里打。冯四弯着腰，把自己的脑袋伸出去朝老闷怀里顶。老闷一步步朝后退。老闷说：冯四，你别逼我。

嘿嘿，哈，我逼你？冯四说：你说我逼你？你老婆到我家去也是我逼的？

嘿嘿，哈。冯四说：你老婆肩膀真浑实，你老婆奶子真柔软。可惜我没兴趣——我真的没兴趣。你说我怎么会没兴趣？

老闷举了举锄头。老闷说：你住口，你不住口我，我……

你打，你打。冯四说：你狗日有本事朝这儿打。

老闷的声音颤抖着。老闷说：打就打。

那时候，面饼似的太阳仿佛被油炸过了似的，红润润地从西天射过来红色的光，有一缕正好照在了明晃晃的锄头上，哗的一下散开来，耀得人眼睛睁不开。

噗。

那一声响过后，河湾里显得特别静。老闷在一片静寂中愣住了，老闷听见冯四最后又笑了一声。

嘿嘿——哈。

老闷感觉冯四的这一声“哈”比往常发出来的有些晚，好像是中途被什么东西堵了一下，挤了一下，传到老闷耳朵里的时候就软绵绵的。老闷把锄头往地上一丢。老闷揉了揉眼睛。他看见冯四像是电影中的英雄人物突然中弹了，身子剧烈地晃了晃，然后一只手向前边伸着，满面笑容地慢慢朝后边倒。

大　坑

黄五从苞谷地里面钻出来，一边走一边系着裤带。太阳已经在西边隐没了。天空还很蓝，一朵朵白云还没有散，悠悠地在天上飘呀飘。

黄五抬头看了看天，又朝面前的鱼塘看了看。有一条鱼从水里跃起来，哗啦啦发出一声响，明晃晃划过一道光，扑腾腾又潜入水中了。

嘿嘿嘿，黄五看着看着就笑了，黄五说：肥，真是肥。

鱼塘里的鱼肥是肥，但那些鱼是大头的。大头见黄五游狗一样地在村里胡乱逛，大头就把黄五叫住了。大头说：黄五你过来。黄五喜模笑样地就跑过去了。黄五说：嘿嘿，咋？大头抬脚在黄五的屁股上踹了一下，大头说：你一天笑嘻嘻地乱窜啥，哥给你找个差事干不干？嘿嘿嘿，黄五说：干干干。大头就在自己的光头上摸了摸，大头说给我到河湾的鱼塘看鱼去，哥一天给你三十元咋个样？黄五说：好好好。说完了眼睛又扑里扑腾地闪了闪，追着大头说：不对，不对。大头拧过头问啥不对。黄五说：你明明比我小半岁，怎么能让我叫你哥？大头哈哈就笑了。大头说：谁说你傻，我看你比谁都聪明。

黄五绕着鱼塘转了一圈，天色就慢慢地暗下来。那时候刚好起了一阵风，玉米叶子和河岸上的杨树叶子就摇摆着哗哗地响，好像是有一群人在齐声地说着话。嘿嘿嘿。一阵风把黄五的头发吹起来，把黄五的衣角掀起来，在黄五的胸膛上、肚皮上划过，轻轻的、柔柔的，就像是女人绵软的手，吹得黄五舒舒服服的。嘿嘿嘿。黄五对自己说：要是在河里游一会儿泳那多好。

黄五就迈步往河岸上走。

鱼塘离河岸十来米远，上面齐茬茬栽满了一棵棵碗口粗细的白杨树。黄五站在河岸上往河道里看。河道原本很宽阔，一年四季水满满的，清亮亮的能看见河底的沙，水中的鱼。逢到雨季河水一般会齐了岸，哗哗地流着，扑闪扑闪地像要往外溢。那时候基本没有几个人敢再下河去耍水，而黄五却照样扑通一声就往下跳。跳入水中的黄五像是一条灵活的鱼，刚一扎进水中就没了影，好长时间也不露头，直到岸上的人们咋咋呼呼地惊叫了，才看见他在河心露出了脑袋嘿嘿地笑。

有人就说：黄五这狗日的，前世里肯定是一条鱼。

现在，河道里的水流瘦瘦的，瘦得像是一个奄奄一息的人发出的叹息；一个个挖沙留下的大坑却多起来，静幽幽地蓄满了水，让人猜不出到底有多深。河里不能游，有人就在大坑里游，也有妇人端了脏衣服，抽空就在那些大坑边洗。

黄五那个时候就想跳到大坑里游一游。黄五抬起脚正准备往河道里走，黄五咦了一声却停住了。

黄五说：咦。

黄五看见大坑边蹲着一个女人。女人只穿一件背心，白生生的胳膊在外面露着，胸前鼓鼓囊囊的。女人那时正把一件衣服捞出来往旁边的盆子里放。女人朝四下望了望，女人就脱开了衣服。

呀。黄五射出去的目光像是被女人白生生的肌肤给弹了回来。黄五感觉眼睛麻酥酥地有些疼。黄五躲在一棵树后面，他听见自己心跳得咚咚的。黄五闭着眼睛。

黄五说：呀，是杨花。

杨花是在前年冬天的时候嫁到柳树村的。那天早上黄五正在炕上睡懒觉，黄五听见街上的鞭炮响得噼里啪啦的。黄五下了炕跑到门口去看。他看见赵六家门前挤了一大堆人。他看见赵六穿着一身崭新的西装，胸前还别着一朵大红花。嘿嘿。黄五笑着抹了一把快要流到嘴边的鼻涕。嘿嘿。黄五对正往赵六家门口走的大头说：赵六戴了一朵花。大头瞥了一眼黄五，大头说：嘿嘿个屎，赵六戴花那是赵六结婚哩，你光嘿嘿，你啥时候娶媳妇啊？黄五说：嘿嘿，娶媳妇。大头把他的大脑袋摇了摇，大头说：走，看新娘子去。黄五也说：走，走，看新娘子去。

黄五和大头站在人群里，俩人都伸长了脖子朝中间的小车上看。赵六那时候站在小车边，赵六的一张长脸笑成了一朵花。赵六把车门子往开拽，弯着腰把车里的新娘子往怀里抱。新娘子穿着一身白色的婚纱，露出来的胳膊嫩藕似的绕着赵六的脖子，粉嘟嘟的脸蛋含着笑，好看得就像是三月里的桃花。人群里有人啧啧地咂着嘴，有人在哈哈地笑。大头的笑声最响亮，大头说：赵六，赵六亲一个。赵六说：亲一个就亲一个。真的就低下头啫地亲了一下。人群里立马就爆出了一阵闹哄哄的笑。笑声中不知道谁把黄五推了一把，黄五猫着腰踉跄着就碰到了赵六的腿。赵六差点儿被绊一跤，站稳了身子就唰地一下变了脸，顺势在黄五的屁股上踢了一脚，说：没眼色的，乱窜啥。黄五捂着屁股朝赵六怀里看了一眼，他看见新娘子正扭过头冲他笑。嘿嘿。黄五后来捂着屁股追着赵六的背影一直笑。

嘿嘿，嘿嘿嘿。

黄五躲在那棵大树后面，忍不住还是睁开了眼。那时候，暮色已经在四周散开来，一些麻雀叽叽喳喳地在树梢盘旋着寻找家，一些虫子在草丛间欢快地叫着，唧唧唧。黄五再没有朝大坑看，黄五把自己的目光硬生生地拽回来。黄五选择了一个舒适的姿势坐下来。

黄五看不见但却能听见声。他听见了杨花撩水的声音，他听见了杨花小声唱歌的声音。杨花的声音清亮亮的，就像是水滴滴进了水缸里，就像是珠子落在了盘子里。

杨花的声音真好听。黄五想，杨花的声音真好听。

黄五第一次和杨花说话是在去年秋。那一天刚刚下过雨，地里软软地一踩一脚泥。黄五从一片玉米地里钻出来，折到紧邻着的萝卜地里拔了一个大萝卜，在衣襟上胡乱蹭了蹭，手拿着就咔嚓咔嚓地啃。一个萝卜啃了刚一半，黄五就看见杨花拉着一架子车玉米在路上走。杨花把襻绳搭在右肩上，脖子伸得像一只雁，两只脚在泥水里狠劲地蹬。黄五看着看着嘿嘿就笑了。他扔掉了手里的萝卜，两只胳膊张开来，像一只笨拙的老母鸡似的跑过去。

嘿嘿。黄五站在杨花面前喘着气。黄五说：嘿嘿，你拉玉米哩？

杨花被黄五的笑声吓了一大跳。杨花停住脚步撩了撩眼前散落的头发，杨花才看清站在自己面前的是黄五。杨花说：是黄五呀，我拉玉米哩，你做啥？

嘿嘿。黄五摸了摸嘴角的萝卜汁，黄五说：这路泥的，你拉不动。

杨花好看地笑了笑。杨花说：拉不动也得拉，赵六在地里忙着收呢。

嘿嘿。我帮你拉。黄五说：你在后边跟着，我帮你拉。

杨花没等得再说话，黄五就拽过了杨花肩头的襻绳往自己肩膀上套。杨花说：黄五你忙你的去，我自己能拉。黄五已经搭好襻绳猫下了腰。黄五说：我没啥事要忙的，我帮你把车子拉回去。黄五脚底下一使劲儿，车轱辘就在泥水里咯吱咯吱地转。

到家卸了玉米，杨花说：黄五你等下我给你倒杯水。黄五说：嘿嘿，我不渴。杨花又说：那我去给你拿根烟。黄五说：嘿嘿，我不抽。杨花咯咯就笑了，杨花说：水不喝，烟不抽，那叫我咋样谢你呀？黄五说：嘿嘿，没有啥好谢的，我不让你谢。杨花就笑吟吟地朝黄五身上看了看。她看见黄五身上的单衫子纽扣掉完了，下摆随便在肚子上绾了一个大疙瘩；她看见黄五衣服的袖子破了个洞，胳膊肘明晃晃地在外面裸露着。杨花就说：黄五你等一下。杨花进到了自己的房子里，拿出了一件赵六穿退下来的旧衣服给黄五怀里塞。杨花说：黄五你甭嫌弃，这件衣服赵六穿着小了些，你拿去穿上正合适。黄五抱着衣服嘿嘿地笑，黄五说：那你先忙，我走呀。

黄五那天一回家就把那件衣服穿上了身。大头看见了，大头说：黄五你穿这衣服看着咋面熟？黄五说：嘿嘿，这是杨花送我的。大头的一双小眼睛就瞪圆了，盯着黄五看了一会儿说：胡吹牛，杨花又不是你媳妇，杨花凭啥要给你送衣服。黄五不说话只是嘿嘿笑。后来，黄五在街道上遇见了赵六，赵六睁着一双牛眼睛死死地往黄五的身上看。黄五说：嘿嘿，你看啥？赵六说：我看你身上的衣服像我的。黄五说：嘿嘿，是你家杨花给我的。黄五看见赵六脸上的颜色就变了，一会儿红一会儿黑，难看得就像猪肝色。黄五就把那件衣服从自己的身上脱下来，黄五说：你要不高兴我还给你。赵六在黄五的屁股上踢了一脚，赵六似乎总喜欢踢黄五的屁股。赵六说：滚滚滚，我咋半个眼睛都见不得你！

黄五揉了揉发麻的屁股。地上的湿气升上来，他感觉屁股痒痒的，麻麻的。黄五从坐着的地方站起来，黄五想回到鱼塘边的庵房里去。大坑边的声音被风断断续续地传过来，撩水的声音，小声唱歌的声音，手在肌肤上搓揉的声音。这些声音好像一只只手，拽着黄五的脚，扳着黄五的头。黄五想朝鱼塘边走，黄五最终还是忍不住回了一下头。这一回头黄五就感觉不对劲。黄五看见一双手在水面上扑打着，黄五看见一绺黑色的头发宛若一块黑色的布，一会儿在水面上漂上来，一会儿在水面上沉下去。

呀。黄五说：呀。

黄五像一只看见了野兔的狗。黄五撒开两条腿连滚带爬就朝大坑边跑。

黄五把杨花从水里边捞上来。黄五把杨花平放在大坑边。杨花面色煞白，两只眼紧紧地闭着，嘴角一股一股地朝出吐着水。杨花的身子白白的，光光的，仿佛涂上了一层釉，在夜色里发出一种奇异的光，让黄五感觉像是触了电，像是喝醉了酒。黄五把自己的汗衫脱下来。黄五偏着脑袋小心翼翼地把一件衣服往杨花的身上盖。

这时候，黄五听见大头在河堰外边喊。大头是来换黄五吃晚饭的。大头说：黄五，黄五你在哪儿？黄五在大坑边答：大头，大头我在这儿。大头就骂骂咧咧地朝过走，大头说：你黑天跑河道里去弄啥，你不怕遇见一个淹死鬼。黄五声音颤颤地说：出事了，出事了，大头，大头你赶快过来。大头这才感觉不对劲，加快了脚步往跟前跑。到跟前一看黄五精身子，又看见地上躺着一个人，大头的声调就变了。大头说：地上躺的那是谁？黄五说：杨花，杨花掉进坑里了。

大头嘴里发出了一声啊。大头就弯下腰脑袋凑近了看。杨花这时候已醒来，看见面前有一张男人的脸，惊叫了一声手捂着胸部就往起坐。大头被杨花的尖叫吓了一大跳，猛然朝后退了一大步，说：甭害怕，甭害怕，你刚才掉坑里了，是黄五把你救上来的。杨花就转着脑袋朝四下看。她看见黄五光身子在一旁蹲着朝这边看，杨花咳嗽了一声，杨花低着头没说话。

大头看了看杨花，又扭头看了看黄五，大头说：杨花你自己能回不？不能回了让黄五去叫赵六来接你。杨花说：不用了，我自己能回去。就背过了身子去穿衣服。

第二天杨花掉进水坑的事情在柳树村就传遍了。有人说：杨花闲得没事了，为啥到河里去洗澡？有人说：杨花被捞上来的时候是光身子，身上一条线都没有。还有人说：救她上来的黄五也是光身子，黄五整天爱围着杨花转……

这些话在村里飞快地传，一句句就传到了赵六那儿。赵六那几天老是铁青着脸，不是恨恨地踹一脚狗，就是莫名地踢一只鸡。赵六说狗日的黄五，看我咋样收拾你！

赵六恶狠狠地骂黄五，黄五听不到。黄五还是老样子，一整天几乎都在鱼塘边。

这一天大头来换黄五的时候忍不住笑。大头说：黄五，村里现在到处都在说你哩。黄五嘿嘿笑着，黄五说：说我咋？大头挤着眼睛哈哈地笑，说：说你和杨花光身子在水里，说你把杨花……哈哈哈。黄五仰着脑袋瞅着大头的脸，黄五的眼睛扑里扑腾地眨。黄五说：说我把杨花咋？

哈哈哈。大头笑得更响了，大头说：你说能说你把杨花咋？

嘿嘿。黄五说：我不知道我能把杨花咋。

黄五转身就朝村子走。路过赵六家门口的时候，黄五听见赵六和杨花在吵架，赵六一岁多的儿子在炕上狠命地哭。黄五的脚步就停住了，在门口探了头朝里面看。他看见赵六的拳头高举着，好像正在犹豫着该朝哪儿落。他看见杨花披散着头发两只胳膊挥舞着，一下一下地要往赵六脸上挠。

呀。黄五说：呀，有啥话好好说，甭动手。

黄五说着就进了门，从背后一把抱住了赵六的腰。

赵六一转脸看见是黄五，赵六好像瞬间就知道了拳头该朝哪儿落。赵六说：我叫你狗逮耗子管闲事，我叫你一天光嘿嘿。赵六的拳头就雨点般往黄五身上砸。黄五鼻子嘴角都是血，不一会儿就被打倒在地上。赵六还是不解恨，他甩脱了杨花拉他的手，两只脚轮流着在黄五的屁股上踢。黄五在地上翻滚着，嘴里不时地发出哼哼声。

这时候隔壁几个人赶了来。一个人朝地上看了看，说：我的爷！甭打了，甭打了，再打小心就出人命了。赵六这才住了手，呼哧呼哧地喘着气。说话的人朝地上瞅了瞅，又用两根指头在黄五的鼻子前试了试，说：不得了，不得了，得赶快往医院送。

赵六脸上的肌肉跳了跳，赵六说：欠打的货。

黄五在县医院住了十几天。黄五在一个下午回到了柳树村。黄五笑模笑样地在街道上走，他对碰见的每一个人嘿嘿地笑，却发现没有几个人肯搭理他。黄五一个人在街上摇头晃脑地走。走到赵六家门口的时候黄五放慢了脚。他看见赵六家的大门紧闭着，门框上上多了一副白对联。黄五脸上的笑就散了，木着一张脸往河湾走。

还没等走到鱼塘边，大头远远地就朝他打招呼。大头说：黄五啊，你可算是回来了。黄五说：回来了。大头说：你刚在村里没听见啥？黄五说：没听见啥。大头又问：没看见啥？黄五说：没看见啥。说完了眼睛使劲儿地翻了翻，说：我看见赵六家门上贴着一副白对联。大头摇了摇头，大头说：杨花好好的一个人，说没就没了。黄五说：没了，咋没了？大头就重重地叹了一口气，伸出一根指头朝河道里指了指。大头说：赵六和杨花老干仗，那一天杨花趁赵六不注意，自己跳到坑里了。

黄五白眼仁翻了翻。黄五白眼仁翻了一翻却笑了。

嘿嘿，黄五说：我不信。

你不信？大头盯着黄五。大头说：我跟你说的是实话你不信？

我不信。黄五说：嘿嘿，我不信杨花会跳进大坑里。

黄五说这话的时候就折转了身子，嘟嘟囔囔地往河道里走。大头使劲地睁着他的一双小眼睛在后面紧跟着，大头说：黄五你疯了，我说的是真话你不信，你干啥呀？黄五没有回答大头的话。大头看见黄五走到了大坑边。大头看见黄五丢剥了衣服，黑黝黝的身子在黄亮亮的夕阳中闪了一下，扑通一声就跃入了水中。

后来，黄五几乎每天傍晚都会嘟嘟囔囔地跃进大坑中。他一头扎进去，好半天才冒出来，四下里看一看，自言自语地说一句什么话，又嘿嘿嘿地笑一阵，然后又狠狠地扎进去。

起先的时候大头还会在后面跟着劝上一两句，后来，西北风一天比一天紧的时候大头就懒得再跟了。

唉，黄五这个傻蛋。以前只是傻，现在不光傻，还疯了。

大头摇着他的大脑袋，摊着两只手这么对人说。

手　机

上河村的刘黑子从镇上回来的时候看见家门上了锁，就把那辆破破旧旧的摩托车撑好了，掏出手机给他老婆打。耳朵里嘟嘟地传来了两声响，紧接着就是一个令人生厌的女声："对不起，您拨打的电话正在通话中，请稍后再拨。"贼婆娘事情还多得很。刘黑子嘟囔着，朝地上狠狠地吐了一口痰，就从上衣口袋里摸出一根挤压得皱皱巴巴的纸烟点燃了，一边吸一边开了门。

他先跑到了厨房。他看见一堆盆盆碗碗乱七八糟地在案上胡扔着，一只老鼠正贼头贼脑地睃巡其间，全神贯注地搜寻着什么。看见他进来，老鼠竟然没有很快跑开，像是抱怨他打扰了自己一件很重要的事情似的，不满地与他对视了一会儿。刘黑子就恼了，顺手从门上抓过锁子朝老鼠扔了过去。就听得啪的一声响，一个细花瓷碗被打成了碎片，而那只老鼠则尖叫一声，哧溜一下就跑得没影了。

狗日的老鼠。刘黑子朝打碎的那只瓷碗看了一眼，就伸手揭开了锅盖往里边看。锅里竟然空空的什么也没有。刘黑子就重重地扣下锅盖，在笼子里抓起一个冷馍往上面抹了些辣椒撒了些盐，走到院子里蹲下一口一口地吃。可能是饿急了，也可能是肚子里憋着气，只吃了不到两口，刘黑子就被噎得嗝嗝的，就起身回到厨房在桶里舀了一瓢凉水，咕咚咕咚地喝了几大口。

狗日的今天咋就这么背。再来到院子的时候刘黑子不由自主地嘟囔了一句。

刘黑子今天确实像是中了邪。一大早骑着摩托跑到柳街镇的人市上去找活，等到了晌午端却没遇上一个招人的。低头纳闷地正抽烟，就听见一个女子在师傅师傅地喊。刘黑子懒懒地抬起头，就看见一个穿着紫色裙子的女子正站在他面前。女子不到三十岁，浑身肉乎乎的，脸蛋白生生的，胸前鼓鼓囊囊的，随着说话的声调一起一伏，就像是揣着两只小兔子。刘黑子就扔了烟蒂，仰着头嘿嘿笑着，说你叫我？女子点了点头，说嗯，能不能请你帮个忙？刘黑子站起了身，说行行行，什么事情你说话。女子就朝身后指了指，说我想请你把这台电视机帮我运到家里去。刘黑子说没问题。接着就问女子住哪个小区，在几楼，有没有电梯之类的。女子回说，路不远，就在摩登小镇，六楼，没有电梯的。刘黑子就皱了皱眉头，显出一副为难的样子。女子似乎看出了刘黑子的心思，就说师傅你看得多少钱直接说。刘黑子就搔了搔后脑勺，嘿嘿笑着说其实路倒不算远，但是没电梯，得靠人往上背，累人着呢。是这，我也不多要，你给五十元怎么样？女子笑了笑，说行，五十就五十。就帮着刘黑子把电视机往摩托车的后座上绑。

把电视机送到女子的房子时，刘黑子已经累得出了一身的汗，就脱了外套用一只手在面前扇着风。女子显然是独居。她在饮水机上接了一杯水递给刘黑子，接着就在钱包里翻，找出了一张五十元的票子往刘黑子的手里塞。女子给钱的时候碰了一下刘黑子的手，刘黑子就像是被电击了一般，一手端着水杯一手捏着钞票，眼光就不知道往哪放了。这时候门却被敲得啷啷地响，伴随着一个冰冷的声音不耐烦地喊叫着，说开门，开门，开门。两个人就都愣了一会儿，女子这才走过去开了门。

敲门的是一高一矮两个男人。进门后，高个子眼睛刀子一样朝刘黑子和女子扎过来，说我们是柳街镇派出所的，有人举报这里有卖淫嫖娼。刘黑子就愣了。刘黑子说警察师傅，我就是帮她背上来一台电视机。矮个子警察上上下下把刘黑子打量了一番，嘿嘿地冷笑着，说衣服还没穿齐整，怎么这就不认账了？告诉你，像你这样背着牛头不认赃的人我们见多了。刘黑子说我，我，我……高个子警察说我什么？有啥话到了所里再好好说。

到了派出所刘黑子才知道，女子在镇上的一家娱乐城当小姐，最近因为牵涉一件案子正被公安监控着，没想到自己竟不知不觉地掺和进来了。他就痛哭流涕地求那个高个子警察，说警察师傅，他是不是小姐我不知道，可我真的没干那事呀。高个子警察眯着眼，吐出一个烟圈又嘟起嘴吹了一下，说你说你没干就没干，没干你跑到小姐屋里去干啥？刘黑子说我，我，我给他送电视机。高个子警察说你说得好，你怎么没给张三李四送，偏偏给她送？我，我，我……刘黑子急得面红耳赤的，嘴里却已经没办法再递上话，汗水泪水就汪汪地冒出来了，说可我真的没干啥。高个子警察显然已经有些不耐烦，说算了算了，甭演戏了，看你也算个老实人，赶紧交了罚款快走人，放别人看不把你关个一年半载的。刘黑子就抹了抹眼睛，怯生生地问罚多少钱。高个子警察已经懒得再说话，就伸出五个指头在眼前晃了晃。刘黑子就从兜里掏出女子刚给的五十元，双手捧着往高个子警察的手里递。高个子警察看着刘黑子手里的五十元哈哈就笑了，说你这人还真有意思，五十元，你以为是你给小姐小费呢——给小姐小费恐怕也不至于这个数呀。我说的是五百，五百，你知道不？

刘黑子就瘫在了地上，泪水汪汪的，说警察师傅呀，你就是把我卖了也不值五百元啊，我半天都没等到一个活，今天一分钱都没挣着，到现在还没吃晌午饭呢。高个子警察从座位上站了起来，说够了够了，碰着你这样的也算是我倒霉，起来，起来你在身上再找找，看看还有啥值钱的玩意儿。刘黑子就站起来在身上一阵摸索，哆哆嗦嗦地摸出了二十元和自己的手机，说就只有这些了。高个子警察夺过刘黑子手里的钱，把他的手机拿到眼前看了看又扔回给他，说什么破手机，样子倒是蛮像苹果机的。刘黑子接过手机眼巴巴地瞅着高个子警察。高个子警察仰着头，把刘黑子交给他的七十元钱在手里拍打着，又朝派出所院子看了看。那里正好有一堆刚刚运来的煤。高个子警察说，你把这堆煤运到厨房后面的库房去，运完了就放你走。

这一运就运到了半下午。

狗日的咋就这么背。一想起今天一天的遭遇，刘黑子忍不住又骂了一声。

杨柳村吴晓发的新媳妇赵蓉蓉在半下午的时候睡醒了。一醒来就摸过手机看时间。那时候刚刚五点多，有一缕阳光透过窗帘的缝隙照进来，在墙上悬挂着的结婚照上竖画出一条黄亮亮的线。赵蓉蓉揉着眼睛看着那条线，看着看着就觉得心里有些不舒服。结婚照是去年秋天结婚前照的，高自己一头的吴晓发帅气地搂着一身婚纱的赵蓉蓉，两个人脸上都是一堆子幸福的笑。但此刻那一缕阳光不偏不倚地从中间劈下来，硬生生把照片从中间撕成了两半。赵蓉蓉皱着眉头就下了床，趿着鞋走到窗前将窗帘整个拉开了。一时间，外面的阳光轰地一下挤进来，房间里亮亮堂堂的，墙上两个人的笑脸便显得越发的生动和灿烂。

吴晓发是赵蓉蓉在相亲了不下五次以后最终确定的。那时候赵蓉蓉已经二十三，村里像她这样年纪的大多已经当了妈，可她因为高考复读了两三年，又外出打工三年，最终大学没上成，还把自己混成了大龄女青年。也不是没人来提亲，问题是来提亲的都入不了自己的眼。要不是年纪偏大些，要不就是性格古怪些；好容易有一个自己看得上眼的，人家偏偏又嫌弃自己。这时候正好吴晓发从部队复员回了村，媒人一提说，两个人一见面，赵蓉蓉见吴晓发长得结结实实浓眉大眼，而且人稳重还见识广，二话没说就答应了。吴晓发呢，在部队汽车连里开卡车，超期服役了两年，原想着能转成个专业军士什么的，没想到希望落了空，就灰溜溜地回了村。见赵蓉蓉不但人长得好还有文化，年龄也和自己差不多，自然也欢天喜地地应允了。

破锅自有破锅盖，啥人自有啥人爱。赵蓉蓉婚事定下的那一天，她妈妈嘻嘻哈哈地对赵蓉蓉这样说。赵蓉蓉嗔怪地叫了一声妈，说你看你说的是啥话？转过身自己抿着嘴却偷偷笑了。

结婚后一个月，赵蓉蓉和吴晓发同时来到了西京城。赵蓉蓉在一家超市当收银员，吴晓发给一个私人老板开小车。赵蓉蓉某一天晚上躺在出租屋的床上对吴晓发说，咱都好好干，好好攒钱，过几年咱争取也在城里买套房。吴晓发说嗯，好好干，好好攒。

三月底的时候，赵蓉蓉莫名其妙地一阵一阵地呕，到医院一检查，才知道自己怀孕了。把这个消息给吴晓发一说，吴晓发兴奋得抱住赵蓉蓉，在她脸上亲出啷啷的响。并立即决定，说你不要打工了，先回家里好好养着，等生了孩子你还想打工的话咱再说。赵蓉蓉起先不愿意，但经不住吴晓发来来回回地唠叨，就说好好好，那我回，不过，不过，我要想你了怎么办？吴晓发嘿嘿就笑了，说路又不是多么远，我会经常回去的；再说了咱都有手机，有啥事发短信打电话的都方便。赵蓉蓉就噘了嘴，说我的这个手机都旧成啥了，动不动就没信号，还爱死机，难用死了。吴晓发就又嘿嘿地笑了，说好办，好办，这好办，我这两天正好发了工资，咱干脆就换个新手机。赵蓉蓉嘻嘻就笑了，说还是你理解我。

第二天两人去店里买了一部新手机，赵蓉蓉就收拾行李回到了家。得知儿媳妇怀了孕，婆婆的一张老脸整日像是开着一朵花，说娃呀，你现在啥也不需要干，只要吃好睡好，把我孙子养得好就是最大的功劳。婆婆说到做到。家里三顿饭都是自己抢着做，就连扫地这样的活儿也不要她干。赵蓉蓉闲得就无聊，一会儿睡睡觉，一会儿看看电视，再一会儿就到村外的麦田里转一转。好在西京城离杨柳村并不远，吴晓发三天两头地下了班就会回来，日子过得也不算太孤单。

中午的时候，赵蓉蓉收到了吴晓发的短信，说老板今天出差去了外地，他今晚可以早些回来。赵蓉蓉朝窗外看了一眼，感觉时间还算早，就穿好了衣服洗了脸，揣上手机到堂屋给婆婆说了一声，就一个人出了家门朝村外走。

刘黑子的老婆李美丽扭着屁股走进院子的时候，看见刘黑子蹲在地上低着头，手里拿着一把明晃晃的尖刀在地上一下一下地扎。那把刀子是刘黑子在给一家五金店干活时看见的，也不知怎么地一下子就喜欢上了，硬是掏了三十元买下来，时不时地拿出来玩一玩。李美丽看见刘黑子拿刀子在地上扎，老远就喊了一声说你闲得手痒了是不是，没事拿个刀子胡扎啥？刘黑子听见老婆的声音，就把刀子往地上狠狠地一扔，站起来眼一瞪，说你弄啥去了？人回来要吃的没吃的，要喝的没喝的，打你电话为啥也不接？

李美丽看着刘黑子，说你眼睛瞪得那么大吃人呀！我怎么知道你啥时候回来；我怎么知道你回来了吃不吃？说着，拔脚就往屋子里走。刘黑子在后面喊，说你弄啥去？李美丽扭回头说，我给你做饭去。刘黑子说我不吃了，你甭做。李美丽就停住了脚，转回身来到刘黑子跟前，不认识似的凑近刘黑子的脸看了一会儿，嘿嘿嘿就笑了，说恁大的脾气，挣了俩钱咋就脾气也见长了。就拿胳膊肘去捅刘黑子，说哎，今儿个到底挣了多少钱？是不是在外面下馆子吃过了？刘黑子朝地上呸了一口，说挣个㞗！背，背，今天真是背得见了鬼了。听刘黑子这样说，李美丽挂在脸上的笑唰地一下就掉没了，吃惊地问咋？到底咋了你说些。

刘黑子朝地上又呸了一口，就把自己一天的遭遇学说了一遍。刘黑子的话音刚落点，李美丽嘴角就撇到了耳朵梢，说完了完了，我下午去儿子的学校开家长会，老师让交一百五十元的资料费；从学校出来我又到柳街镇上转了一转，看上了一条花裙子，虽然只要五十元，但我转来转去的还是没舍得买。原指望着你挣了钱再说的，谁知道你却弄下了这个事。刘黑子梗着脖子，眼睛就瞪得更大了。

说咋是我弄下的这个事？我是脑子进水了，还是眼珠叫鸡啄了，会眼巴巴看着往坑里跳？李美丽说那难说，谁知道你是不是真的被那个狐狸精迷了心窍，肉没吃上反倒惹了一身臊。刘黑子说我，我，我……却不知道该再说什么，厚墩墩的嘴唇抖抖嗦嗦的，却半天返不上话。

那我打电话你怎么不接？刘黑子木桩一样愣了半天，终于想起了这句话。李美丽说打电话？你啥时候给我打电话了？刘黑子说你在手机上自己看。李美丽就在上衣口袋里掏，在裤子口袋里翻。等到身上的口袋翻完了，眼睛就瞪得鸡蛋般大，说我的爷呀，手机不见了，手机八成是被偷了。刘黑子一只脚就在地上跺了一下，说好你个败家的婆娘，你咋不把你也丢了去。李美丽胖嘟嘟的肥脸就红一阵白一阵的，慢慢堆出一副难看的哭相。

那一天李美丽到邻居刘卫生家去串门子，她看见刘卫生的媳妇黄喜花耳朵上插着耳塞，手捧着个手掌大的手机凑在眼前一边看一边笑，就凑到跟前说你笑啥呢？一个手机就把你高兴得像是吃了喜娃妈的奶，咯咯咯地笑成了那样子？黄喜花从手机上移开眼，瞥了一眼李美丽，说你来看，你来看。李美丽就凑过脑袋和黄喜花一起看。她看见手机屏幕上赵本山和宋丹丹正在演小品，就说咦，你这个手机倒是好，上面还能看电视。黄喜花摘了耳塞，又瞟了李美丽一眼，说看你说的，我这是智能机，甭说看电视，还能上网呢。说完就重新插上了耳机自顾着笑着看。李美丽在一边尴尬地站了一会儿，就朝黄喜花撇了撇嘴，又小声地嘟囔了一句转身就出了黄喜花的家门朝自家走。

烧包，拿了个破手机有啥了不起的。走到自己家门口的时候李美丽终于骂出了口。晚上等到刘黑子回来，她提出让刘黑子给自己也买一部智能手机。刘黑子狼吞虎咽地端着碗正吃饭，听见李美丽的话连头都没抬，说你说得简单，一部智能手机最差也得千把块呢。李美丽说我不管，黄喜花都用智能机了。刘黑子就不说话，只管呼噜呼噜地吃着饭。李美丽就扑过去抢了刘黑子手里的碗，说吃吃吃，我叫你吃。

晚上睡觉时，刘黑子的手刚一摸着李美丽，就被李美丽的手重重地掐了一下，说你想得美。刘黑子就只能叹一口气，老老实实地独自睡。这样软磨硬泡了好几天，刘黑子才在第五天一咬牙掏了一千多块钱买了一部和黄喜花一样的手机。能看电影能听歌，还能上网发微信聊QQ。刘黑子把手机交给李美丽的时候说给，你拿好，这可是我一月的工钱呢。李美丽抢过手机胖脸上立马笑成了一朵花，说知道，知道。

现在，手机却丢了。李美丽说，八成是我在柳街镇看衣服时被偷的，当时老有几个人在我跟前挤。挨千刀的贼啊。李美丽骂了一句，声音颤颤的，眼里亮亮的，好像马上就会有泪水冒出来。

狗日的，狗日的。李美丽听见刘黑子连着骂了两声狗日的，就看见刘黑子从地上捡起了那把尖刀往怀里一揣，发动了摩托就朝门外走。李美丽赶忙问你干啥呀？

刘黑子说不干啥，我死呀。

赵蓉蓉走到村外那条小路上的时候，日头已经落了山。田里的麦苗绿汪汪的正抽穗，一阵一阵的风迎面吹过来，凉丝丝的，鼻子里胸腔里就有一股子甜滋滋的味道。赵蓉蓉在手机上选了一首歌，插上耳塞一边听一边慢慢地走，心想着说不定会正好遇见回家来的吴晓发。心里想着就听见手机响了起来，一看果然是吴晓发。吴晓发说他马上就要到家了，问赵蓉蓉在哪儿，赵蓉蓉说我在村外的小路上转，你回来了就能看见。吴晓发说好，那你等着，我们到时候一块儿回。赵蓉蓉说嗯。

刘黑子骑上摩托风一样地刮出了村，脑子里鼓鼓胀胀的却不知道自己究竟要到哪儿去。他先是去了一趟柳街镇。他看见街道上的行人稀稀的，两边的摊子也大多已收拾，而镇中心广场的露天舞场却正热闹，几个大音箱里的女人像是吃了兴奋剂，扯着嗓子唱着一首歌。这歌声像是有磁力，吸引着一伙一伙衣服鲜亮的男男女女嘻嘻哈哈地朝里边走。刘黑子跨在摩托上朝舞厅门口看了一会儿，却感觉脚脖子痒痒的，一低头就看见一只比猫大不了多少的黑色狮子狗正在舔自己。刘黑子抬腿就给了一脚，随口骂了一声狗日的。狮子狗汪地叫了一声，一下子被踢出去两米远，嘴里呜呜着，一双眼睛委屈地看着刘黑子。刘黑子刚要接着再骂一声狗日的，却看见一个长得肉球一样的女人叫骂着朝自己扑过来。女人说狗挡住你吃屎的路了，你踢我的狗。刘黑子说我踢狗又不是踢了你，你看你咋叫得比狗还凶。女人说我叫你狗嘴胡乱咬，我叫你狗嘴胡乱咬。挥舞着两条胖胳膊双手就要往刘黑子的脸上挖。刘黑子手攥成拳头要还手，瞥见几个人高马大的男人叫喊着正朝自己跟前跑，就赶忙一躲闪，脚一踩油门，呜的一声向前边逃窜了。身后传来女人声嘶力竭的叫骂声和一帮子男人此起彼伏的喊打声。

出了柳街镇，刘黑子漫无目的地经过了下河村、榆树村和上坡村。等他来到杨柳村的时候，暮色已铺天盖地地浓起来。刘黑子放缓了车速，寂静的田野上摩托车嘟嘟的声音显得清晰而又刺耳。他看见路上有一个女人的身影，他看见女人走得散漫而又随意。他不知不觉地就靠了上去。

那个身影正是赵蓉蓉。赵蓉蓉看见公路上有一辆客车停了下来；赵蓉蓉看见她丈夫吴晓发高高大大的身影从客车上走下来。

刘黑子这时已经骑到了赵蓉蓉身边。他朝赵蓉蓉瞄了一眼，他看见赵蓉蓉富富态态的。他看见富富态态的赵蓉蓉拿着手机插着耳塞正在旁若无人地听着歌。刘黑子咽了一口唾沫。刘黑子不知怎么的，就想起了下午找他搬电视机的那个女人。一想起下午找他搬电视机的那个女人刘黑子就又咽了一口唾沫。紧接着，刘黑子的手像是被什么东西给牵拽着，猛地一下就伸向了赵蓉蓉手里的手机。

猝不及防的赵蓉蓉惊叫了一声。她看见抢他手机的人正朝一条小路上拐，他看见她丈夫吴晓发正朝自己跑过来。

手机，手机，那个人抢我的手机！赵蓉蓉朝她丈夫吴晓发说。

吴晓发把手里的包往地上一扔，拔腿就朝已经上了小路的刘黑子追。刘黑子加大了油门拼命地跑，吴晓发在后面喊叫着追。刘黑子的摩托车撞上了路旁的一个小土堆，连人带车摔在地上一时间起不来。吴晓发这时离他已只有五十米远，刘黑子一咬牙从地上爬起来，顾不上摩托车转身就往麦田里跑。吴晓发就也跟着往麦田里撵。刘黑子感觉自己的肠子都快要跑断了，步子却不由自主地停不下来。他跑呀跑呀，感觉身后边刮来一阵风，紧接着衣领就被一只手铁钳一样地薅住了。那只手一抓又一拉，刘黑子就仰面躺在了一片麦苗上。

吴晓发顺势骑上了刘黑子的身。吴晓发说我让你跑。当胸就给了刘黑子一拳头。我让你抢手机。吴晓发迎面又给了刘黑子一拳头。我让你……吴晓发刚要打出第三拳，就感觉胸口一痒又一热，一股子浆液火辣辣地就从胸口往出冒。他大张着嘴，像是猛然间受了惊，又像是憋足了劲要呐喊，但却再也没发出声。

刘黑子推掉压在自己身上的吴晓发翻身站起来的时候，双腿已经软得站不住，他抓着一把麦梢子擦了擦黏黏糊糊的手，顾不得看一眼躺在麦丛中的吴晓发，踉踉跄跄地迈开步子再次朝前边跑。这时候他听见身后一个女子尖厉的哭声响起来，他听见一片嘈嘈杂杂的叫喊声正朝自己涌过来。

刘黑子被抓住的那天是个礼拜五。戴上手铐的刘黑子这才知道被他刀捅的男子已经死了，而被他抢手机的女的也流产了。刘黑子一屁股就坐在了地上，眼泪禁不住唰唰地流。刘黑子的老婆李美丽更是哭着往刘黑子的身上捶，说你杀人了，为了一个手机你咋就忍心杀人了。刘黑子低着头只管呜呜地哭，鼻涕眼泪流了一脸又一胸，哽哽咽咽地想说啥却怎么也说不出。

带走，带走。两个警察架着刘黑子就往车上塞，李美丽手抓着车帮子哭哭啼啼地不松手。警车一加油就开出去几米远，李美丽跌坐在地上哭天抢地地哭了老半天。

天擦黑的时候，刘黑子住校的儿子刘希望背着书包进了门。看见他母亲正红着眼睛站在院子里发着呆，刘希望就叫了一声妈，说你开家长会那天把手机落在我座位上了，又没了电，我给你带回了。李美丽起先像是没听见，后来猛然间转过身，一把夺过儿子手里的手机，一甩手扔出去老远。

冬瓜的宝贝

魏冬瓜挖出瓷瓶的先一天晚上，他老婆胡麦香和他狠狠地吵了一架。

事情的起因是因为胡麦香的弟弟胡小虎。胡小虎本来在省城的一家单位干保安，最近看好了一间门面想改行做生意，就火急火燎地找到了他姐姐胡麦香。胡小虎对他姐姐说，门面房我都看好了，地段好，人流量大，保赚。胡麦香那时候正坐在灶间做晚饭，她往灶间添了一把柴，火苗子呼地就旺了，扑哄扑哄地往灶膛外面蹿，映得她的一张大胖脸红扑扑的，身子直朝后面仰。胡麦香看了看她弟弟，又探头看了看在后院忙着什么的魏冬瓜，打了一个喷嚏没说话。她弟弟蹲在一边就有些急，说，好我的姐哩，我说了这半天，你到底是个啥意思么？胡麦香又往灶膛里添了一把柴，说你看好了你就做么。胡小虎嘿嘿就笑了。他朝胡麦香跟前挪了挪，说姐呀，我看好是看好了，可是，可是，现在手头还是有些紧，你看看能不能先给我倒腾些钱？胡麦香就扭过头认真地盯着她弟弟看。她弟弟一边倒的头发梳得光溜溜的，一张白白净净的脸上堆着笑，两只细眯眯的小眼睛亮闪闪地也正看着她。胡麦香就说，钱倒是攒了几个，可是明天就要动工盖后院的房，你外甥今年还要上高中，我这里也实在是紧张得很。胡小虎脸上的笑僵了一下，瞬间就又活泛了，他挪得离他姐姐更近了，甚至一只手拉着他姐姐的胳膊摇晃着，说姐呀，你说的这些我知道，我知道，你先想办法借我些，回头我想办法马上就还你，保险不会误了你的事。胡麦香就又看了看她弟弟，摇着头叹了一声气，说这事情我做不了主，回头我得和你姐夫再商量商量。胡小虎嘿嘿就笑了，说那好，那好，我等你回话。

晚上吃完饭在炕上躺下后，胡麦香就把她弟弟来找她的事学说了一遍。魏冬瓜侧着身吸烟没说话。胡麦香就扳过了他的肩膀，说你是聋了还是哑了，我说了半天你怎么就没有一句话？魏冬瓜把烟头往地上一扔，说你叫我说什么话，咱家的情况你又不是不知道，拿啥借，怎么借？胡麦香说我也是这么给说的，可他说让咱先借给他，他回头马上就给咱还。魏冬瓜听完这话就哼了一声，说你信他的话？你信他的话他结婚借的钱怎么现在还没还。胡麦香就被噎住了。她弟弟结婚的时候从她这里借走三千元，信誓旦旦地说用不了多长时间就会还，可是现在小孩眼看都五六岁了，那钱却不见她弟弟再提起。看见胡麦香没了话，魏冬瓜就咳嗽了一声，说不是我背地里嚼舌根，你弟弟那人——

魏冬瓜的话还没说完，胡麦香就从炕上坐起了身。她掀掉了魏冬瓜身上的被子，说我弟弟怎么了？我弟弟怎么了？我弟弟不就是借了你几个钱没还。不像你哥哥，你哥哥也是你妈生的吧，却把老人撇给我一个，自己一家子在城里享清福；还有你姐你妹子，他们是不是你妈的娃？谁管过，谁看过？这话怎么不见你说？

魏冬瓜把掀开的被子往自己的身上拽，被角在胡麦香的屁股底下压着拽不动，他就那样赤裸着上身，说，一码归一码，我这里说的是借钱的事，你乱七八糟地都说些啥？胡麦香说，我说的啥你知道，告诉你，这事情你没有个说法我和你没有完。

你爱怎么样怎么样去！魏冬瓜呼地一下也从炕上翻起了身，说要钱我没有，我没有难道还要我给他去抢去偷去？

魏冬瓜的咆哮似乎把胡麦香吓住了。她呆愣愣地看了看魏冬瓜，哇的一声倒下去，顺手把被子往头上一蒙，呜呜呜地哭了半晚上。

第二天早上起来，约好帮忙的两个人都来了。他们是本村的魏胜利和魏进军。两个人拿上镢头铁锨来到后院要动手，魏冬瓜的老母亲颤颤巍巍地就走了过来。老太太一边走一边喊，说，慢着，慢着，等一下，等一下。魏冬瓜他们举起的镢头就停在了半空中，齐齐地扭过了头朝老太太看。老太太一手拄着拐杖一手拿着蜡和香，走到后院中间蹲下身拢一堆土把香蜡插好了，就埋怨儿子，说动土建屋是大事，再怎么着也应该给各路神灵招呼下，怎么能轻易就举动。魏胜利和魏进军就附和着说就是的，就是的，多亏了婶子的提醒，要不然可就犯大忌了，谁知道会弄出什么事。魏胜利说可不是，邻村刘永庆家动工前没敬神，上楼板时好好的一块楼板在空中就断成了两截，差点儿没要了在底下搬砖的一个小工的命。魏进军则说得更邪乎，说是本村魏开放家动工时也是没敬神，结果一面墙起得好好的，一晚上就齐茬茬全倒了。魏冬瓜听得头皮上就一阵阵的凉，在心里边说都怪老婆先一天晚上和自己闹，差点儿把敬神这件事情给忘了，就急急忙忙地掏出了打火机，蹲下来打着了点燃蜡和香，又跪下去梆梆梆磕了三个头，嘴里念念有词地不知道说了些啥，这才起身朝魏胜利和魏进军笑了笑，说开工，开工。

开工的首日是挖地基。线是先一天找匠人放好了的，用白灰横横竖竖地画了，三个人各守一段往下挖。那时候刚刚开了春，土层解了冻不太瓷，三个人镢头铁锨的一起上，赶傍晚就挖到了半人深。魏冬瓜摸了摸头上的汗水瞅了瞅快要落山的太阳，就拿过香烟盘子给魏胜利和魏进军散，说歇一歇抽根烟，赶天黑挖完就行了。魏胜利和魏进军接了烟点燃了吸，说歇一下就歇一下，再着急也不在这一下。魏冬瓜自己也点燃了一支烟，一边吸一边用脚在地上蹭啊蹭。他感到脚底似乎有一块小石头，硬生生地硌得脚掌有些疼。蹭着蹭着魏冬瓜觉得有些怪，就拿过了镢头在脚下细心地刨。这一刨他就看见了一个木盒子。木盒子的油漆已经斑斑驳驳地看不清啥颜色，钉盒子的钉子也锈迹斑斑的，似乎用手一掰就能掰得开。魏冬瓜弯下腰仔细地取出了那个木盒子，果然只用手一掰就掰开了。掰开木盒子的时候不由叫出了声，魏冬瓜说咦，呀！

魏胜利和魏进军就被这一声叫给吸引了，都扭过了头朝魏冬瓜这边看。魏冬瓜弯着腰把那个木盒子揣到怀里，心咚咚地跳着，说没有啥，没有啥。魏胜利和魏进军显然不相信魏冬瓜的话，就都折返身朝魏冬瓜围过来，说怎么回事，啥宝贝东西还不叫人看一下么。魏冬瓜怀揣着那个木盒肚子鼓得像几个月的孕妇，见已经无法再隐瞒，就嘿嘿笑着，说没有啥，没有啥，就是一个破罐罐。一听说是破罐罐，魏胜利和魏进军眼睛都亮了，说破罐罐，破罐罐，啥破罐罐叫咱见识一下么。魏冬瓜看看魏胜利，又看看魏进军，嘿嘿笑着就从怀里取出了那个木盒子。

木盒子一打开，一个青瓷花瓶就呈现在了几个人的眼前。说来也怪，那个瓷瓶虽然被埋在地下不知多少年，但擦净了上面的泥土，依然温润细腻地闪着光，仿佛刚刚从窑里面烧出来，晶莹透亮，令人看一眼心里边就有一种说不出来的感觉。几个人一下就都看呆了，都静悄悄的，只听见几个人粗壮的呼吸。魏胜利终于没能忍得住，他看了一眼魏冬瓜，说冬瓜你这下不得了了。魏进军也咂了咂嘴，说冬瓜呀，早上多亏你敬了爷，这下你狗日的走运了。魏胜利和魏进军的话把魏冬瓜说得头上直流汗，魏冬瓜嘿嘿笑着，说走啥运，走啥运，要真走运了我还能亏了你们俩。魏胜利说你这话是真的？只怕你到时候比谁都抠得紧。魏进军说咱这地方神得很，谁知道地底下都埋着些啥宝贝。说魏得理家盖房时挖出了一尊小佛像，那佛像没有巴掌大，却卖出了八十万的大价钱；又说邻村的胡爱国在自家地里打机井，挖出了一个铜香炉，一个长鼻子的外国人赶来买，一出手就是一百万，还是美元。魏胜利啧啧地咂着嘴，说冬瓜呀冬瓜，你小子说不定这下可真的要大发了。魏冬瓜头上的汗冒得更厉害，他把瓷瓶往怀里又一揣，朝屋里面喊胡麦香，说饭做好了没？晚上多加几个菜，再上一瓶西凤酒。

晚饭的时候，魏胜利和魏进军话题还是不离瓷花瓶，魏冬瓜就倒了酒一杯一杯地给他们敬。魏胜利和魏进军来者不拒，就喝得晕晕乎乎的，话也就多得没个完。魏冬瓜说胜利、进军，咱们是不是好朋友？两个人回答当然是。魏进军说今天这事情你们可不要说出去。魏胜利嘿嘿就笑了，说这又不是啥坏事，说出去了又能怎么样？魏进军则爽快地答应了，说我可以不对人说，但我得想办法管住我自己的嘴。魏冬瓜嘿嘿就笑了，说是这，咱事先讲好的价钱是干一天五十元，我今天给二位这个数。魏胜利和魏进军醉眼蒙眬地就去看魏冬瓜，他们看见魏冬瓜举着一个手指头。两个人就都摇着头笑。魏冬瓜把一根指头换成了两根，又换成了三根，四根，五根。魏胜利和魏进军这才笑着端起了酒杯要和魏冬瓜碰。魏冬瓜端着酒杯手颤抖着刚举到胸前，他老婆胡麦香就在一边拽他的衣襟。魏冬瓜装作没发现，端着酒杯说喝喝喝。三个酒杯碰到一起，当的一声响，三个人就都哈哈笑出了声。

送走了魏胜利和魏进军，魏冬瓜就钻进房子取出了那个瓷瓶抚摸着笑着看。他老婆胡麦香跟进来就骂，说你个冬瓜怎么不改名字叫傻瓜，为啥就给那俩货那么多。魏冬瓜顾不上看老婆，手摸着瓷瓶说你个女人家懂个啥，这事情要是他俩说出去，你知道会有多少人来找麻烦？胡麦香眼珠转了转，说那也不能便宜了那俩货。魏冬瓜就有些不耐烦，不再接胡麦香的话，只顾着抱着瓷瓶笑着看。这时候房子门吱扭一声被推开了，紧接着就闯进了一个人。魏冬瓜急急忙忙地把瓷瓶往被窝一塞，就瞥见进来的是自己的小舅子胡小虎。魏冬瓜翻了胡小虎一眼又叹了一口气，说冒冒失失的，多大个人了，咋还这样不稳重。胡小虎一个手指捋了一下飘到额前的头发，嘻嘻笑着说啥宝贝呀，怎么我一进来就藏了？魏冬瓜摆着手说没有啥，没有啥，我这儿能有啥宝贝。胡小虎不信，说我明明看见你把什么东西塞到被窝了。魏冬瓜手压着被子说行了行了，真的没有啥，说吧，你现在来有什么事？胡小虎嘿嘿就笑了，说也没什么大不了的事，就是我昨天来说的事，不知道我姐跟你说过没。魏冬瓜想了想，说家里现在正盖房，多余的钱也没有，是这，叫你姐先给你拿五千元。胡小虎似乎对五千元不满意，就下意识地撇了撇嘴没说话。魏冬瓜翻了一眼胡小虎，说，咋，我最多只能给你借这么多，要了要，不要了你自己看着办。胡小虎马上就笑了，说要要要，姐夫你这是咋了，脾气怎么变得这么大。

胡小虎一走，魏冬瓜就抱着那个瓷瓶躺到了炕上，左看右看看不够。胡麦香在一边就嗔笑着骂，说看你能的，得了个烂瓷瓶还就抱着不松手了。魏冬瓜斜了一眼胡麦香没说话，胡麦香一只手就在魏冬瓜的下身胡挖抓。胡麦香用力可能有些猛，魏冬瓜惨叫了一声回身就怒骂，说你个二货就骚情得很，用那么大的劲是不是想给我揪下来？胡麦香见魏冬瓜动了怒，就一下子松了手把魏冬瓜往开推，说谁稀罕把你那玩意揪下来，就是揪下来连个猫也喂不饱。骂完了就拿眼睛瞪魏冬瓜，见魏冬瓜抱着个瓷瓶不说话，就说，说你是个二货你还不服气，挖了个破罐罐也不知道是真还是假，就张狂得像是捡了一个宝，光给魏胜利和魏进军就甩出去了一千元。胡麦香一说这话，魏冬瓜抱着瓷瓶就愣了愣，眼珠盯着房顶咕噜咕噜地转了老半天。再转过身时他语气就明显地软和了许多。魏冬瓜说，你这么一说还真把我给提醒了，你兄弟胡小虎不是在省城当过保安吗？胡麦香说咋了？魏冬瓜说我记得胡小虎说他当保安的那个单位就是省博物院。胡麦香不知道魏冬瓜这个时候为什么会提起她弟弟当保安的事，就说当保安和这个事情啥关系？魏冬瓜说你呀你，真真是头发长见识短，那博物院是干啥的你知道不？胡麦香一下子就明白了，说你莫不是想让胡小虎给你找人鉴定下？魏冬瓜说你说呢？胡麦香嘴就撇到了耳朵梢，说那你怎么不找你哥魏木瓜鉴定去，你哥魏木瓜还在省城开古玩店呢？魏冬瓜就狠狠地瞪了胡麦香一眼，说咱现在盖房的宅基地本来就是我哥让给咱的，这事让他知道了还有你捞的毛？魏冬瓜又瞪了一眼胡麦香，说，少心眼么，你。胡麦香嘴里哦哦着，说我把这一窍还真迷了。说那行，明天我就叫小虎来，让他给咱找熟人鉴定下。

胡小虎第二天早上一听说要叫他找人去鉴宝，激动得一个劲儿地拍腔子，说没问题，没问题，我在博物院的时候和好几个专家都混得熟，我和谁谁谁，谁谁谁一块去钓过鱼，我还和谁谁谁，谁谁谁吃过饭。魏冬瓜不耐烦地打断了胡小虎的话，说行了行了，不要五马长枪地胡抡了，我告诉你，第一这事情要保密，不能让任何人知道了；第二请教的专家要靠得住，千万不敢找一个三脚猫的给看走了眼；第三最好再打探一下行情，看这东西到底能换多少钱。胡小虎说知道了，知道了，我又不是三岁个娃，快拿东西，快拿东西，我这就出发去省城。魏冬瓜说你急啥，就伸了一只手出去，说拿来。胡小虎吃惊地看着魏冬瓜，说你要啥？魏冬瓜说手机，手机，你的手机。胡小虎疑惑地把手机递给了魏冬瓜，就看见魏冬瓜背过身从柜子里取出了那个瓷瓶，正面背面，横着竖着地照了一来回，然后把手机交给了胡小虎，说拿着，我照得清清楚楚，全全面面，让专家看照片和看实物一个样。胡小虎就吃惊地瞪大了眼睛，说不会吧，姐夫你这人怎么是个这，叫人家鉴定呢，你不给真东西。魏冬瓜挥着手说行了，行了，我拍的这和真的没有啥两样。胡小虎接过手机嘴里嘟嘟囔囔的，说我服了你，我真是服了你。

后半晌的时候，魏冬瓜急不可耐地给胡小虎接连打了好几个电话。第一遍打时手机只是嘟嘟地响没人接；第二遍打时提示的是占线；直到第三遍打时胡小虎才捏着嗓子说别打了，好不容易才找到专家，现在专家正在仔细研究呢。魏冬瓜哦哦着就挂了电话，心却忍不住突突突地跳得欢。好不容易耐到天刚黑，胡小虎骑着摩托吱的一声就停在了魏冬瓜家门口。魏冬瓜拉住胡小虎的胳膊一边往进走，一边就迫不及待地问怎么样？胡小虎呼呼地喘着气，说你急啥，你急啥，先让人喝一口水么。胡麦香就跑进厨房端了一杯水，胡小虎喝了一口，连烫带呛，就喀喀地直咳嗽。胡麦香就在胡小虎的背上拍，魏冬瓜则一直看着胡小虎的脸，急得双脚在地上直打转。胡小虎好不容易停止了咳嗽，说今天把人能累死；专家是啥人？那都是大忙人，光找专家我就接连跑了好几个地方，总算是找见了。魏冬瓜问那专家是咋说的？胡小虎端起杯子又要喝，魏冬瓜就抢过了杯子，说你先把话说完再喝也不迟。胡小虎被夺了杯子的空手就在半空举着，朝魏冬瓜焦急的脸上瞅了一眼，说专家说了，货没问题，宋代官窑的，最少得一百多万。嘿嘿，嘿嘿，嘿嘿嘿嘿。魏冬瓜像是被谁搔了胳肢窝，嘿嘿嘿地就笑个不停点儿。胡小虎吃惊地看着魏冬瓜，说你不要光知道笑，专家也不是白鉴定的，看在熟人的面子上，人家只收了这个数。魏冬瓜看着胡小虎举起的一只手，说算我的，算我的。胡小虎看看魏冬瓜，又看看他姐姐，摸了一把头上的汗，嘿嘿也笑了。

晚上吃过饭以后，魏冬瓜郑重其事地对胡麦香宣布了一个决定。一是这事情孩子还不知道，那就不告诉孩子，免得孩子嘴不严出去了胡乱说；二是一定要低调，有这事咱就当没有这个事，该干什么咱还接着干什么，不能让人胡猜疑；三是要胡麦香对自己的母亲更孝顺些，说是就全当堵封老太太的嘴，要不然老太太要是告诉了大哥或是姐姐和妹妹，那给谁都得分一份，到时候还能剩下多少肉？胡麦香像是突然间被磕头虫附了体，一下一下地点着头，说我知道，你放心，我又不呆又不傻。对老婆交代完了魏冬瓜又去了老娘的房间。老娘那时候还没有睡，魏冬瓜就伸手到老娘被窝摸了摸，问炕凉不凉，要是凉了，他再塞些柴火烧一烧。老娘说热着呢，热着呢，不用烧。魏冬瓜就在老娘的炕沿上坐了，嘻嘻笑着说妈呀，你生了四个娃，可到底还是我给你养老哩，你觉得你娃还孝顺不？老娘说孝顺孝顺。魏冬瓜嘻嘻又笑了笑，说你娃我也不容易啊，上有老下有小，眼下盖房也要花大钱，不容易啊。老娘说就是的，就是的。魏冬瓜说妈呀，你也知道，昨天挖地基挖出一个烂罐罐，我找人问了问，说是能值个万儿八千的，可这要是旁人知道了谁知道会被传成什么样，说不定还会弄出什么是非呢。老娘说我知道，我嘴严，我保证把这事烂到肚里头。魏冬瓜嘻嘻就又笑了，说妈呀，你真是个明白人，明天起我让麦香每天早上给你订牛奶，炖鸡蛋。老太太说，嗯，你睡去，快睡去。

盖房的事就接着继续往下进行着。这一天上午魏冬瓜正和一帮人在后院忙活着，老远就听见他姐姐魏喜花在门口喊叫着他。姐姐手里提着一箱子牛奶一包子啥食品，水桶一样的粗腰扭动着，脸上汗津津地闪着光。姐姐说冬瓜呀，冬瓜，你盖房这么大的事怎么也不给姐姐我说下，你姐夫在家闲闲的，也好来帮帮忙么。魏冬瓜正从后院往前院走，就看见老婆胡麦香把姐姐接住了。胡麦香说大姐原来是你呀，我还想着你是不是把咱家的门给忘了呢。前一段老娘腰疼病有些重，吃喝拉撒都要靠胡麦香来伺候，魏冬瓜就叫人捎话叫大姐来替换着服侍几天老娘，没想到大姐一推再推到底没有来。听见胡麦香话里有话，大姐魏喜花就说妹子你这说的是哪里话，哪有女儿家会走错了自己家，再怎么说我也是这家里生长的么。就直接进到了老娘的房子里去。

和老娘七七八八地说了一阵子闲话，魏喜花就扭了头叫魏冬瓜。说兄弟呀，姐和你还有话说呢。就出了老娘的房间把魏冬瓜拽进了另一个屋。进了门魏喜花盯着魏冬瓜只是看却不说话，魏冬瓜心里就有些毛毛的，搔着后脑勺说，姐，有啥话你就直接说么，这么看着我弄啥？魏喜花嘿嘿就笑了，头朝后院扭了扭，说我听说——哎，这事……魏冬瓜眼睛就瞪大了，说啥事？魏喜花停了停就叹了一口气，说兄弟呀，你姐夫常年有病，基本上啥重活也干不了，家里开销全凭你姐我在村里打些零工来过活。眼下你外甥刚刚说成了一桩婚事，可是人家提出来少了五万元的彩礼就别说。唉，你姐我愁啊——你看，你看，头发都愁白了。说着就掀起一绺头发让魏冬瓜看。魏冬瓜不耐烦地扫了一眼，又叹了一口气，说姐你说的我都知道，可是你看看，你看看，咱妈常年有病我得管，你侄子上学我得管，眼下攒了几年才敢着手盖后院这座房，我的日子也不宽松呀。说完了就低着头，偷眼去看魏喜花。魏喜花脸上的微笑凝固了一会儿，瞬间就又恢复了，说我知道，我知道。头就朝后院子扭，说我记得后院宅基地本来是老大的吧？魏冬瓜说是，老大让给我了。魏喜花嘻嘻就笑了，说嗯，我知道，那要是后院有什么东西的话，不知道是算你的，还是老大的？魏冬瓜脸上的汗水就下来了，吭吭吭地清了一下嗓子，说后院里能有个啥，你再别听谁胡嚼舌头了。魏喜花依然嘻嘻只是笑。魏冬瓜就在脸上抹了一下汗，声音也变得颤巍巍的了，说姐呀，你刚才说我外甥结婚对方要多少钱。魏喜花就举了一只手。魏冬瓜朝那只手瞄了一眼，头就慢慢低下了，说姐呀，说实话，我就是这个房停了工不盖也只能给你腾出两万元。魏喜花说两万，两万？就扳着指头像是在算账，说也行，也行，其他的我再想办法借一借。这时候，胡麦香端了一杯水刚好走进来，姐弟俩的谈话她就完全听到了。胡麦香一张脸唰地就吊了下来，手里的杯子重重地往柜盖上一蹾，扭过身气哼哼地就出了门。

送走了大姐，胡麦香就咬牙切齿地骂，说怎么长了个狗鼻子，这么快就闻到味了！想了想觉得不对劲儿，说冬瓜你真是个烂冬瓜，你那一千块钱算是白费了，肯定是那俩货走漏了风声。魏冬瓜就气得也跺着脚狠狠地骂，说要真是他俩漏的风，看我不把狗日的嘴撕成南瓜花。说完了就转过身去找魏胜利和魏进军。魏胜利和魏进军赌咒发誓地说自己没说过，一个字都没说过。还说要是谁说了让谁眼窝长鸡眼，嘴里长痔疮，让谁喝一口水呛死了，吃一口馍噎死了。

魏冬瓜无凭无据，眼睛瞪得牛铃一样地瞅着他俩，说够了，够了，烦都快要烦死了。

大姐来后的第三天，小妹魏小花抱着自己刚满两岁的小儿子就来了。魏小花一进门就钻进了老娘的房间，鼻涕一把泪一把地说妈呀妈呀，我可是听了你的话嫁给了张家，可你知道我现在过的是啥日子呀。说那家俩老人病恹恹的，全靠我们管，一个月光药钱就得几百块；张歌那货好吃懒做还爱赌，大娃的学费他不管，小娃没奶粉了也向他要不出几个钱。魏小花说我不过了，不过了，我离婚呀。说着就把孩子往老娘的怀里一撇，抹着眼泪哽哽咽咽地哭。魏小花哭，小孩子在炕上也哇哇地哭。老太太就慌手慌脚的，嘴里说不出了囫囵话。当年魏冬瓜结婚的时候家里彩礼凑不够，正好有人给魏小花说婆家，老太太和老头子一商量，一咬牙就做主订下了这门婚事，这才用张家的彩礼顶了胡麦香家的缺口。现在见女儿诉说得这么恓惶，老太太难免就心软，一边哄着怀里的孩子，一边劝着女儿，眼里泪水也扑闪扑闪地禁不住要往下掉。

要不，要不让你哥，你哥……老太太说着说着就支支吾吾地住了嘴。魏小花看着老太太欲言又止的样子就哭得更伤心，说我哥光知道过他自己的日子，啥时候拿眼睛照看过我这个妹妹呀。呜呜呜。魏小花的哭声传出老太太的房间在魏冬瓜的耳畔鸣响着，然后就直戳戳地往心里钻，扎得心里一紧一紧地疼。魏冬瓜推开门进了老娘的房间，先是抱起了炕上正号啕着的小外甥，然后就看了看魏小花，说妹子呀，你别哭了，你的委屈哥知道。是这，你看哥现在正盖房也急需钱，多的帮不上，少的哥还是能拿得出。魏小花眼里噙着眼泪就看着魏冬瓜，说哥呀，你不知道，你大外甥今年要转到县城的小学上，光赞助费一项就得一万多；张歌那货，光顾着自己要牌，从来都不知道问一声。魏冬瓜就长长地叹了一口气，说知道了，知道了，哥这个房哪怕先不盖，也不能误了外甥上学的事。魏小花听她哥魏冬瓜这样说，就抹着眼泪，说我知道哥心好，你放心，这钱妹子还不起，将来你外甥大了我一定会让他们还给你。魏冬瓜说亲妹子亲外甥的，你这话说得让哥心里难受呀，别说了，别说了……

送走了妹妹，魏冬瓜跑进厨房问胡麦香饭做好了没，胡麦香说吃吃吃，一个个都是讨债的，照这样下去你以后喝风拉屁去。

一下子出去了好几万，魏冬瓜盖房的工程不得不暂时停止了。胡麦香看着魏冬瓜有一句没一句地就骂，说啥也没见，盖房子的钱先抡完了，我看你魏冬瓜到底能结多大个瓜。魏冬瓜心里也火烧火燎的，却故作镇静地说你甭急，你甭急。魏冬瓜对胡麦香说别急，他自己其实比谁都急。他派了妻弟胡小虎让找上次鉴定的专家找买家，想赶快把这件瓷瓶出手。隔手的金子不如到手的铜，钱只有攥到了手里才是钱，魏冬瓜这样对胡小虎说。

这一天晚上胡小虎终于给魏冬瓜打来了电话。胡小虎说姐夫呀，卖家已经联系好了，如果不出意外，明天一手交钱一手交货，对方一次性先给一百万。魏冬瓜抓着电话说好好好，脸上淤积的焦愁和不快瞬间都抛到了九霄外。他对胡小虎说兄弟呀，这事要是办成了，姐夫绝对亏不了你。挂了电话，魏冬瓜把那个瓷瓶从柜子里面拿出来，脸凑到跟前左看看右看看，又放到鼻子前闻了闻，放到嘴唇边亲了亲，然后找出一块红布包好了，放进了一个纸盒子。他晚上准备就搂着这个瓷瓶睡，不丢手，再怎么也不丢手。

搂着瓷瓶迷迷糊糊地正做梦，就听见大门被敲得咚咚地响。魏冬瓜打了一个激灵就醒了，问谁？门外就传来了他大哥魏木瓜粗壮的声音。魏木瓜说我，你大哥。魏冬瓜心头就一紧，赶忙翻身起来穿衣服。胡麦香比魏冬瓜更麻利，她一边飞快地穿衣服一边对魏冬瓜交代，说记住了，一口咬定，没有，啥都没有。魏冬瓜急急忙忙地应了一声哦，两口子就急急忙忙地去开门。

魏木瓜肥胖高大的身子出现在魏冬瓜两口子面前的时候，两个人几乎同时吓了一大跳。他们发现魏木瓜的双手交叉着放在肚皮上，那姿势就像一个富态的官员优雅地在讲话。但很快地他们就发现有些不对劲儿。他们看见魏木瓜手腕上明晃晃的；他们看见魏木瓜身后站了两个男人，那两个人居然都戴着大檐帽。

说吧，藏哪儿了？一个大檐帽说。

魏木瓜朝后院指了指。魏木瓜说我当年得手以后拿回来就埋在后院里。魏木瓜说这话的时候眼睛看了一看魏冬瓜。魏木瓜发现他看魏冬瓜的时候，魏冬瓜也正看着他。

魏冬瓜看着看着腿就有些软，晃晃悠悠，晃晃悠悠地就要往地上倒。这时候他听见他老婆胡麦香怪叫了一声。他听见胡麦香怪叫了一声之后就开始嘎嘎地笑着往门外边跑。那笑声在黑夜里像是一种奇怪的鸟叫，听得人浑身凉飕飕的，头发根直要往起竖。

红马回家

饲养室院子里挤满了人。男的女的老的少的，蹲的站的坐的卧的，一个个伸长了脖子瞪着眼睛朝队长王丰收瞅。王丰收脑袋上的头发掉光了，太阳一照，明晃晃的，像是一颗熟透了的青葫芦。他把烟袋从嘴里取出来在鞋底上磕了磕，撩开布褂子的前襟往腰间一别，说："灵醒得很么，往常开会三遍五遍地叫不来，今天一说是分牲口齐茬茬都来了。"人群里不知道谁撂了一句，说："废话多得很，快说咋个分法么。"王丰收抬头朝天上望了一眼。天上瓦蓝瓦蓝的，飘着几团棉花一样的白云朵；太阳黄亮黄亮的，耀得人眼睛有些花。王丰收揉着自己的眼睛嘿嘿就笑了，王丰收说："着急啥，着急啥，现在离天黑还早着呢，你急地回去上炕呀？不急，不急。"

王丰收话一说完，人群里就像是老鸹窝戳了一竿子，叽叽喳喳，闹闹嚷嚷的。有人说王丰收是队长当上瘾了，眼看分了地，这下再分了牲口生产队就彻底分完了，这是抓紧机会过开会瘾哩；有人说别看王丰收头顶上没毛，肚子里心眼眼多着呢，谁知道他又想日啥鬼呀。

我那时爬上了饲养室院子南边的一棵老槐树，我在一个胳膊粗的树股上坐着，院子里的一切可以看得清清楚楚。我看见院子北头场地上有一堆麦壳子摊开着，有一群麻雀忘我地在上面拣食着麦粒，脑袋一点一点的，谁也顾不上说一句话。我想起了我揣在怀里的弹弓，我觉得我这时要是打出去一弹弓，闭着眼也能打中一只的。

我就腾出一只手去怀里摸弹弓。我把弹弓掏出来后，才想起来忘了带石子。

我就放弃了打麻雀的打算。我拿着弹弓百无聊赖地朝人堆里看。

我看见王丰收敞开了白布褂子的纽扣，一只手把一条裤腿提过了膝盖高。他瞪着那一双枣核似的眼睛朝人群扫视了一遍，一只手打拍子似的挥了挥，说："吵吵啥，吵吵啥，吵吵够了赶快闭嘴，听我把分牲口的规则说一下。"王丰收像是掌握着人们吵吵还是不吵吵的开关，他的话一说完，人群立马又安静了。王丰收朝人群里扫视了一遍，王丰收说："队里总共只有十头牲口，三十户人家，该咋分？哎嗨，经过研究，咱还是按先前说好的，十头牲口十个纸蛋儿，每三家为一户选一个代表来抓，抓着啥就是啥，省得有人背地里嚼舌头。"

人群里有谁又喊了一嗓子，说："抓纸蛋儿可以是可以，但要看由谁来操持了？得找个放心人。"

王丰收朝说话的那个人瞥了一眼。王丰收说："操你的心，人早就想好了，由三大来，三大来大家没啥话说吧？"

人群里一哇声地喊，说："成，能成。"

我看见王丰收伸着脖子朝饲养室里看了看。我听见王丰收在喊："三大，三大，你出来下。"

紧接着，我就看见我爷爷手里提着一个筛子走出了饲养室门口。我爷爷可能刚刚给牲口筛完料。我看见我爷爷头上包着的白毛巾土乎乎的，黑色的布褂子上还沾着一些草屑。他把筛子往地上一放，解开腰带拿在手里往身上摔了摔，看着王丰收没说话。

王丰收看见我爷爷，手朝我爷爷一招一招地说："三大你到我这里来。"我爷爷走到王丰收身边，王丰收不知道从哪拿出了一个大老碗就给我爷爷手里递。我爷爷看着王丰收没有接。我爷爷说："拿个空碗干啥，你叫我拿个空碗要饭呀？”王丰收说：“等一会儿抓纸蛋儿，我把纸蛋儿放碗里你拿着让大家抓。”我爷爷嘿嘿就笑了，我爷爷说：“你早说么，你不说我还以为给我个碗让我拿着要饭呀。”我爷爷的话把王丰收和周围的人都惹笑了。我看见麦壳上那群麻雀像是受到了惊吓，轰的一声都飞了起来。

王丰收抓着一把写好的纸蛋儿朝人群晃了晃，就往我爷爷端着的老碗里放。王丰收说：“大家看好了，十个纸蛋儿一个都不少，等会儿抓到了啥就是啥，谁反悔谁就是瞎胡闹。”

人们都伸长了脖子，一个个像是一只只鹅，朝我爷爷端着的碗里瞅。我看见人堆里三三两两地开始有人争执着。我看见我父亲和我母亲神情严肃地在听我二伯和我叔父说着话。我二伯和我叔父好像意见不一致，两个人你一言我一语的，不时地还抬起手在面前一摆一摆的。

王丰收显然已经有些不耐烦了，他冲人群挥了挥手，说：“早都跑弄啥去了，现在还啰里啰嗦地争个啥，开始抓，准备好了的开始抓。”

我看见有一个人站起来朝我爷爷跟前走，我看见又有一个人站起来朝我爷爷跟前走。我看见先前的那个人抖抖嗦嗦地从老碗里捏出一个纸蛋儿背过身小心翼翼地往开拆，我看见那个人将拆开的纸蛋儿展开来捏在手里指着王丰收说：“驴，黑驴，驴。”另一个人手里的纸蛋儿也展开了，他拉着王丰收的一条胳膊，说：“骡子，骡子，青骡子。”我看见王丰收挣脱了那个人拉他的手，王丰收指着那两个人说：“嚷嚷个尿，你才是黑驴，你才是青骡子。”王丰收这话一说完，那两个人稍微愣了愣，紧接着所有人哈哈都笑了。

我看见我父亲和我母亲没有笑。我看见我父亲和我母亲在对我二伯和叔父说着啥。我二伯和我叔父显然对我父母的话不反对，因为我看见他们冲我父母点了点头。然后，我就看见我父母扭着脖子往四处看，一边看一边扯着嗓子喊：“树哎，树。”

我赶忙从树上往下溜。我溜得有些急，裤子都差点儿被剐掉了。

我提了提裤腰，一只手抹了抹快要流到嘴唇边的鼻涕，咚咚地就往我父母跟前跑。我母亲一把就把我胳膊攥住了，我母亲说：“是不是又上树了？看看衣服都弄成啥样了。”我母亲一边帮我整理衣服一边对我说：“甭胡跑了，等会儿你去给咱抓纸蛋儿。”我说：“我不抓，要抓让我大抓去，让我二伯我大抓去，我不抓。”我母亲在我的脊背上拍了一下。我母亲说：“听话，你去抓，你手气好，你去抓。”我父亲拿眼睛瞪着我，我叔父和我二伯都弯着腰对我说好话。我二伯说：“你去抓，你要是抓上了大黄牛或者黑骡子，伯给你买一把水果糖。”我叔父跟着说：“还有你早就想要的塑料枪，抓好了回去马上给你买。”

一听说水果糖和塑料枪我马上主意就变了。我朝他们每个人脸上看了一遍，我说：“你们说话要算数。”我二伯我叔父脸上堆满了笑，说：“算数，算数。”

我父亲我二伯和我叔父前两天就在念叨大黄牛和黑骡子了。我想我一定要替他们抓到大黄牛或者黑骡子。我在一个个大腿和胳膊之间挤来挤去，我终于站在了我爷爷面前。我对王丰收说：“我来抓纸蛋儿。”王丰收用他的枣核眼打量着我，我担心他是不是嫌弃我太小了，我就朝人群里的我父母我二伯我叔父指了指，我说：“是他们叫我来抓的。”王丰收看看我又看看我爷爷就笑了，王丰收说：“三大，你看。”我爷爷斜了王丰收一眼，我爷爷说：“有啥看的，谁说小娃就不能抓。”王丰收笑着在我的头上摸了一下，王丰收说：“好，好，你去抓，你去抓。”

我抬头看了看我爷爷，我看见我爷爷端着老碗在对我笑。他把老碗摇了摇，几个纸蛋蛋儿就在里面转呀转。我爷爷说：“没事，抓。”

我看见我爷爷摇过之后，正好有一个纸蛋蛋儿跳了出来，好像极不合群的样子，孤零零地待在一边。我踮起脚尖，伸手就把那个跳出来的纸蛋蛋儿捏在了手里。紧接着，我看见我父亲我母亲我二伯我叔父立即从人群中冲了出来了。我叔父一把抢过了我手里的纸蛋蛋儿往开拆。我父亲我母亲和我二伯都看着我叔父的手，我父亲一连声地问：“啥，啥，啥？”

我叔父很快就把纸条从眼前挪开了，他朝我父亲我母亲我二伯看了看，有气无力地说：“红马，唉，红马。”

我看见我二伯摇了摇头，我父亲眼睛看着地，我母亲说：“怎么会是红马？”

“红马就红马。”我听见我爷爷说：“红马就红马，红马有啥不好的？”

我想起来队里几个赶牲口的把式到饲养室牵牲口的时候似乎都不愿意牵红马，他们抱怨说红马没力气，口又重，病歪歪的，早就该卖了或者杀了吃肉了。我爷爷听了这话总是和别人急，我爷爷说：“呸呸呸，说这话都不害怕害牙疼，红马给队里出力的时候你们还不知道弄啥呢？”

别人对红马不待见，我爷爷却似乎正相反。我看见喂牲口的时候我爷爷会特意给红马多添些料，有时候，他还会像抚摸我一样抚摸一下红马的头。但红马显然是真的有什么病，我看见我爷爷领着兽医歪脖子来看过红马，我还看见我爷爷用一个带着漏斗的皮管子给红马喂过药。

一想到我爷爷给红马喂过药，我就明白我父亲我二伯和我叔父为什么不高兴了。我朝他们看了一眼，我看见他们都唉声叹气地不看我。

接下来谁再抓的啥我就不知道了。我在把那个纸蛋儿交给我叔父之后我就跑到饲养室院子西边的土堆上去了。土堆上有几个和我差不多一般大的小孩子在玩打仗，几个人在土堆顶上守着，另外几个在底下喊着“冲啊，冲啊”地朝上边跑，上边的则拼命地把对方往下推。我没有加入他们的“战斗”，我懒得和他们一起玩儿。我看见麦壳上刚才飞散的麻雀又聚在了一起，我在土堆上选了一个位置趴下来，我掏出弹弓照着其中的一个瞄啊瞄。

后来，我看见饲养室院子里黄澄澄的阳光不知道什么时候没有了，我看见院子里吵吵嚷嚷的人群也离去了，一阵淡淡的雾不知道原来藏在什么地方，人一散，阳光一退，它们就缓缓地在院子里散开了。

整个院子里静悄悄的。

我跑进了饲养室。我看见圈里空空荡荡的，只剩下那匹红马木呆呆地立着，一双褐色的大眼睛空洞地望着槽里的草料一副没精打采的样子。我爷爷把炕上的被褥叠好了，席子也卷了起来。他在铺盖卷上坐着，眼睛盯着房顶正在一门心思地抽旱烟。我爷爷当了好多年饲养员，他在饲养室的这盘土炕上睡了好多年，我也在这盘土炕上跟着我爷爷睡了好多年。看见我爷爷收拾好的被褥和席子，我忽然感觉我想说些啥。我说："爷，以后这炕咱不睡了？"我爷爷从屋顶收回了目光。我爷爷朝牲口圈里看了一眼。我爷爷说："牲口都没有了还睡这干啥，不睡了，回。"我爷爷走到牲口圈前解那匹红马的缰绳，我爷爷说："被子你给咱抱着，爷牵马，咱回。"我说："回。"

我抱起了炕上的被褥，我爷爷牵着红马的缰绳，我们在愈来愈浓的暮色里往回走。街道上行人稀稀拉拉的，偶尔有谁家的狗迎面子走过来，站住脚好奇地朝我们看一眼，转过身摇着尾巴又走开了。谁家的猫嗖的从一堆子玉米秆里钻出来，喵呜叫一声，腾的朝一棵树跃上去了。我爷爷一路上一声不吭，那匹红马也静悄悄的，不发出一点儿声。我听见有几家分到牲口的人家在院子里大声地说笑着，我听见街巷里有一个女人在扯长了声喊叫自家的孩子回家吃饭。

我吸了吸鼻子，满村子都是一股子玉米粥淡淡的甜香味。

"回来了？"走到家门口的时候，我看见我父亲从门墩上站起来，小小心心地和我爷爷打招呼。我父亲要接我爷爷手里的缰绳，我爷爷手一挥把我父亲伸出的手隔远了。我爷爷说："扯把麦秸在门口点堆火。"我父亲转身到麦秸垛前扯麦秸，我母亲勒着围裙从厨房门口出来了。我母亲接过我手里的被褥，问我爷爷到了门口还等啥？我爷爷没接话。我爷爷对正在弯腰点火的我父亲说："火烧旺些。"我看见我父亲很快就把那一团麦秸点燃了，我父亲的脸被火苗映得红彤彤的。我爷爷把手里的缰绳拉了拉，自己先从火堆上跨了过去。红马左右摆着头，显得犹犹豫豫的。我爷爷把缰绳拽了拽，嘟嘟囔囔地不知道还念叨了一句啥。我看见红马迟迟疑疑地迈开腿，从火苗子上跳了过去。

我母亲显然对我爷爷的做法搞不懂，我母亲说："这是干啥呢？"我爷爷头都没回丢下一句："辟邪，图吉利。"

我爷爷把红马拴到了刚刚收拾好的牲口圈里，红马似乎有些不适应，蹄子在地上踩得咚咚的。我家的那条大黄狗不知道从哪逛回来，好奇地跑到牲口圈里看稀罕。我爷爷把黄狗呵斥走，往脸盆里舀了半盆水，又往里面撒了些麦麸子，架在槽上让红马喝。红马鼻子里呼出一股气，秃噜秃噜的，把盆里的麦麸子水吹得直往外边溅。

"吃饭。"我爷爷走出牲口圈拍了拍手，朝灶房喊，"吃饭，吃饭。"

我父亲对我抓到红马的失望情绪似乎还没消。吃完饭，我正在掏出我的弹弓玩，我父亲看着我咳嗽了一声。我父亲说："还说你手气好呢，一出手就抓了个红马。"我没有说话，我转过眼睛去看我爷爷。我爷爷正在抽旱烟，吸一口脸颊两边就陷进去一个坑。我爷爷把一口烟吐出来，我爷爷对我父亲说："红马咋了，红马不是马？"我父亲被我爷爷这一句话噎住了，嘴张着半天说不出来一句话。我爷爷又吸了一口烟。我爷爷说："我早看出来了，你们看不上红马。看不上就看不上，用不上给谁甩脸子。"我父亲吭吭哧哧地不知道想说啥，正在收拾碗筷的我母亲就笑了。我母亲说："没甩脸子，没甩脸子，抓上啥我们都没意见。"我父亲看了看我母亲，脸上也挤出了一丝笑，跟着说："就是的，没甩脸子，有啥脸子可甩的？"

我爷爷和我父母亲正在屋里说着话，就听见门口有狗叫声。紧接着，我听见我二伯在门口喊："树，快把狗拉住，伯来了。"我朝院门口喊了一声："黄毛，卧着。"狗叫声立即停止了，我二伯踢踏踢踏的脚步声就响进了屋子里。我二伯朝我父母和我爷爷脸上扫了一遍，自己嘿嘿先笑了一声，说：“咋一个个都这么严肃，弄得跟工作组开会一样。”我母亲连忙递了一个小板凳。我母亲说：“没啥事，说闲话呢。”我二伯说：“哦，我就说呢。”就坐下来拿出自己的烟包让我爷爷装。我爷爷手一挡，说：“我抽我的。”

我二伯刚坐下来不久我叔父也来了。我看见我叔父我就想起了他下午对我说的话，我扑上去抱住他的大腿，我说：“我要塑料枪，我要塑料枪。”我叔父两只手掐着我的腰把我举到半空中抡了抡，这才放到了地上，又在我的屁股上拍了一巴掌。我叔父说：“你还说塑料枪呢，我让你抓一头黑骡子或者黄牛，谁让你抓了那匹红马？”我站在地上站不稳，我被我叔父刚刚在空中抡得有些晕。我说：“我不抓是你们要我抓，快买塑料抢，你不能说话不算数。”我叔父说：“好，买买买，你先一边要去，闲了一定给你买。”

我叔父挨着我父亲在一个小凳子上坐下去的时候叹了一口气。我叔父说：“早知道还不如让我抓，咋就偏偏抓了这匹红马呢。”我二伯看了一眼我叔父，说：“谁能想到呢，咱大是饲养员，纸蛋儿又在他的手里边，我想着怎么也会给咱留个好的。”我父亲大约也是这样想的，我父亲说：“就是的，咱大还是人老实，老实人啥时候都吃亏。”

我爷爷梆梆梆在地上磕了磕烟袋。我爷爷说：“就你们聪明？那匹马是我有意留下的。”

“有意留下的，有意留下红马？”

我二伯我父亲我叔父和我母亲似乎没听懂，他们一个个瞪着眼睛看着我爷爷说：“有意留下的红马？”

我爷爷说：“就是的，我在红马的纸蛋儿上做了记号，我有意留的。”

我看着我爷爷。我想起来我去抓纸蛋儿的时候我爷爷把老碗摇了摇，我爷爷还意味深长地对我笑了笑。我就说：“就是的，我爷爷把老碗摇了摇，我爷爷把那个纸蛋蛋儿摇出来了，我爷爷还对我笑了笑。”

我看见我二伯我父亲我叔父以及我母亲好像是一下子泄了气，一个个深深地低下了头。煤油灯昏黄的灯光把他们的影子映在墙上，黑黢黢的，像是几只庞大的鸟。

我爷爷又点燃了一袋烟。我爷爷说："红马是我一手喂大的，它到底咋样我知道。我就不知道你们到底嫌它咋？"

我二伯说："红马都瘦成啥了，浑身没有一点膘。"

我爷爷说："肥猪身上都是膘，你牵一头肥猪去。"

我父亲说："红马没精打采的力气小，平时都没有人看上用。"

我爷爷说："拖拉机劲大，你买一台拖拉机去。"

我叔父说："红马年岁大了，还多病。"

我爷爷说："我年岁不小了，病也多。"

我爷爷直戳戳的说话方式把我二伯我父亲和我叔父顶得一愣一愣的。我母亲却被惹笑了。我母亲说："算了，算了，依我看咱大喂了半辈子牲口比咱懂，他说红马好就红马好。"

我父亲我二伯和我叔父都没接话。我母亲就去看我爷爷。我爷爷说："就是这匹红马，谁有意见谁早说。"

一屋子的人都沉默着。谁也没有说一句话。

过了一段时间，我看见我母亲给了我父亲一沓子钱。我母亲对我父亲说："二哥既然决意不要红马了，那就把他的这份钱退给他。"我把我看到的这件事告诉了我爷爷，我爷爷说："爱咋了咋去。"

我爷爷似乎整天都在围着红马转，有时候是拿着筛子给红马筛草料，有时候是拿刷子给红马梳理身上的毛；他还专门到镇上请来了兽医歪脖子，开了一包一包的中草药。我看见队里分到牲口的人家干什么都用上了牲口，我爷爷却干什么都不让用。我父亲拉架子车往地里运土粪。我父亲对我爷爷说想用马拉车，我爷爷说："你自己拉。"我母亲在石碾上碾苞谷，我母亲说能不能让马去拉磨。我爷爷说："不能。"我叔父有一次要用马犁一片地，我爷爷手抓着缰绳不放手。我爷爷说："要犁地你先借别家的牲口使唤去。"我叔父瞪着眼睛说："我有马我去借别家的牲口我咋张口？"我爷爷说："你咋张口那是你的事，反正马你是不能用。"我叔父当时脸上的笑比哭还难看，我听见我叔父对我爷爷说："人家养牲口图实用，咱养牲口好像是当神供呢。"我爷爷说："那可不是咋？"

苞谷长到一人高的时候，红马像是变了一匹马。我看见它原本灰蒙蒙的眼睛变得水汪汪、亮晶晶的；浑身的毛发也变亮了，变红了，远看就像是披着一身红缎子；身上的肉也多了，四条腿也变粗变壮了，还时不时仰起脑袋嘶叫一阵子，嘹亮得全村都能听得见。王丰收就是有一天听到马叫声跑到我们家的。王丰收看着圈里的红马对我爷爷说："三大你真是神了，一匹病恹恹的马硬是让你给喂成了。"我爷爷抽着烟袋斜了王丰收一眼，我爷爷说："少说舔沟子话，有这心思你把你那匹骡子经管好了比啥都强。"

我爷爷脸上的笑容明显多了，走起路来双脚也显得轻多了。我爷爷对我母亲和我父亲说："秋收时红马让你们用。"我父亲像是不相信我爷爷的话，我父亲问："真的？"我爷爷说："不是真的咋，你还以为真要把它当神供？"

我父母把这话告诉了我叔父，我叔父说："好好好，总算能用上牲口了。"

这一天下午我父亲母亲下地了，我爷爷背着草笼去给红马割青草。我在院子拿着弹弓转来转去地转累了，我就来到牲口圈手摸着红马的长脸玩。我摸着红马脸的时候，红马安安静静的，脸上光溜溜的。摸着摸着，我忽然想试着骑一骑马。我想我只是骑着它在院子里转一圈儿就行了。我这样想着，我就去吃力地解马缰绳。我把马缰绳解开后红马似乎意识到了什么，头颅朝上一扬，咴咴咴地叫了一声，撒开蹄子就朝院门口跑。我吓了一跳，我紧跟着红马在后边追。红马跑到了街巷，跑到了村口，跑向了密密麻麻的苞谷地间的土路。我跑得一头汗。我跑得肚子疼。我的眼泪唰唰地流下来了。我哭着喊："红马，回来！红马，快回来！"

我一直在庄稼地哭喊着寻到了快傍晚。我父亲我母亲闻讯也跑来了。他们顾不上责怪我，一脸紧张地在一片一片的苞谷地里寻着喊。我爷爷什么时候也赶来了。我爷爷对我说："甭哭，丢不了。"

我爷爷把我领回了家。我看见他给食槽里添了料，又往旁边放了一盆水。我爷爷边做这些边嘟囔，说："该野一回了，野够了自然会回来。"

我爷爷话音刚落点儿，我听见院门口马蹄子哒哒的响声。我赶忙往院子里跑，我看见红马汗腾腾的，有一缕夕阳正好照在它水淋淋的身上，明明亮亮的，闪着一些金黄的光。

寻羊记

“羊呢？羊不见了！”

母亲说，听到父亲喊的时候她还没有起床，睡得迷迷糊糊的，以为是父亲的梦呓。但后来父亲的喊声越来越大，越来越急，惊得她一骨碌爬起身老半天记不得往身上披衣服。她就那样光着身子呆愣愣地坐了一会儿，直到看见了父亲翻卷到一边的被窝，才猛地意识到父亲不知什么时候已一个人悄悄地起床了。

母亲就有些慌了。父亲的脑溢血病刚好，左半边身子还有些僵硬，临出院的时候医生一再交代不光药不能断，还须谨防跌跤，否则引起的后果将不堪设想。为此，母亲除了白天按时督促父亲吃药，晚上父亲起夜，她也总是替父亲穿好衣服，扶着下炕上炕，生怕有什么闪失。现在，父亲突然不见了，母亲的惊慌可想而知。

她飞快地穿好了衣裳，就在她在黑暗里摸索着穿上鞋的时候，她又听到了父亲从后院传来的喊声。

“羊呢？羊不见了！”

母亲跌跌撞撞地赶到了后院。那时，沉重的夜色正在慢慢地淡去，遥远的星星亮晶晶的，在冬日清晨的寒风里，宛若一只只惊恐的眼睛。母亲喊了一声父亲的名字，母亲又喊了一声父亲的名字。

她看见在墙根的羊棚前有一个晃动的黑影，她颤巍巍地走了过去，她看见了蹲坐在地上的父亲。

父亲的棉帽子在头上胡乱地扣着，棉袄的袖子只伸进了右边的一只，剩下的那只无精打采地垂着，仿佛一只折断的翅膀；脚上的鞋子左右反趿着，露出两个冰硬的脚后跟。母亲叫了一声我的爷啊，就紧忙去扶父亲，替他伸进那只空着的袖管，系好扣子，并弯下腰穿好鞋，一边抱怨着说你什么时候起来的，也不叫我，你是成心要吓人不是，一边就要把父亲往回搀。父亲挣脱了母亲拉他的手，固执得像一个执拗的孩子。“羊不见了，羊不见了！”父亲对母亲说，自顾弯下腰察看着羊棚，仿佛那只羊就藏在散乱的草叶下或是土块的缝隙间。“不见了就不见了，羊不见了你就不要老命了么！”母亲说，却不再拉父亲，也陪着父亲在羊棚的周围察看着。“那羊就是我的命。”母亲听见父亲这样含混不清地回了她一句。

两个人在羊棚周围转悠着的时候，二弟和媳妇、三弟听到响动也起床赶到了后院。二弟手里拿着手电筒，媳妇则抖抖嗦嗦地拽着他的衣襟。三弟睡得迷迷糊糊的，一手揉着眼窝，一手拿着一根木棍粗声粗气地喊：“在哪儿，贼在哪儿？”

父亲谁也没理，自顾念叨着瞅瞅那儿，瞧瞧这儿。母亲叹了一口气，对二弟他们说明了情况。三弟就打了一个长长的哈欠，又伸了一个懒腰，说：“我当是什么事呢，原来是羊丢了，丢了就丢了，要离不得的话重买一只不就行了呗。”

“屁话！”父亲在黑暗里狠狠地骂了一句。三弟就吐了吐舌头，不再言语。二弟则一声不响，拿着手电筒照了照拴羊的那根木桩，又照了照地上的绳子，并且拾起绳子凑近眼睛仔细地看了半天，然后，他皱着眉头，一副认真思考的样子，嘴里不时地发出轻微的咝咝声。大家于是就都把目光转向了他。二弟是我们家的知识分子，这不仅仅是因为他的鼻梁上架着一副金边的薄片眼镜，还因为他是我们村乃至我们乡为数不多的几个顺利考上大学的人之一。尽管他分回了家乡的学校并且娶了一个同一学校的老婆，但这丝毫不影响乡亲们对他的好评和我们家里人对他的重视。大家望着他，期待着他能从那根绳里寻找出羊的蛛丝马迹。他把绳子横看竖看了半天，猛然往上推了推眼镜，就像是个有了重大发现的科学家似的，强压着兴奋和激动的语气，一字一顿地说："绳子是被刀子割断的，可以肯定，羊是被人偷走了。"

父亲没有吭声。三弟却低声地笑了，说二哥是教书教得脑子有点儿不对窍了，不是贼偷了，难道是羊成了精，长出人手自己解开绳子生出翅膀飞了？"你这话等于没说。"三弟歪着脑袋说。二弟眼睛在镜片后面怪模怪样地瞅着三弟盯了半天，脑袋摇了又摇却没有开口。二弟媳妇鼻子里却很响地哼了一声，黑暗里狠狠地瞪了三弟一眼。

直到天光大亮，全家人寻羊的具体线索仍无什么实质性的进展。三弟就有些沉不住气了，说不用在这里白耗时间了，这么长时间羊说不定早就拴在别家的羊圈或者已在赶赴屠宰场的路上了，不如抓紧时间去报案。二弟媳妇好像早就在等三弟说这句话了。三弟的话音未落，她就抿嘴笑了笑，说咱的羊是国宝呢，还是公安局长是咱的外甥？别说是一只羊，就算是一头牛那对派出所来说是多大个事呀！何况等他们破了案，咱那羊说不定都被人吃进肚子拉出屎了呢。三弟大约觉得二弟媳妇说得有理，怏怏地笑着，一只手在后脑勺搔了又搔。

母亲这时已显得手足无措。她一会儿看看蹲在地上的父亲，一会儿又看看东一个西一个的两个儿子，两只手在衣服的前襟搓来搓去。最后还是二弟拿定了主意，他让母亲先扶父亲回屋，又交待媳妇去烧火做饭。母亲去扶父亲，父亲把手一甩，也不说话。母亲就自己回屋拿来一件棉衣替父亲披好。

大约在早饭快要做好的时候，我们家后院的寻羊侦查工作终于有了重要进展。这得归功于二弟的锲而不舍和细致入微。他先对着羊食盆子里残留的饲料沉思了一会儿，接着就在羊棚到院墙之间发现了一串浅浅的脚印。他顺着那串脚印猫着腰杆子仔细搜寻到墙根，结果就发现了墙下面脚踩的痕迹和一些落下的浮土。他似乎为自己的发现而深受鼓舞，慢慢地蹲下身用他白细的手指在那些浮土里刨动着。接下来，后院里就响起了他因为兴奋而显得有些夸张的尖叫。他说，呀，咦。

三弟有些莫名其妙地瞅着二弟。父亲一直低垂着的脑袋也猛地抬了起来，混浊的眼珠闪过一道奇异的光亮。他说：二子。

二弟这时两根手指捏着一枚从浮土里刨出的镀铜纽扣，又嘬起嘴噗噗朝那枚纽扣吹了吹，神秘兮兮地说，有线索了，有线索了。三弟嘿嘿地笑了，说不就是一枚纽扣，我还以为是一块金子呢。

二弟没有理三弟。他就那样捏着那枚纽扣慢慢地走近一脸茫然的父亲，说别小看这枚纽扣，它有可能就是我们找到羊的一个极其有用的线索。稍微顿了顿，他又有些不安地瞧了瞧三弟，然后才清了清嗓子，说出了他的侦查结果，以及这枚看似毫不起眼的镀铜纽扣对于我们寻到羊所能起到的巨大作用。

他说，他刚才仔细察看了食盆，食盆里的饲料介于完与没完之间，而按他平时的观察，一盆完整的饲料羊要吃完一般是在天亮的时候。这就说明羊是在凌晨，在下半夜，也就是在比父亲发现羊丢了的时候稍早一点儿的时间被人牵走的。这是其一。其二，他刚才仔细地察看了那串脚印，那串脚印笔直地从墙根伸向羊棚，然后又从羊棚笔直地返回墙根，且翻越的是西面的墙，而不是东面和南面的墙；东面的墙翻过去之后是磨坊，南面墙底下是一个臭水坑，而惟独西面墙下面平坦光洁，而且走不了几步就上了通往镇上的小道。这一切说明了什么呢？二弟停下来看了看父亲又看了看三弟。他大约忘了自己是在和父亲和弟弟讲话而误以为是在课堂上向他的学生设问。“说明了什么呢？”二弟又重复了一句，见父亲和三弟没有反应，他才一字一顿地接着说，这说明作案的人应该是和咱们很熟的人，否则他不可能一翻墙进来就直奔羊棚而不走一点弯路。其三，二弟又顿了顿，扬了扬手里的纽扣，说这枚镀铜纽扣像是那种仿军装上面钉的，咱们家没有人穿这种衣服，而且现在村里穿这种衣服的人也不多，这就告诉我们一个极其重要的信息。“是什么信息呢?”二弟忘乎所以地不由又来了一个设问。三弟这时已被二哥的精彩推理听得如痴如醉，没顾得上回答。倒是父亲有些不耐烦了，气哼哼地说，“有话就说，有屁就放!”

二弟讨了个没趣，讪讪地笑了笑，擦了擦嘴唇上的唾液，说很简单，综合以上分析，偷我们羊的，应该是一个对咱们家情况非常熟悉的，且穿着一件仿制军上衣的家伙。

“有道理。不愧是‘吃食’分子。”三弟说。仰面看着二弟，脸上是一副心服口服的样子。父亲的脸上依然没有表情，他嘴唇哆嗦着，最后只说了一句话：“可是羊，到哪儿去了，我的羊呢?”二弟显然还沉浸在自己精彩推理的陶醉感里，他兴奋地说他已想好了办法，而且至少想好了两套方案。三弟催他快说。他敲了敲脑门儿，说，贼偷羊为了啥？不就为了卖。他卖就得去集上。他的意见是让父亲不必着急，只需在家里等着，反正他上午也没有课，他和三弟先到附近甚至更远点的集镇上看看，看看能不能找到；实在不行，他再启动第二套方案。三弟却有点儿急了，说他和别人说好了要去城里打工，今天就要走的。二弟就看看三弟，又看看父亲，一副欲言又止的样子。父亲看着三弟，冷冰冰地说：“先找羊。”三弟脖子扭了扭，低声地嘟哝了一句：“一只羊，值得那么大动干戈吗。”

“你说啥?”父亲显然听到了三弟的低语，瞪着眼说，“啥叫值得?”

我母亲腰里围着围裙，揉着被烟熏得酸涩的眼睛来到了后院。她大概听到了父亲和三弟的对话，硬拽着父亲让先回屋里吃饭。三弟也意识到了自己不该顶撞父亲，就不再吭声，和母亲一起扶着父亲回到了屋里。

草草地吃完了早饭，父亲招呼也不打，左手在腰际悬着，右腿有些僵硬地在地上拖着，自顾向门外走去。母亲在后边喊，问，你这是要干什么去？快先吃了药。父亲头也没回，说药不吃了，他去他往常放羊的地方看看，说不定就能碰到他的羊呢。母亲不再说话，眼圈却慢慢地红了。说羊丢了，你大（关中方言，父亲。）的魂也丢了呢。二弟就安慰母亲，说不打紧，先尽量找，实在找不到另买一只算了。母亲说哪有那么简单，你看他那个犟脾气，除非你买来原模原样的羊，可是哪有呢。就和二弟你一句我一句，把父亲与那只羊的至深渊源演说了一遍。

父亲刚出院那会，吃饭要人喂，走路要人扶，只说是这往后的日月就只有在床上度过了，谁想一两个月后不但右手将就着能拿筷子，而且下了炕一小步一小步地不要人扶也能行走了。全家人高兴得什么似的，说这下好了，反正家里也没有什么事，只要父亲能走路，就由着他爱干什么干什么，只要心情舒畅就行。父亲先是和村里一帮老人一毛两毛地玩纸牌，后来听说有的老人因为痴迷于牌场而频发急病丢了性命，就自己洗手不干了。在家里闲待了几日，忽一日到了午时还不见父亲的身影，全家人急了，正要分头去找，却见父亲头戴一顶烂了边的破草帽，脸晒得红紫紫的，悬在胸前的手臂里卧了一只雪白的小羔羊。母亲又急又气，见到父亲这个样子却忍不住笑了，说还以为你死到哪了，怎么怀里却抱了一只羊？父亲嘿嘿地笑着，说他一大早就到了市集，他是专门去买了这只小羊的。

关于买这只小羊的动因，父亲当时还讲了一个听起来有点儿不太可信的故事。他说他戒了打牌之后整天在屋里闲得慌，就经常出了村去闲转乱逛。某一日在镇上碰见了他儿时的朋友胡坤。这胡坤什么时候继承了他祖上的手艺学起了占卜算卦，据说在方圆几十里很有些名气的。他见了父亲，询问了父亲的病情，双掌一击，说幸亏今日你遇见了我，告诉你，你的病是注定该得，又活该康复的，只是需得祥物相辅。父亲将信将疑，就问什么祥物。胡坤凑近父亲的耳朵，说羊。羊？为什么是羊？父亲问。胡坤说，你属羊对不对？父亲点了点头。胡坤又说，你得病的那年是不是羊年？父亲又点了点头。胡坤说这样就对了。两羊相柢，安能无祸？所以你现在只要买一只羊，凑够“三羊”保险病就能好，所谓三阳开泰，其实“阳”也就是“羊”啊，父亲听胡坤一说，就嘿嘿笑了，要给他钱，胡坤摆着两手，好像父亲手里拿的是匕首或者炸弹，说不必了，咱们是儿时的朋友光屁股长大的，又是多年不见，你这是弄啥。父亲就没有再坚持。却真的买回了这只羊。

二弟曾对父亲说算卦那一套是骗人的迷信，问父亲是不是真的就信了胡坤说的话。父亲未置可否地笑着，说信不信没有关系，有了这只羊他有事干了，而且牵着羊转悠转悠，多活动活动总该没有坏处的吧。

二弟觉得父亲说得有理，他想起医生曾交代过的，父亲这种病恢复得好坏除了经常用药，多锻炼也是必不可少的。就带头对父亲买这只羊投了赞成票。只是告诉父亲，放羊只是为锻炼而不是目的，且不要本末倒置了。我也曾对父亲讲过的胡坤给他算卦的事持怀疑态度，但一个不争的事实是父亲有了那只小羊后，身体一天天好转，除右臂不太灵便，左腿稍僵硬和说话有点口齿不清外，静静地站着已看不出是一个有病的人了。而那只小羊也几乎成了父亲除吃饭睡觉外的全部生活。每天早晨一醒来，急急忙忙地上了厕所，第一件事就是走到羊棚跟前摸摸羊的头，捋捋羊的毛，蹲在跟前看着它吃喝。只要天不下雨，父亲肯定是一天三晌牵着羊脖子上的细绳，在村外的沟沟坎坎慢慢溜达。看到父亲和那只小羊亲密的样子，二弟媳妇就曾对二弟开玩笑说：看咱大的样子，那羊倒比他的亲孙子还亲呢。

简短地回忆了我父亲和他那只羊相处的幸福日子，我二弟要找回羊的决心和豪情壮志油然而生。他再次安慰母亲不要着急，操心照管好父亲。然后催促媳妇快去学校，自己推出了自行车和三弟分头朝方圆几十里内的几个集市赶去。

日过正午的时候，疲惫不堪的二弟推着车子走进了家门。他的外衣的扣子敞开着，脸红彤彤的，原本梳得整整齐齐的小分头变得乱蓬蓬的，一团一团地冒着热气。母亲小心翼翼地倒了一杯水，他没有接，脸上的表情显得沉重而又肃穆。母亲大约从二弟的脸上已读出了他此行的结果，轻轻地唉了一声，说再等等，再等等，说不定老三会带回来好消息的。

三弟大约就是在母亲的话刚落点的时候走进家门的。他像往常一样没有下车，弓着腰，弯着腿，几乎就要直接把车子骑进堂屋了。坐在门口喘气的二弟站起来一把抓住了车把手，因为急切而显得有些走调的声音问："怎么样，有结果吗？"

三弟没急着说话，顺势把自行车往门口的墙上一靠，丢剥了棉衣往车架上一扔，只穿着一件印有一个面目很酷的外国男人头像的T恤，伸出满是疙里疙瘩肌肉的胳膊抓过二弟面前的水杯仰起脖子哐叽哐叽喝了个净干。这才抹了一把嘴角摇了摇头，上气不接下气地说："没，没，连个影子也没见到。"

母亲叹了一声，就去灶间端饭。二弟问三弟要了一支烟，皱着眉吸着，不时地咳嗽几声，显得忧心忡忡的样子。三弟则已等得颇烦，自己跑到厨房端一碗面条蹲在地上歪着头稀里呼噜地吃了起来。

吃完饭，母亲一边收拾着碗筷，一边自言自语地说："看来是真的没法子了。"一直没有说话的二弟这时眼睛一亮，说不，现在只有启动第二套方案，设法找到偷羊的人；若还能找到偷羊的人，他就是已经卖了，咱也可以让他再追回。三弟打了一个饱嗝，说你说得轻巧，若能找到偷羊的人，还用得着咱没头苍蝇似的乱碰。可是咋找到偷羊的人呢，咱可是连一点点线索都没有啊。

二弟两根手指揉着太阳穴，仿佛突然之间受到了某种启发，泛着白光的镜片对着三弟说："有线索，咱不是有一个非常重要的线索吗？"

接着，二弟就把自己的思路说了一遍。大意是根据早上对现场的勘察已基本可以肯定偷羊的人是对我们家情况特别熟悉的人，而能对我们家的情况熟悉到了如指掌的人除非是本村甚至左邻右舍的人。这样的话，偷羊人的范围就界定在了我们村，甚至可以是我们的左邻右舍。再下来就是那枚仿制军装上的镀铜纽扣，这个线索非常重要并且对我们能否顺利找到偷羊人起着至关重要的作用。之所以这么说是因为现在穿这种衣服的人特别少，放到我们村就更是少之又少。也就是说在我们村只要找到了穿这种衣服的人，那偷羊的人几乎就可以确定无疑了。

二弟被自己的分析和推理鼓舞着，几乎都有点儿后悔自己当初没有报考警校而上了师范院校了。他的脸上重又焕发着光彩，一会儿看看母亲，一会儿又看看三弟。

三弟一只手在自己的腹部抚摸着，歪着脑袋一副若有所思的样子。猛地，他一拍大腿，说有了，我知道是谁干的。肯定是他，肯定是。

母亲和二弟几乎被吓了一跳。三弟眼睛睁得圆圆的，两腮的肌肉嘟嘟地跳着，有点激动又有点儿洋洋得意。他对母亲和二弟说，“葛旦，葛旦有这么件衣服，他去年和我在城里打工时穿过的，右边下摆还被烟头烫过一个洞。”

母亲和二弟几乎同时瞪大了眼睛。

三弟顺手摸过一块砖坐在了母亲和二弟的对面，说他敢肯定葛旦穿过这么一件衣服。不光如此，他还列举了几条他怀疑葛旦就是偷羊人的理由。他说葛旦平时有事没事地往我们家来得最勤，说是找他闲耍的，可一进门贼眉鼠眼的，尽是东看西瞧；再有，听说前几天那家伙打牌输了，一把就欠了人家几百；更奇怪的是，他今天在三官镇寻羊竟然在一家叫做碧水轩的酒馆门口碰见了他。那小子穿得人五人六，酒喝得醉醺醺的，一边剔着牙正一边往外走，看见他连个招呼也没打就拐进了一家舞厅。

“就他有那种衣服。他刚输了钱又哪来的钱吃肉喝酒？是他，我敢肯定就是他。”

三弟的话无疑使一筹莫展的母亲和二弟看到了一丝希望的光亮。他们一边夸赞着三弟的细心和智慧，一边在大脑里将平日的葛旦进行了一番全程的回放：葛旦和我们家邻居，他又和我三弟同岁。父亲早早地死了，娘又管不下他，初中没上完就回到了村里，先是东游西逛，惹是生非。后来和一帮人进城打工，钱没挣下，却染了一身的坏毛病。胳膊上文了龙，胸膛上刺了虎，聚一帮不三不四的朋友有时喝酒，有时赌博。没钱的时候就偷鸡摸狗，半年前就因为偷走了三合村的一头牛而被派出所捉去了一回。

“嗯，我看就是他。”二弟说。

“这娃咋这样，不是说兔子不吃窝边草吗？何况他爸死的时候葬埋费不够，我们借给了他家些钱，至今都没还呢？”母亲依然有点儿疑虑。

“这种家伙还管这些，若不是他，我抠了眼珠当泡踩。”三弟很是自信地说。

接下来，母亲、二弟、三弟很快地就葛旦是否是偷羊人的问题达成了一致。他们甚至还迅速地商定了一个自认为严密的步骤。这就是由三弟出面和葛旦开诚布公地谈一次。能要回羊最好，实在不行，就以我们握有他偷羊的具体证据，若不答应就到派出所报案来要挟。若是还不行，我们甚至可以做出一点儿让步，那只羊他卖了多少钱，我们可以如数给他，只要能要回羊就行。这最后一个步骤遭到了我二弟尤其是三弟的极力反对。“还有这么便宜的事！”我三弟攥紧拳头在眼前晃了晃，说：“实在不行，将狗日的暴打一顿。看他认不。”母亲摆着手，仿佛一场恶斗就在眼前，颤着声音连连劝说，说折财消灾，破费点钱不算啥，只要大家都安安生生的比啥都好。

好不容易统一了口径，二弟才又叮嘱三弟说这事宜早不宜迟，若是迟了，那家伙将羊卖给了杀坊，那可就说啥都晚了。三弟拍着胸膛说你放心，我立马就去找那狗日的。

母亲这时才算松了一口气。忽然想起父亲吃了中饭又跑出去，到现在还没回来，就说，“你大又不知跑到哪里去了。”

话音刚落，就听见院门口传来了嗵嗵的脚步声和我父亲很响的哼哼声。母亲、二弟和三弟就都同时朝院门口转过了头。

他们看见葛旦高挑的身子弯曲着，细长的脖子努力前伸，仿佛一只迎风飞翔的大雁。他脸上汗津津的，圆睁着眼睛微微张开的嘴巴呼哧呼哧地喘着气，胸前那条垂吊的领带则左摇右晃，仿佛一根性急的指针。而父亲则伏在他的背上呻唤着，身上满是泥土，显得脏兮兮的。母亲、二弟和三弟被眼前的景象惊呆了，一下子忘记了刚才的计划，呼啦一下子围过去簇拥着葛旦把父亲背放到了屋里的炕上。

“我没事，死不了。”父亲躺在炕上看着全家人急切的目光和谁赌气似的说。葛旦则撩起衣角擦了一把脸上的汗，又揉揉两个肩膀，嬉皮笑脸地说：“还是五婶把五伯经管得好，我背一麻袋麦子走二里路腿不打软，背五伯走了这几步腰都酸了。”见没有人接话，葛旦知道自己的玩笑开得不是时候，就转了话题，责怪母亲和二弟三弟也不看好父亲，让他一个有病的人在村外的沟沟坎坎东游西转，这一跤跌得在地上爬不起身。“你们说这有多危险啊。”葛旦说，“我看见五伯好像在找什么，五伯丢什么重要东西呢，值得连自己的命都不顾?”三弟这时接过了话茬，三弟说：“羊，我们家羊被谁偷了。”“哦。”葛旦说，“怪不得呢。”

母亲这时才想起给葛旦倒了一杯水。葛旦摆着手说：“不要不要，我还有事呢，你们还是先看看五伯伤着哪没。”就转身出了院门。

母亲差二弟叫来了村里的医生仁贵。仁贵听了父亲的心跳，又量了父亲的血压，一边慢慢地收拾着东西，一边慢慢地说幸亏没有摔着头部，问题不大，只是受了点外伤；但是父亲现在心火比较旺，这对他的病是相当不利的，若继续这样是不是能诱发他的老病就很难说了。母亲和弟弟们就让他开了一些药，软磨硬缠着逼父亲喝下。

“你父亲的心火哪里是药能治的。”送走了仁贵，母亲背着父亲对两个弟弟说，“心病还得心药医啊。”二弟点了点头，说只要能找到羊，父亲的病说不定就能好八成了。然后就看三弟。三弟说：“我晚上就去找葛旦，我现在更能肯定就是他干的，你没看他那样子，领带都打上了；一提到羊，屁股钻了风似的，扭头就跑。”母亲和二弟又叮咛了三弟一些尽量好说好办，不要伤了和气的话。三弟说：“放心，你们放心。”

晚上，三弟一个人赶到河湾那个废弃的土壕时，葛旦已吸着烟在那里不耐烦地走来走去了。看见三弟，他嘿嘿地笑着，说有什么大不了的话，黑天半夜的要叫人到这里来说。三弟点了一支烟，三弟说当然有重要的话。葛旦在地上跺着脚，说这么冷的天，有啥话你快说，我晚上还叫了几个人要打牌呢。

“我家的羊丢了。”三弟说。

“知道，下午听见你说了。”葛旦说。

“羊是被偷的。”三弟说，“被贼偷的。”

“哦，贼偷的。”

“贼偷的不是羊，是我父亲的命。”

“那羊是五伯的命。”

稍微顿了顿，三弟仰头望了望冬夜寒冷的天空，胸脯起伏着，说：“兔子都不吃窝边的草。”

“窝边……”葛旦好像终于听出了我三弟话里的意思。葛旦说：“你这是什么意思？”

“没什么意思。”

“没什么意思你对我说这些？”

“说说咋了？”

“你，你有什么证据？”

“你想看的话，我有满把的证据。”

“血口喷人。”葛旦扑了过来。葛旦说，“你是血口喷人。”

“自己干的事自己知道。”三弟迎了上去。两个人在冬夜朦胧的夜色里扭作一团。

可想而知，由于我三弟的冲动非但酿成了他和葛旦的那场恶斗，而且更为重要的是使原本设计好的从葛旦这里入手智索失羊的计划得以前功尽弃。因此，三弟后半夜悄悄溜进家门的时候就显得有些垂头丧气，他捂着被撕烂的嘴角对我二弟说：“狗日的不认，我把他狠捶了一顿。”二弟望着三弟，二弟叹了一口气没有说话。

令母亲和弟弟们没有想到的是，第二天父亲的情况会更加糟糕，不但断断续续地发烧，而且时不时地还说梦话，梦话竟然也和羊有关。母亲吓坏了，喊叫三弟快去请仁贵。三弟的嘴由于疼痛朝一边扭歪着，样子显得有些滑稽和无奈。二弟于是让三弟就待在家里，自己转身出了屋门。一出屋门他就碰到了葛旦。葛旦的一只眼睛青紫着，正朝我家门口张望。他和二弟打了声招呼，嘿嘿地讪笑着，问二弟干啥去！父亲的伤咋样？二弟给予了简要的回答。他听见葛旦在听说父亲病得不轻的话后，嘴里含混不清地哦了一声。好像有什么话要对二弟说，却又欲言又止的样子。

仁贵按部就班地对父亲的血压、体温和心跳进行了检查，其宣布的结果因为和先一天的如出一辙，而令母亲和弟弟们觉得毫无新意。无非是说父亲是急火攻心，虽说问题不大，但若是继续这样下去就会诱发原先的脑溢血云云。三弟似乎听得都有点腻了，他们开始怀疑仁贵的医术，并且私下里曾和二弟商量有没有让父亲到省城就诊的必要。

就在全家人的寻羊行动中途夭折而父亲的病情又急转直下的时候，事情却出现了令人意想不到的变化。我母亲说，有谁能想到那只羊会在那天晚上出现在院子里呢。

这件事确实有些出人意料，其突然的发生几乎使我的这篇小说显得有些生编硬造。但事实就是这样的。那天晚上二弟媳妇起夜，原是要摇醒二弟陪她去的，但她一连摇了几下，二弟却迷迷糊糊地哼哼了几声，翻个身继续睡去。二弟媳妇就嘟囔着穿了衣服独自来到了后院。接着，家里人在听到那扇木门吱呀吱呀的响声之后，就听到了她音乐老师独有的高音尖叫和一声声羊羊羊的大声惊呼。大家丢鞋遗帽地相继奔到了后院。奔到后院的居然还有父亲。母亲说听到二弟媳妇一声声羊羊羊的惊叫，我父亲忽然就像中了什么奇妙的法术，一骨碌就从床上爬了起来。

二弟媳妇惊魂未定，一把抓住二弟的手，说话显得有些语无伦次。她说她一开后门先看到了一个正朝墙外翻去的人影，她甚至还说那身影好像是朝葛旦家方向翻的。再接着她就看到了拴在羊圈里的羊。“羊居然静静地一动不动，眼睛亮闪闪地泛着黄光。”她说吓死她了。父亲则径直走到了羊圈，蹲下身摸摸羊的头，捋捋它的毛。母亲说他甚至听见父亲孩子似的呵呵笑了两声。

三弟当时抓着后脑勺一声声地说怪了怪了。二弟嘴里也支支吾吾的，说怪事，怪事。

他们不会知道，第二天还会发生一件让他们目瞪口呆的事呢。母亲说，第二天父亲已经差不多好得一如往常了，他正要牵着羊往出走，门口却停了一辆警车。从上面下来两个穿制服的警察，押着一个戴着手铐的家伙。更令父亲感到意外的是警察还从车上牵下了一只和父亲手里牵着的几乎一模一样的羊。警察和父亲握了握手，简要地说明了情况。大意是这个小伙是他们刚刚抓获的一个惯偷，他交代了前天曾偷过我们家的羊，他们这才带着他来归还失物，并补办相关手续的。我父亲牵着两只羊左看右看，上看下看，竟然找不出一点儿它们的差别。这是咋回事？父亲说，这是咋回事呢。

他蹲下来扳开了警察牵来的那只羊的后腿，他在羊左腿的内侧上部发现了一颗红色的肉珠珠。天哪，这才是，这才是我们家原来的那只羊啊！

父亲牵着两只羊，一会儿看看这只，一会儿看看那只，嘴唇哆嗦着，却说不出话了。母亲呆呆地站着，二弟则摘下眼镜，一个劲地揉着眼窝。三弟开始在搔着后脑勺憨笑，后来感觉好像有人在看他。他扭过了头。他看见了人群边上站着的葛旦。葛旦恨恨地瞪着三弟，待到三弟扭过头后，他看见葛旦在轻蔑地笑。

雪花那个飘

院子里满是家具。面盆瓦瓮，桌椅板凳，七七八八堆了满满一地。我爷爷蹲在这一堆家具中擦拭一个神龛上的灰尘，我三弟我小妹嬉闹着在一边跑来跑去。天阴沉沉的，院子里的树光秃秃的，一股子风不知道在哪拐了个弯儿刮进了院子，呜呜的，卷起一些纸片和树叶。

我在房檐下做一个猴儿（陀螺），我一个上午都在全神贯注地做这个猴儿。我把一根木棒的一头削尖，我又用一根钢锯条把多余的那一截往开锯。我几乎马上就要把那一截多余的木棒锯断了，那一阵风就吹得我住了手。我把两只手来回搓了搓，我看见我爷爷从那一堆家具中抬起了头，风把他身上的黑棉袄掀起了一角，把他头上的白毛巾吹得鼓鼓胀胀的。我爷爷转动着脑袋喊我三弟和我小妹，风把他的声音吹得歪歪扭扭的。我爷爷对我三弟和我小妹说："快躲到屋里去，外边冷。"我三弟和我小妹好像是听见了，又好像是没听见，我看见他们不知道从那一堆家具中捡到了一件什么好玩儿的东西，正在头抵着头一脸兴奋地说着啥。

"快躲屋里去，外面冷。"我爷爷又说了一句。我爷爷这次说的时候我三弟和我小妹肯定听见了，我看见我小妹抬起头朝我爷爷笑，我三弟还朝我指了指，说："不冷不冷，我哥也在外边呢。"我手里捏着钢锯条朝我三弟指了指，我说："避避避，我又不是小孩子，快回屋，快回屋。"我三弟朝我扮了个鬼脸，我小妹朝我吐了吐舌头，两个人就朝屋里跑去了。

我蹲下来继续做我的猴儿。我刚刚拿起木棒锯了两三下，我就听见我母亲在屋里面喊我，我母亲说："树，盆里的白土没有了，你去拿些白土来。"我放下了手里的东西就往院门口走。那儿堆着一筐白土，是我前两天和我母亲一起去村西的那一片坡地捡来刷墙的。

我拿着一块白土走进屋子的时候，我母亲正拿着一根绑着刷子的木棍子举着在墙上刷。她头上戴着一顶草帽，身上罩着一件我父亲的旧衣服，上面密密麻麻地溅满了一坨一坨的泥点子。我把白土放进盆里，我又往里面加了一些水，盆里就起了一阵一阵的泡，还发出吱吱的响。我又用一根木棍在里面搅了搅，我对我母亲说："泡好了，我走呀。"我母亲说："去去去，别走远，收拾完了我给咱做饭吃。"我说："嗯，知道了。"

我二弟从外面逛回来的时候，我母亲已经把屋子里里外外的墙刷完了。那些家具也都擦得干干净净的一一摆回了原处，屋子里一下子显得整整齐齐亮亮堂堂的，弥漫着一股子泥土新鲜的味道。我二弟两只手袖在袖筒里，火车头帽子的两只帽耳耷拉着，一晃一晃地进了门。他转动着脖子左看看，右看看，脸上显得喜滋滋的。他朝正在灶间烧火的我母亲笑了笑，说："全村好多人都在拾掇屋呢，都把屋拾掇得干干净净的。"我母亲说："马上就过年呀，当然得拾掇了。"我二弟说："就是的，东头那家都在杀猪了；代销店进了好多点心，还有好多好看的画。"我母亲朝灶间添了一撮柴，火焰一下子蹿出来，把我母亲的脸照得红彤彤的。我母亲说："怪道这半天不见你呢，原来你又到处跑着逛去了，你看你作业啥时候做呀？"我二弟一听我母亲问作业，就一个劲儿朝我使眼色，说："我作业做完了，不信你问我哥去。"我瞄了一眼我二弟没说话。我二弟昨天趴在炕上写作业，写着写着就睡着了，口水还把本子打湿了一大片。我看见他本子上写得乱七八糟的，好多题目不是写错了就是答了个半截子。我让他好好写他不听，他说：“你管我，你把你自己管好就行了。”

我母亲没有问我我弟弟作业做完没，我母亲从灶间站起来一边揭锅盖一边说：“写没写完我不管，看你大（关中方言，即父亲）回来要检查你们咋交代。”我母亲这句话显然也包括了我，我说：“我不怕，我盼着我大回来检查呢。”我二弟看了看我迟疑了一下，也昂着头说：“就是的，怕啥，我也盼着我大检查呢。”我母亲那时候正拿着一把木勺子在锅里搅，一团气浪升起来笼罩着我母亲的脸，我母亲说：“好，那就好，不说了，快叫你爷爷来吃饭。”

我们吃完饭的时候，外面的风似乎小了些，天色却好像更暗了，我三弟和我小妹坐在热炕上玩，我母亲拿起我三弟扔在地上的棉鞋在用针线缝鞋帮子。我想起来这只棉鞋我小时候曾穿过，后来我二弟也穿过，再后来我母亲把撕开的地方缝了缝就让我三弟穿着了。我看见我母亲把那只鞋抱在怀里正在吃力地把针往进攮，我听见我母亲把线往出抽的时候发出哧哧的响声。我母亲低着头，有一绺头发总在眼前晃，她缝一会儿就抬手将额前的头发朝后捋一捋，显得宁静而又专注。突然，我听见我母亲呀了一声，我们就都去看我母亲。我看见我母亲把一根手指放进嘴里咂。我说：“妈，扎手了？”我母亲说：“没事，没事。”我说：“那双鞋太旧了，早就该扔了买新的了。”我三弟听我这样说立即就响应了一句，说：“买新的，买新的，都过年了，我要穿新鞋。”我小妹也跟着起哄，说：“我也要，我也要，我要新衣服，还要新裤子。”我二弟本来正趴在炕沿上拿一支铅笔在本子上画，听见我三弟和小妹的话他抬起头，抹了一下鼻涕说：“要啥，要啥，光知道要，不花钱得是？”我二弟说完这句话就把眼睛转向了我母亲，他大约在等着我母亲夸夸他懂道理，明事理。可是，我母亲只看了一眼我二弟，就把头转向了我三弟和我小妹，我母亲说：“买买买，等你大回来给你们每人买一身。”我母亲这样说，我们兄妹几个就都笑了。我二弟问：“我大啥时回来？”我母亲说："今晚上，说好了今晚上回。"我看见我二弟低下头，撕掉画得乱七八糟的那张纸，拿着笔低下头开始认认真真地在重写。

我在屋里待了一会儿，我就又跑到院子了。我的猴儿已经做得差不多了，唯一剩下的一道工序就是把锯过削过的部分磨光，然后在削尖的那一头挖一个圆坑，把一颗钢珠镶进去。我在房檐下的石头上磨，我又找来一张砂纸用心地打，我终于把它打磨得平平滑滑的了。接下来，我找来一根钉子，在削尖的那一头一下一下地挖。等到试着刚好可以放进一颗钢珠的时候我就住了手。我开始找来一只破洋瓷碗，拿来早就准备好的一块柏油放进去，架在砖头上准备用火烧。我往两块砖中间塞了一把柴，然后我就去找我爷爷要打火机。我爷爷问我要打火机干啥呀，我说："不干啥，反正我又不放火。"我爷爷说："离柴火远些。"我说："知道了。"就转身跑到了房檐下。我把两块砖中间的柴一点，两股子火苗就舔着碗底烧起来了。我大约只添了不到三把柴，碗里的柏油就烧化了，黑乎乎的，刚好有一碗底。我拿出钳子夹着一颗钢珠往柏油碗里蘸了一下，亮晶晶的钢珠子一下子就变成了黑色的了。我用钳子夹着钢珠子刚要往木猴儿尖上的洞里塞，我听见我二弟在我耳边喊："弄啥呢，一股子臭烘烘的味道。"我二弟大约是闻见柏油烧化的味道跑过来的，他黑乌乌的，裂了好多口子的一只手在鼻子前面扇着，说："我说咋这么难闻呢，原来你在烧柏油。"我没有理我二弟，我用钳子夹着钢珠小小心心地往那个洞里塞。可能是我洞口挖得有些小，沾上了柏油的钢珠子怎么也放不进去，我就急得头上冒出了一些汗。我放下了钳子，我准备用钉子把那个洞再往大旋一旋。我二弟又说话了，我二弟说："不用，不用，紧一点儿好，将来打的时候珠子不会轻易掉出来。"我承认我二弟说得有道理，但他似乎啥啥都懂的语气却激起了我的犟脾气，我偏偏拿起钉子装模作样地在洞口旋了旋，然后重新用钳子夹着钢珠在柏油上蘸了蘸往洞里放。我几乎都要放好了，我二弟又在我耳边喊开了，他说："没放端，没放端怎么行。"我二弟不光这样说，他甚至还伸出一只手来抢我手里的猴儿，我突然就生了一股子气，我把还沾着热柏油的钳子朝我二弟伸出来的那只手上一戳，我听见我二弟尖叫了一声，另一只手伸过来紧紧捂着被钳子烫过的那只手，眼泪都快要流出来了。“你烫我。”我二弟带着哭音说，“你烫我我给咱妈说，给咱大说。”我朝我二弟被烫的那只手上看了一眼，我看见他手腕上慢慢地起了一个泡，我就有些害怕了。我说：“你甭喊，你甭喊。”我二弟说：“我就要喊，我还要哭。”我就在我兜里边摸。我先是摸出了一沓子我赢的纸包，我说：“给你。”我二弟摇了摇头。我又在口袋里摸出了一张我向我母亲要的准备买本子的两毛钱，我说：“这个也给你。”我二弟又摇了摇头，说：“不要。”我就有些着急了，我问：“那你要啥？”我二弟眼睛左右转了转，一只手朝头上搔了搔，说：“你替我把那几页作业写一写，要偷偷写。”我说：“行。”我二弟又说：“还有。”我就瞪大了眼睛瞅我二弟，我不知道他还会向我提出啥要求。我说：“你，你，你说。”我二弟朝我放在地上的木猴儿指了指没说话。我说：“不行，这个可不能给你。”我二弟吸了一下鼻涕，说：“谁说要来着，你做好了得先让我玩一玩。”我长长地出了一口气，我说：“好，好，好，但你得保证不给咱妈咱大说。”我二弟点了点头，说：“行。”

“外边冷得跟啥一样，还不快回屋。”我母亲站在门口喊我们的时候，天色已经快黑了。风也越吹越猛，院子里到处都是风碰到了什么东西发出的呜呜的声音。我看见我母亲勒着围腰提着一个竹筐朝麦秸垛跟前走，我看见我母亲先是往竹筐里装满了麦壳子，又往上面撕了几把长麦秸。我母亲提着筐子朝我爷爷睡的炕洞跟前走，风把我母亲头发吹得乱乱的。

我母亲往我们家每一个炕洞塞满了柴火，我母亲说：“天这么阴，保不准晚上会下雪，得把炕烧热些。”

晚饭的时候我母亲依然熬的是苞谷粥，所不同的是，我母亲没有像往常一样调一盘子浆水菜，而是挑了一个又大又长的白萝卜，用清水一遍一遍地洗净了，切成细细的丝，上面放了辣面葱花，嗞啦一声浇了一勺子油。更让我们惊喜的是，我母亲那一晚烙了一个大油饼，上面放了花椒叶、芝麻粒，炕得黄亮黄亮的。我们都瞅着我母亲放在案上的那个大油饼，一个个眼睛贼亮贼亮的。我想不起来我已经有多久没吃过烙油饼了。在我的记忆里，我们家经常是玉米面馍，很少的时候才会蒸一次玉米面和麦面混合的两掺馍，至于烙油饼那就更是少之又少了。我们兄妹几个望着案上的烙油饼，每个人脸上都是一种过节的表情。我母亲调好了萝卜丝，就开始切油饼，我听见刀子切下去时发出的噌噌的声音，我看见一缕一缕的热气顺着刀口冒出来，飘出一股热乎乎、香喷喷的味道。我二弟终于按捺不住了，我二弟跑到案跟前很快地拿了一角要往嘴边送，我母亲一把就把我二弟的手捉住了。我母亲说："你爷还没吃，你先吃？去先给你爷爷拿去。"我二弟看着我母亲眼睛睁得大大的，说："我就是给我爷爷拿去呀。"我母亲丢脱了我二弟的手，笑着说："那还不快去。"我二弟嗯了一声，转身就朝我爷爷的房子跑去了。

我母亲抓住我二弟拿油饼的手时，我心里捏了一把汗。我担心我二弟手腕上的伤疤被我母亲看到了。事实证明我的担心好像是多余的，直到我二弟给我爷爷拿完油饼回来又站到案跟前，我母亲一直没问我二弟手上伤疤的事。但我母亲好像也没有要让我们吃油饼的意思，我看见我母亲把那几块切好的油饼用一块笼布包起来，放在了锅盖上，她还往上面扣了一个盆子。我小妹一直盯着我母亲的动作，她大约感到希望越来越远了，就睁着一双黑乌乌的眼睛看着我母亲。我小妹哼哼唧唧地说："饿，我要吃油饼。"我三弟也盯着我母亲，我看见他的口水都快要流下来了。我母亲看了看我三弟和我小妹，犹豫着拿开扣在锅盖上的盆子，揭开笼屉布取出了一块油饼切成四小块，给我们每人分了一小块，说："先压压饥，等你大回来了咱一块吃。"

我们坐在炕上一边吃着各自手里的一小块饼，一边撕长了耳朵听着院门口的声音。我感觉我是那样希望能听到我父亲的脚步声，希望能看见我父亲突然之间走进来。我母亲显然比我们还要急，我看见我母亲一遍遍瞅柜盖上的小闹钟，一回回跑到院门口去看一看。我母亲还时不时地往锅灶间塞一把柴，我母亲说："天冷，让你大一回来就能吃上热乎饭。"

我父亲是刚进腊月的时候出门的。他是一个泥瓦匠。上次从城里回来后，他本来打算一冬天就在家里干干零活了，可是，他在家里仅仅待了三五天我母亲似乎就不满意了。我母亲先是唠叨，说家里冬天能有多少活，就算是有活她自己一个人也就干了；又说先前挣的那点儿钱够干啥？还了欠账剩下的就没几个了。后来，我母亲的话就说得更明了。我母亲说："你再不挣几个钱，怕是过年都没什么花了。"我母亲似乎总是这样，我父亲一离开，她马上就对我们讲我父亲在工地干活多么苦，多么累，多么不容易，可是，我父亲只要在家里闲上三两天，我母亲肯定就开始抱怨，说咱娃娃多，还有老人，你不好好挣钱咋办呀。我父亲显然对我母亲的反应已经习惯了，只要我母亲一抱怨，我父亲总是唉一声，露出抽烟熏黑的几颗门牙嘿嘿一笑，说："走，走，走呀，谁的福谁享，谁的罪谁受。"我父亲说是这么说，但他每次走的时候都是笑模笑样的，看不出一丁点儿不情愿的样子。

我父亲上次走的时候是一个早晨。那时，天刚蒙蒙亮，远处近处的鸡啼声零零星星的，街巷上谁扑塌扑塌走路的声音，喀喀咳嗽的声音清清楚楚地飘进了我们家的院子，飘进了我的耳朵。我已经洗好脸，我已经背上了书包。我看见我母亲在灶间忙活着，我父亲正在往他的自行车后架上捆一床被子。我父亲身上的黑棉袄裹得紧紧的，头上的蓝色解放帽帽檐软塌塌的，这使我不能清楚地看见他的脸。我叫了一声我父亲，我说："大，你走呀？"我父亲把最后一根绳子绑紧了，抬起头两只手拍了拍朝我笑了笑，说："嗯，在家要听你妈的话，把书念好。"我二弟那时刚洗好脸，他把书包抓在手里，另一只手把那顶火车头帽子往头上一扣，抢着说："嗯，我们会听话，你放心。"我父亲在我二弟的头上摸了摸，又帮我把棉衣的下摆拉了拉。这时候，我母亲从锅里面取出一个刚刚烙好的锅盔切好了往我父亲的包里装。我父亲走过去拿了两块给我和我二弟手里塞。我母亲说：“给你带的干粮，娃们在家饿不着。”我父亲没有接我母亲的话，他对我和我二弟说：“去吧，去吧，年头回来大给你们买好东西。”

我母亲已经到院门口去张望了好几回，我小妹起初还在拿着一个卡子拨着灯花玩儿，后来头枕着胳膊就在炕沿上睡着了。我三弟靠着被子头一点一点的，嘴角的涎水丝丝牵牵地吊了一长串。我二弟缩在墙角不知道在捣鼓着啥，我则头朝着窗外一遍一遍地往院子里看。我看见我母亲的影子在黑夜里模模糊糊地朝屋门口移。我母亲的双手藏在围腰下，步子迈得慢吞吞的。我听见我爷爷在隔壁的屋里说：“要不不等了，让娃们先吃吧。”我母亲像是被我爷爷的这句话惊醒的，她的手从围裙里抽出来拢了拢额前散落的头发朝炕上看了一眼，说：“不等了，起来吃饭，吃饭。”

我一直以为早上起来院子里肯定会白花花地铺一层雪，但当我趴在被窝里推开窗子朝外面看的时候，我才知道昨晚上根本就没有下。我看见外面还是阴沉沉的，院子里的树木干巴巴地站立着，枯瘦的枝杈上有几只不怕冷的麻雀傻乎乎的，转动着脑袋东张西望，风把它们的羽毛吹得抖抖嗦嗦的。我二弟三弟不知道什么时候就起来玩去了，我一个人躺在被窝里舒舒服服地不愿起。可是，我母亲惊讶的叫声让我不得不马上穿好了衣服。我听见我母亲提高了声音说：“咋弄的，咋弄的，手腕咋烫成了这样子？”一听我母亲提我二弟的手腕我穿衣服的速度就更快了，我甚至连鞋都没顾得勾好就跑到了堂屋。我看见我母亲抓着我二弟的手腕，一边看一边往上面哈着气。我母亲问：“咋弄的，疼不疼？”我二弟抬起头往我母亲脸上看了看，又朝我不怀好意地瞄了瞄。我心跳就有些加快了，我甚至都能听到我胸腔里咚咚的声音。我二弟吸了一下鼻子。我二弟说：“我倒开水不小心倒手上烫的，不疼，不疼。”我二弟说完这句话又瞟了我一眼。我长长地出了一口气，我看见我二弟手腕上昨天被我烫过的地方明晃晃地鼓起了一个泡，差不多能有一颗鸡蛋大。我母亲再没有追究我弟弟的手到底是咋烫的，她捉着我二弟的手走到案跟前拿过了油瓶子，用一根筷子蘸了一些清油往我二弟烫伤的地方抹。抹好了，我母亲又在上面吹了吹，说：“甭见水，甭乱动，小心要是发了就坏了。”我二弟端着被烫伤的那只手也学着我母亲的样子朝上面吹了吹，一边吹一边还拿眼睛瞄着我。我装作没看见，但我心里主意已拿定了，我想猴儿彻底做好后就先让我二弟玩儿，爱玩儿多久玩多久；至于他的作业，我也会替他写一写，我说到做到，我不耍赖。

街巷上叫卖的声音明显地多了起来，有拉着架子车喊叫卖粉条的，有提着篮篮吆喝卖窗花的，还有骑着三轮车喊叫卖白菜大葱的。村里的高音喇叭也放开了，一会儿是喜儿欢天喜地地唱：“人家的闺女有花戴，我爹他钱少不能买，扯上了二尺红头绳，给我扎起来。”一会儿是村长在喊：“张三家拉了一车胡萝卜，个大水多质量好，欢迎购买。”我在我爷爷的炕上替我二弟写作业的时候，喜儿的声音刚刚换成了村长的嗓子，村长在广播里喊：“李四家杀了一头猪，膘肥肉厚，价格公道，要买快去，要买快去。”村长的声音浑浑厚厚，急急匆匆的，他每说一遍总要把“要买快去”重复好几遍，好像谁去晚了就没有了。我爷爷坐在被窝里抽着旱烟，广播里的声音，街巷上叫卖的声音他都听到了。我爷爷在炕沿上磕了磕烟袋，我爷爷说：“年味儿说浓就浓了。”我没有接我爷爷的话，我在专心致志地替我二弟写作业。我的想法是，我得赶紧把答应我二弟的作业写完，接下来我再做一条鞭子，这样，我就可以用这条鞭子抽着我的猴儿试试它到底转得欢不欢了。

我母亲给我们家的窗户上都糊上了新的窗户纸，她还给那些窗户纸贴上了红红绿绿的窗花。我二弟和我三弟小妹在院子里跑着玩儿，不知道遇见了什么开心事，我听见我小妹笑得咯咯的。我母亲似乎刚刚从外边走进来，我听见她推开院门的声音，在院子里走路的声音，说话的声音。我母亲一定是买了什么东西，我听见我三弟和我小妹都在喊：“这么多菜，呀，还有肉，还有肉，吃肉肉，吃肉肉。”我母亲说：“吃，吃，吃，过年了叫你们好好吃。”

后来，我母亲就站在了我爷爷的屋子里。我母亲给我爷爷买了两个热油糕。我母亲对我爷爷说：“到现在还没回来，我先把一些零碎东西买了。”我爷爷拿着那两个热油糕，说：“买就买了。再等等，昨天没回，今天总该回来了。”我母亲说：“就是的，说不定活没完得耽搁一半天。”我母亲说完这句话，一边往出走一边就看了一看我。我把我手里的作业本塞进了被窝，我装作在被窝里暖手，我说：“我爷爷的炕烧得热得很，手放里面热乎乎的都出汗了。”

我父亲那天还是没回来。

第三天天仍然是阴沉沉的，到了中午的时候，风似乎更大了一些，紧接着就有零零星星的雪花在飘了。街巷里卖东西的吆喝声似乎更多更杂了，时不时总会有卖鞭炮的试放雷子炮时发出的咚咚声，或者是试鞭炮时发出的噼里啪啦的响声；有不少人家已经在烧肉了，到处能听见刀子在案板上剁出的当当声和肉倒进油锅里的嗞啦声；高音喇叭也好像不准备停了，一会儿是“洪湖水浪打浪”，一会是“红星照我去战斗”，再一会儿又成了“雄赳赳气昂昂，跨过鸭绿江”。村长的浑厚的声音好像成了点缀，歌声的间隙中总会冒出他又在推销萝卜或者白菜的声音。

开始飘雪的这个中午，整个村子积攒了一个冬天的喜悦在悄悄地弥散着，好像是，就连那些干枯枯的树木、木呆呆的房屋都受到了什么感染，一个个喜眉笑眼，乐滋滋的，好像在期待着什么好事情。但我母亲显然是个例外。我母亲裹着一条红色的头巾从院门口走进来，我看见她解下围巾在身上甩了甩，脸色难看得就像是刚刚害了一场病。我爷爷盯着我母亲看了一会儿才张开了口，我爷爷说：“咋，咋咧么?”我母亲半天没说话，我看见她抬起衣袖在眼睛上擦了擦，说：“村子里都传开了，说今早上在柳街镇有个人被车撞了，说那人骑的自行车带着被褥，还说那人……”我爷爷打断了我母亲的话，我爷爷说：“还说啥，还说啥，去看看不就清楚了。”我们都被我爷爷和我母亲的对话吓住了，我猜想一定是出了什么大事情。我把我已经快要拧好的鞭子揉成一团往兜里一装，我一会儿看看我爷爷，一会儿又看看我母亲，我心跳得扑通扑通的。我母亲又在眼睛上擦了一下，我母亲说：“都晌午了，我给你们做好饭马上去。”我爷爷一只脚在地上顿了顿，我爷爷说：“还做啥，快去快去，谁饿了吃馍就行了。”我母亲就又把头巾往头上包，我母亲还开开柜子往身上装了一些子钱。我母亲对我说：“树，你跟妈一块去。”我说：“嗯。”我二弟说：“我也去。”我母亲说：“田不去，你在家把弟弟妹妹操心好。”

我和我母亲相跟着往院子走，外面的雪花已经越飘越大了，地上也已经薄薄地覆盖了一层白。我们已经走到院门口了，我爷爷的声音从后面追上来，我爷爷说：“甭慌，也甭惜钱。先顾人。”我母亲说：“知道了。”我看见一股子白气从我母亲的嘴里边散出来，她的声音潮乎乎的，好像是被雪花打湿了，泡软了。

我和我母亲走在通往柳街镇的小道上，雪花纷纷扬扬地飘舞着，落在我们的头上、脸上，落了我们一身。我看见四周的庄稼地变白了，我面前的小道，小道两边的树木一下子都变白了，远处近处，仿佛只有我母亲头上的红围巾成了一种最为耀目的另类色彩。我母亲神情凝重，步履匆匆，她一边走一边嘴里念叨着啥，一股一股的白气就在面前散开来。我紧紧地跟着我母亲，我想对我母亲说一些什么话，但不知道该怎么说，我就只是加快着脚步，跟着我母亲一路急急地朝柳街镇走。

等到我们赶到柳街镇的时候，街道上除了几只东游西荡的狗，已经看不到几个人了。我和我母亲在街道上张望着，一家小卖部的女主人透过窗子好奇地看着我们母子俩。我对我母亲说：“我去问问那个人。”我母亲没有接我的话，迈开步子直接就朝那家小卖部奔去了。我听见我母亲问那个人：“今早上是不是在这有一个人被车撞了?”小卖部里的女人翻着眼睛看了看我母亲，说：“嗯，撞得还挺重，当时就送进镇卫生院了。”我母亲原本垂着的手扒住了小卖部的窗框，我母亲迫不及待地问：“卫生院在哪儿?”女人手朝东边指了指，说：“东头，差不多一二百米就到了。”我母亲没顾上说一声谢，扭转身就朝镇东头走。我母亲走得是那样快，以至于我都快赶不上了。我加紧了脚步，我听见脚底下的积雪被我踩得发出咯吱咯吱的响。

一进卫生院大门，我看见我母亲在和一个护士说话，我看见那个护士把我母亲领进了一个挂着半截白门帘的病房。我紧跟着走了进去，我先叫了一声大，我的眼泪就不争气地流出来了。我母亲站在病床前两手颤抖着，围巾上的雪在一片一片地往下掉。我看见她俯下身叫了一声我父亲的名字，我看见她一屁股就跌坐在了地上。我赶过去扶我母亲，我看见躺在病床上的原来是一个我们并不认识的陌生人。

我母亲对病床上那个人说：“对不住，认错人了。”我看见那个人扭着脖子好奇地看着我母亲，护士也瞪大了眼睛，她甚至手捂着嘴巴，不知道还小声地嘟囔了一句啥。

我和我母亲走出了卫生院的大门，我母亲身上的力气好像一下子跑光了。那时候天色已经黑蒙蒙的了，我看见我母亲慢慢地仰起脖子抬头看了一看天，又弯下腰捶了一捶自己的两条腿，说：“还得走三十多里路呢，树，你累不累?”我说：“我不累，我走得动。”

我和我母亲踉踉跄跄地走回我们村的时候，白雪覆盖下的一座座房子静悄悄的，连一声狗叫都听不到。我们刚一走进院门，远远地就看见屋子里的灯光还亮着。我走到跟前推开了门，我看见我父亲的自行车在堂屋停着。我看见我父亲的铺盖卷在车后架捆着。我赶忙转过了头，我对身后的我母亲说：“妈，妈，我大回来了，我大回来了!”我大声呼喊的声音在静夜里显得那样刺耳，以至于让我母亲一时有些回不过神。我母亲赶紧几步进了屋，我母亲说：“在哪儿，在哪儿？”我看见我爷爷从堂屋的炕上溜下来，我爷爷边穿鞋边说：“小声点儿，小声点儿，说是三天没合眼，乏了，一跌倒就瞌睡了。”我母亲手里攥着自己的红头巾，在脸上擦了一把，说：“三天没合眼，咋回事？”我爷爷唉了一声，说：“工地上发的钱半路上弄丢了，恰好有一家食堂修灶炉活路紧，他就一个人承揽着干完了。”我爷爷顿了一会儿又说：“他还得意，说比工地上挣的还多了好几十块。”

我母亲没说话。我看见我母亲又拿起红围巾在脸上擦了擦。

第二天早上我早早就起来了。我看见外面雪小了，我就又想起了我的猴儿。我把我拧好的鞭子绳往一根木棍上绑好。我又在院子扫出一块地，然后，我就开始试验我的猴儿到底做得怎么样了。我用鞭绳缠住我的猴儿，鞭杆儿朝外猛一拉，我的猴儿就在地上转起来了。我啪的甩出一鞭子，我的猴儿就转得更欢了。我二弟好像是听见我的鞭子声后跑过来的，我看见他手上的泡已经不见了。我三弟我小妹什么时候也跑过来了，他们都围着看我嘻嘻哈哈的，看我抽着我的猴儿在飞快地转。

我父亲是在大喇叭响起的时候出现在屋门口的，我父亲笑模笑样地冲院子里的我们喊：“快来，快来，看看大都给你们买的啥好东西。”我们扭头看着我父亲，几乎同时兴高采烈地朝我父亲跑。那时候喜儿的歌声又在喇叭里响起了，喜儿在唱：“雪花那个飘飘，雪花那个飘飘，年来到……”

锻磨锤·瓦刀

锻磨锤

1

我见到那把铁锤的时候我还拿不动它。它被搁置在一个存放杂物的铁盒子里，有的时候，却不知道怎么地就跑了出来，隐匿在房间的某个墙角或是院子的哪个地方。这个时候，父亲必定会在第一时间发现它逃离了铁盒，也不管手头正在忙着什么，或是正在和什么人说着什么话，立马就会返身跑到那个铁盒子跟前，嘴里念叨着，锤呢，锤会跑到哪里去呢？

我一直以为那把铁锤和父亲是有着某种神秘的默契的，或者就像亲人之间的那种心灵感应。否则，父亲为什么会在不同的时间、不同的场合突然地想起那把铁锤，并且准确无误地判断出它不在了铁盒里呢？就像那一次，父亲在十几里外的一个村子替人盖房，他蹲在刚刚搭好的屋架上把一片一片的青瓦往抹平的房泥上铺。汗水濡湿了他的额头、他的布衫，间或有一两滴落在青瓦上，发出轻微的嗞嗞声。父亲应该是干得很专注的，他连底下人们啧啧的夸赞声都没听到，连一只不长眼的虫子正好落在了他的鼻尖上都没有感觉到——我的把自己的手艺看得重过一切的父亲显然正沉浸在自己劳作的兴趣中。可是，他突然停住了手。就像猛然想起了一件多么重要的事情似的，撂下手头的工具，下了房就向家里疾奔。进门后他先看了看铁盒，接着就火急火燎地询问铁锤的下落。待到知道是隔壁王六借去砸一堆烂铁后，他嘴里嘟嘟囔囔的，扭头就跑到了王六家。父亲当然没有直截了当地说明来意，而是装作无事可干的样子，自己操起铁锤帮王六砸完了那堆烂铁，然后才在临近傍晚的时候，拎着那把铁锤疲惫不堪地回到了家里。

说起这些事情的时候，母亲总是固执地认为父亲前世里肯定就是块铁，或者直接就是和这个铁锤有着某种血缘关系的一块铁，因为“再也没有见过谁会对一把铁锤这么在心在意的了”。母亲说，有一年村里来了个收破烂的，她顺便把家里的废铜烂铁收拢了一堆卖了出去，没想到只隔了半晌工夫父亲就从干活的工地赶了回来。他进门说的第一句话当然是询问铁锤的下落。母亲回答说在铁盒里。父亲掀开铁盒却并没有看到铁锤，就催问到底放到了哪里。母亲仔细地回想了一下，才想起坏了，可能是裹夹到那一堆废物中给卖掉了。父亲的愤怒可想而知。他几乎是指着母亲的鼻尖吼问那个收破烂的什么长相，穿什么衣服，朝什么方向去了；并且放下狠话，说是如若铁锤找回还则罢了，如若找不回，那他和我母亲的夫妻肯定是做到头了。母亲那个时候的不解和委屈是不言而喻的，但她还是强忍着不满仔细地回想了一下那个收破烂的长相、衣着，以及有可能的去向。父亲二话不说，骑上那辆半旧的自行车毅然决然地就踏上了他的寻锤之路。父亲这一去就是三天。这三天父亲究竟都去了哪里，见到了什么人，说了些什么话现在已无法知晓。我能知道的是，父亲大约是在第二天的晚上在几十公里外的一个小镇上找到了那个收破烂的人。但令父亲失望的是，那个收破烂的人已经把他的一车东西全都交到了镇上的收购站。绝望的父亲当然又满怀希望地赶到了那家收购站。他原以为到了收购站找到他的铁锤应该就是轻而易举的事情了，可是当他看到那一堆并不比一座小山逊色多少的废铁堆时，他才意识到了事情原来并非像他所想象的那样简单。但仅仅是在片刻的犹疑之后，父亲便丢剥了衣衫，弯下腰在那堆废铁山上认真地翻拣起来。那一个夜晚应该是有月亮的，秋夜的风透着一股凉意冷冷清清地吹过小镇，吹过小镇收购站的院子，吹过饥肠辘辘的赤裸着上身的父亲的身体，远远地望去，我躬身于一堆废铁中的父亲像是一只奇怪的虫子，一只在莫名其妙地为一个未知的结果而忙忙碌碌的虫子。

值得庆幸的是，第三天黎明时分父亲终于发现了他的那把铁锤，而那一座铁山也不可避免地让父亲整个给挪了一个地方。尽管如此，我父亲的那种欣喜仍是可以想象的。我想他应该抹了一把头上的汗，长长地出了一口气，甚至还傻乎乎地发出了一声笑。但紧接着的问题马上又让父亲陷入了困境。当他拎着那把铁锤要离开的时候，收购站的头头出现了。他问父亲为什么要拿走这把铁锤。父亲说这是我的铁锤。头头说你的铁锤怎么会跑到我的收购站里？父亲就没话说了。父亲说那我掏钱买回去行不？头头说你想买那还得我要卖啊，我又没说我要卖给你。父亲似乎这才意识到了问题的严重性，就赔着笑脸说了一大堆的好听话。头头后来显然是被父亲的真诚给打动了，他大手一挥，嘿嘿地笑着，说他虽然守着一堆烂铁但却并不是一个铁石心肠的人，既然父亲把话都说到这个地步了，他要是再不为所动的话那就是不近人情了，这样的事他可是做不出来，打死都做不出来。他说那就这样吧，那堆废铁不是被你给挪动了地方吗？是这样，你再把这堆烂铁挪回原来的地方，这把铁锤就归你了，我不要钱，一分钱都不要。

父亲听了这话心里想的是什么我不知道，我只知道他把刚刚披到身上的衣服重又扔到了地上，埋头又开始搬动起了那一座铁山……

那一次回来后父亲几乎大病一场。母亲眼泪汪汪的，虽然不知道父亲为什么会因为一把铁锤而如此不顾一切，但还是给铁盒加了锁，轻易再不敢将铁锤乱丢乱放。

2

等到我可以勉强拿起那把铁锤的时候，铁盒上的锁子也撤了，而且，令母亲感到不解的是，父亲竟然对我动辄拿出那把铁锤玩耍显得熟视无睹。在我看来，那把铁锤实在没有什么特别之处，一拃多的木柄，愣头愣脑的一个锤头，虽说不上好看，但握在手里倒是蛮得劲儿的。我拿着它砸直一根铁丝，砸开一个核桃，有时候干脆拿着它往地上砸一个一个的坑，或是百无聊赖地举起它撵得一只狗或是一群鸡四处乱窜。每当这个时候，母亲一边喊叫我放下铁锤，一边偷偷地察看着父亲的脸色，唯恐父亲会因为我动了那把铁锤而大发其火。事实证明母亲的担心是完全多余的，因为我发现在我拿着那把铁锤疯玩的时候，父亲要么装作看不见，要么就在那里静静地看着，偶尔脸上还会闪现出一丝稍纵即逝的笑容；更令母亲和我没有想到的是，个别时候父亲还会停止手中的活计，走过来纠正我拿锤的姿势，并且告诉我这把锤叫锻磨锤，往哪用，何时用，怎么用等等。也正是在父亲这种断断续续的讲述中，我模模糊糊地知道了父亲之于这把铁锤的纠纠葛葛和一些不为人知的陈年往事。

父亲大概是在爷爷第一次病倒之后辍学的。放下书包后他首先想到的是怎么样才能把家庭生活的重担挑起来。他想过去学理发，觉得凭一把推子、一把剃刀养家糊口应该是一门不错的手艺。就把自己多年积攒的旧书废本子卖了一些钱，又找隔壁的王六借了三块钱，这才买齐了一把推子和一把剃刀。王六当时借我父亲的那三块钱借得好像并不痛快，他先是说他没有，后来又说那是磨破了嘴皮问他在城里上班的父亲要来准备买一支像样的钢笔的，说要是借给了我父亲，那他买钢笔的梦想就不知道要到猴年马月才能实现了。

我父亲当然听出了王六是在说谎，因为他早在先一年就因为“一看见书就头疼”而早早地退学在家了，实在想不出买钢笔有何用处。但我父亲没有揭穿王六的谎言，而是先夸说王六的仗义，再回忆与王六的多年友谊，最后又保证等自己学成了手艺不但一分不少地归还借他的三块钱，还将永远免费为他理发。王六显然是被我父亲的诚意打动了，他一咬牙，一跺脚，说豁出去了，借给你。我父亲当时应该有些喜出望外，激动得差点儿就要抱住王六亲上一口了。但他看见王六捏着钱的手就像被什么东西给烫了一下，很快地又缩了回去。我父亲就僵在了那里，问王六是不是又反悔了。王六吸了一下鼻涕，说没有，没有，拉出来的屎怎么能再坐回去。我是说，你能不能给写个借条，倒不是我信不过你，这时间长了也好有个凭据啊，你说是不？我父亲说行，就在身上找笔和纸。王六说别找了，我这有。顺手就从口袋掏出了一支笔和一张纸。我父亲认认真真地写好了借条，又签上了自己的名字，递给了王六。王六一个字一个字地念了一遍，这才把三元钱郑重其事地交到了我父亲的手中。

要说，我父亲对于理发似乎是有着一定的天分的，推子和剃刀买回来不久，他竟然无师自通地就能理出一般的“平头”或者“洋楼”，而且主要是不夹头发，只消往小凳上一坐，一块布往胸前一围，打个盹儿的工夫就不知不觉地理好了，不像有些人手拙，动不动推子就夹了头发，疼得那些小孩可着劲地哭号，鼻涕涎水一流一堆。剃刀似乎要熟练得稍晚些。我父亲说，在人的头上脸上动刀子那可不是闹着玩儿的，没有一定的功夫不是刮不净，就是会刮破皮，弄得血刺呼啦的，不像是理发倒像是在动刑。为此，我父亲肯定没少动脑筋，他先是找了个葫芦，用剃刀在上面比画，等到感觉差不多了，就在自己的腿上试着刮那些汗毛。日复一日，剃刀竟也能使得得心应手。

若干年后，我听到过一个笑话。说是一个人学剃头，先是在一个葫芦上练，练完了往往顺手就把剃刀往葫芦上一扎，久而久之养成了习惯。等到真正给人剃头时竟忘了手下是人的脑袋，剃完后嚓地照例把剃刀往上一扎……我把这个笑话讲给父亲听，父亲笑着没有说话。

父亲理发的手艺很快地就在村里风传开来，据说大人小孩每日络绎不绝，仅是开水就得烧上三锅。但蜂拥而至的人流似乎并未给父亲带来多少实际的收益。这主要和我们村大多同族，而我父亲面皮又薄有关。那些来的人不是管我父亲叫大（关中方言，等同于叔父）叫伯，就是我父亲管他们叫大叫伯，发理完了对方不主动给钱我父亲也不好意思要，这样下来，腰酸腿疼地忙上一天往往只是收获了一大堆看不见的好听话，和一大堆看得见但没用处的碎头发。在某个忙碌了一天的晚上，我父亲终于意识到了问题的严重性。对着那盏奄奄一息的油灯，应该还是少年的我父亲第一次把爷爷的那杆烟锅装满烟丝，噙在了自己的口中。

现在想起来，那个夜晚对于父亲而言应该是非同寻常的一晚。那一晚，吸烟成为了父亲从此不曾丢弃的一个习惯，而那把后来让父亲念念不忘的锻磨锤，好像也在某个遥远的地方等待得颇不耐烦了，开始在那一个晚上变着法地诱惑着父亲，引导着父亲。

我之所以这样说，是因为当时我父亲还没有想起锻磨锤，或者没有想到自己会和锻磨锤发生怎样的关系。他只是想到了要放弃理发的手艺，到南山去背木头换取几个在当时来说并不算少的现钱。这件事情我父亲是在理发时听一个人说的。他肯定对自己偶然听到的这个生财之道感到非常庆幸，因为他激动得一夜未睡，第二日早上起来先是还了王六的三元钱，再就是告诉爷爷奶奶他要出一趟远门，然后就往怀里揣了两个冷馍一路朝南山去了。

说到这里我有必要对我父亲还王六钱时的情景多说两句。王六接了钱眼睛看着我父亲一连眨了几眨，说发理得好好的怎么就不理了？我父亲说自己另有打算，不理了。王六嘴巴里就啧啧地说你不理发简直就是瞎了你的手艺了，可惜啊！再说我，被你理了这么些次，再找别人肯定已经不习惯了！我父亲当然听出了王六话里的意思，说你放心，说出去的话泼出去的水，你的发我保证还给你理。

王六的脸上马上就笑开了一朵花，说那就好，那就好。我父亲当时对王六说的这句话肯定不是随口说说而已，因为此后王六的发一直是父亲在无偿打理，即便是在前年他弥留之际，他的最后一次发也是父亲颤颤巍巍地给理的。

3

我父亲大约是在当天傍晚的时候赶到南山的。此时已经是饥肠辘辘的父亲仍然是满怀信心，好像到了南山离他实现背木头赚钱的梦想就已经是咫尺之遥了。但我的一心只想着下苦挣钱的父亲显然至少忽视了两个问题。一是背木头的地方到底在哪儿？起先只听说是在南山，但南山那么大，究竟在什么地方他却并未打听清楚。二是就算他幸运地找到了地方，人家是不是就会痛痛快快地留下他这也是一个问题。这两个问题似乎并未吓倒我的父亲，在马不停蹄地跑了几个地方后，他总算如愿以偿地找到了一处背木头的地方。那个头发乱得像是一片茅草、衣服已脏得看不出颜色的男人在听了我父亲的请求后，怪模怪样地笑出了声，他说背木头？林业局的人今天一天已经来了不下五次，说是上面要封山护林，已经把所有背木头的人都赶出了山，有几个不听招呼的还被戴大盖帽给戴上铐子抓到了县里。这事看来是干不成了呀。那个男人说，他已收拾好了行李，要不是不愿意走夜路，他现在早就在回家的路上了。说完这些，男人又认真地看了看我父亲，说再说了，就你这样的也能背动木头？你说实话，你到底有没有十五岁啊？我看你也就是十三四岁一个小孩子么。此时，我父亲对于这个男人话语里的轻蔑已经失去了反驳的兴趣，背转身摇摇晃晃地就朝山外走。

其实，我父亲那年已经整整十六岁，但个子矮，人又瘦，被那个男人看成十三四岁也就不算奇怪了。只是此后的多年里，父亲的身高似乎并没有增加多少，直到现在除了显得肥胖些外，应该还是属于偏矮的那一类。我一直固执地以为，这与其说是基因的原因，倒不如说是生活压迫的结果。

父亲朝着出山的路走啊走啊，也不知道怎么地就走到了一个村子边。那时候天已经黑严实了，除了偶尔传出的几声狗叫和小孩的哭声外，整个村庄似乎都已经睡实了。我的又饥又渴的父亲已经不知道自己该往哪里走，能往哪里走。这个时候，他看到一缕弱弱的灯光从一扇敞开的窗子里照了出来，和这灯光一起传出来的似乎还有一阵清脆的敲击的声音。这灯光和敲击声无疑使我父亲迷茫的脚步有了移动的方向，我的走投无路的父亲在那一刻作出的决定是就朝透出那一缕灯光、传来那一阵敲击声的地方走，走到了再说。

当我父亲踉跄着走进那间虚掩着木门的房子的时候，他才发现这里原是一间磨房。借着不算太亮的油灯，他看见除了房子中间的那一盘石磨之外，里面似乎还堆放着一些木锨啊铁叉啊之类的农具。而蹲在石磨上的那个拿着铁锤埋头敲击的老人似乎对我父亲的闯入并无察觉，他一手扶着铁錾，一手挥着铁锤，一下一下地重复着同一个动作，给人的感觉是，他似乎一直就会这样敲下去，敲下去，好像永远也不会停下来。我父亲小声地叫了一声叔。我父亲后来又放大声叫了一声叔。直到他以自己所能喊出的最大声音喊了一声叔后，那位老人才放下了铁锤，转身看着我的父亲，瓮声瓮气地吼了一句，说那么大声干什么，我又不是聋子。我父亲一时无话可说，就挤了谄谄一个笑。老人拍了拍手，这才认认真真地看了我父亲一眼，用手朝地上放着的一个竹笼指了指。其实我父亲当时早就看见那个竹笼了。他看见里面放着一个盛着稀饭的瓦罐，一个粗瓷大碗里还放着几个馒头和一些切成细丝的萝卜。我父亲没有客气，走到竹笼前抓起馒头就吃，端起瓦罐就喝，等到吃得感觉稍微有点撑的时候，他这才不好意思地发现，碗里的馒头居然只剩下一个了。

老人就笑了，说小伙子真能吃。

那个夜晚我父亲在吃饱喝足之后应当和那位老者有过一场推心置腹的交谈。正是在这一夜的谈话中，我父亲和那位老者建立起了初步的了解和基本的信任。老者告诉我父亲他是一位石匠，确切地说，是位一辈子只会锻磨子的笨石匠。老者说，说好听点儿叫石匠，实际上就是在石磨上刻渠渠呢；人的上下牙磨久了会被磨光，石磨用久了那些咬合的石齿也会被磨光，他给石磨刻渠渠就等于是让石磨永远有一个好牙口，能咬碎那些晒干的麦子和玉米，能把它们磨成面，磨成粉。只是，他一年一年地不知道让多少石磨重新拥有了一副灿火的好牙口，但他满嘴的牙齿却不知不觉地被那些看不见的时间给磨得光秃秃的，磨得所剩无几了。

我是老了啊。老人叹息了一声，接着就是一阵没完没了的咳嗽。好不容易平静下来后，老人自嘲地笑了一声，说，说这些干什么呢？人到这世上来一遭总得找一件事情把这一辈子打发完，就像那些当官的、种地的、杀猪的或者放牛的，看起来都是在做事呢，其实还不是在让这些事情帮着自己把那些一眼望不到边的时间给打发完。就像他，抡了一辈子的锤，锻了一辈子的磨，名正言顺地也就把自己给锻老了。

我父亲对于老人当时说的这些话似懂非懂，或者干脆就漠不关心。因为在和老人长达半宿的谈话中，我父亲印象至深的似乎只有两件事。一是锻磨的手艺并不难学，可以说只要能拿起锤的就能学得会。二是锻一个磨子不但主家管吃住，而且还能挣几个现钱。我父亲显然是被这两句话打动的，憋了好久，他终于在老人打着呵欠准备睡觉的时候鼓起勇气，激情满怀地说出了自己要拜师学艺的想法。但他很快就发现自己拜师学艺的想法很有可能只是剃头挑子一头热式的一厢情愿，因为他发现他的一番慷慨陈词刚一打住，躺在地铺那一头的老人就发出了响亮的鼾声。

我父亲躺在地铺的这一头翻来覆去怎么也无法入睡，他彻夜思考或者说精心谋划的是第二日以怎么样的方式说服老人，最终达到自己拜师学艺的目的。就这样想着想着，天将大亮的时候，我的筋疲力尽的父亲竟不知不觉地睡着了。等到他睡醒的时候，太阳已经明晃晃地挤满了磨房，几只麻雀叽叽喳喳的，一边吵闹着，一边啄食着地上零星的粮食。我父亲睁开眼的第一反应当然是寻找那位老人的下落，可是他把磨房看了个遍却并没有发现那位老人的踪影。我父亲对自己的贪睡懊悔不已，心想自己拜师学艺的想法看来注定是一场空了。就在我的父亲正在六神无主的时候，他惊喜地发现那位老人居然从门口走了进来。我父亲又惊又喜的心情可想而知，他刚要张嘴说话，却看见老人笑了。老人说，看见你睡得那么香，我就在外边蹲了一会儿，反正这活也快完了。话一说完，老人就从盖着的竹笼里拿出了四个馍，说刚送来的，还热乎着，吃吧，吃完了上路回家。

我父亲没有接馍，说我不回了，我要跟您学手艺呀。老人好像没有听见，就把馍又放回了竹笼，说想吃了自己拿吧。我要干活了。我父亲站在那里还想再说什么，老人却已经蹲在了磨盘上挥起了铁锤。我父亲就把想说的话又咽了回去，站在原地静静地看。整整一个上午，老人在那里挥锤锻磨，我父亲就站在老人的身后不错眼地看。

这样的场景大约持续到了中午时分。这时有一个人急匆匆地跑进来，说是要老人去帮他一个忙，老人放下铁锤就和这个人一同出去了。我的看了半天的父亲这时候不知道是出于什么想法，竟然拿起那把铁锤学着老人的样子锻打起来。现在想起来，我父亲的这一超常举动大约是基于说服老人收下自己的目的吧。他单纯的想法是，老人不答应自己应该是担心自己学不会，那他就趁着这个机会露一手，说不定就能打动老人呢。说来也怪，我的从未摸过铁锤的父亲竟然没费多少力气就锻出了和老人几乎不相上下的效果。在他不无得意地看着自己的活计歇气的时候，那位老人突然地就出现在了父亲的身后。他原想着老人可能会大吃一惊，甚至大大方方地夸奖自己几句。但他却看见老人摇了摇头，听见老人叹了口气。老人说，活干得是不错，只是你把不该锻的地方也给锻了。

我父亲的脸一下子就红了。因为他的擅作主张，后来让老人整整返工了一个下午。但令我父亲没有想到的是，老人非但没有因此责怪他，而且还答应收他为徒了。老人说，要学就学吧，这把锤就给你了，你别后悔就行。

4

若干年后，我父亲再向我说起自己与这把锻磨锤的传奇缘分时，脸上竟是一副异常平静的神态。他说现在想起来，有好多事情好像是谁早就安排好了似的，避也避不及，躲也躲不过。就像他辍了学之后学理发，理发时又听人说到了背木头，这些事看起来互不沾边，其实都是一环套着一环，早就准备好了的啊。

我父亲发的这个感慨当然包括老人说的“你别后悔”这句话。当时他想不明白的是，他为什么会后悔，后悔的又会是什么。因为他在拜了那位老石匠为师之后，很快地就成为了一个出色的手艺人，除了自己能吃饱喝好之外，时不时地还能给家里寄上一笔零用钱。更让我父亲喜出望外的是，半年之后正是用他锻磨挣来的积蓄，使我的卧床不起的爷爷居然能下地干活了。说起这件事，我父亲常说的一句话是，一把锤救了我们一个家啊。

但是很快地，父亲发现这把铁锤带给他的好运似乎就要走到头了。那时候，他已跟着老人走乡串村地奔波了两年，那时候，和那些毛茸茸的胡子一起长出来的是他对于未来生活的一派美好憧憬。关于这些，尽管父亲似乎并不愿意多说，但我完全能够理解一个手艺日益精进的少年在那个时候会是怎样的踌躇满志，怎样的壮怀激烈。他或许想着靠着这门手艺定能改变家庭的贫困，想着靠着这门手艺可以给他赚来一个好的名声，而凭着这个好的名声，也许会为他赢得一个不错的女人，成立一个不错的家庭。然后，还是靠着这门手艺，他可以让这个女人和他未来的孩子们过上有吃有穿的温饱生活。应该说，我父亲的这些想法似乎并不过分，然而，慢慢地，我父亲发现事情的发展好像并不像他想象的那样一帆风顺，确切地说，他感到那把锻磨锤带给他的好运似乎正在悄悄地成为过去。

事情的转折似乎是从老人的病情开始的。起先的时候，老人只是咳嗽，一声连一声地咳嗽。父亲就跑到卫生所里买一些药，中药西药，凡是治咳嗽的都买回来。奇怪的是，这些治咳嗽的药好像是专门鼓励咳嗽的，老人服了之后不但咳嗽得更加厉害，而且有时候还会咳出一些血。我父亲害怕了，坚持要带老人去医院，已经咳嗽得顾不上说话的老人摇着手，死活也不愿去。我父亲万般无奈，在一个傍晚独自跑到镇上的卫生所，死乞白赖地恳求大夫跟他去看一看老人。那个大夫被我父亲的眼泪打动了，背着药箱就跟着我父亲来到了磨房。他们走进去的时候，漆黑的房子里静悄悄的，以至于我父亲误以为老人睡着了，或者是出去了。等到他擦着火柴点亮灯的时候，才看见老人就在铺上坐着，眼睛睁得大大地看着他和大夫，脸上是一副莫名其妙的样子。大夫蹲下来量他的体温，问他哪里不舒服。他取下了腋下的温度计，说我好着呢，没哪里不舒服。大夫又叫他张开嘴，他说他的嘴又不是女人的×，不好看，没啥好张的。大夫显然对于老人的无理取闹失去了信心，就草草地开了个方子，转身走出了磨房。

我父亲至今清晰记得的是，老人那天晚上居然再没咳嗽，而且话似乎也比往常多了不少。他告诉我父亲他是某个县某个公社某个村人，谁谁谁是他的哥哥，谁谁谁是他的弟弟；他还有些不好意思地告诉我父亲，他虽然终生未娶，但和某个村某个姓魏的寡妇有过一腿。他说他得意的是自己一生未娶，但现在遗憾的也是自己一生未娶，因为他知道自己总有一天会活到尽头，但到了那一天却不会有个儿子替自己哭上几声，送上一程。老人说这话的时候我父亲已是泪流满面了，他说你放心，真到了那一天有我呢，你就把我当你的儿子吧。老人笑了笑，又叹了一口气，说你是个好娃，你还记得我说过的你别后悔的话吗？我把锤传给了你，说不定这锤就会砸在你手里呢。

我父亲对老人的这句话显然似懂非懂。两个人说着说着，他竟迷迷糊糊地睡着了。

等到第二天早上起来。我父亲照例去倒老人的夜壶，却发现里面竟是空的。也没太在意，独自干了一阵活，就去叫老人起来准备吃饭。一叫不应，再叫不应，扳着肩膀一摇，才发现身子已是硬邦邦的了。

我父亲至今不能原谅自己的是没能坚持带老人去看大夫，以至于始终不知道老人到底得的是什么病。拉着架子车送老人回乡的路上我父亲就在想着这个问题，一直想了这么些年也没想明白。但他清楚他对老人的承诺，清楚自己一定要把老人送回家，安葬好。父亲拉着架子车走了一天一夜，终于在那个黎明找到了老人的村庄。老人的哥哥已老得下不了床，弟弟也只是远远地看了几眼。我父亲一声不吭地买来了棺材，又招呼几个人挖好了坟墓。下葬完毕，他特意选了一块好青石，花了半宿时间刻成了一块墓碑竖在了坟前。

做完这些，等到我父亲再游村转乡地寻找活路的时候，他却惊讶地发现他劳动的对象石磨好像一下子都销声匿迹了。他一个村接一个村地走，甚至一家挨着一家地问，但曾经炙手可热的石磨似乎一下子变成了一个陌生的字眼，即便是像他这样耐心地寻寻觅觅，几天里也难得遇上一个。我父亲当时的惊慌可想而知，他拿着锻磨锤就像一个猎人端着猎枪，农夫手握着镰刀，可是猎物消失了，麦田没有了……

我父亲后来说，他万万没有想到的是，老人传给自己的锻磨锤最后的用处竟是给老人凿了一块墓碑，他更没有想到的是，他无意中闯进了这个行当，却不可选择地成了这个行当最后的终结者。这个时候，我的父亲肯定想起了那位老人说过的你别后悔的话，只是当他真正明白了这句话的意思的时候，他的心里在想着些什么，又会说些什么，我就无从知道了。

这些也许只有我的父亲知道，只有我的父亲曾经朝夕相处的那把锻磨锤知道。

5

若干年后，尽管有父亲不厌其烦地耐心描述，尽管我充分地把自己的想象力发挥到极致，但我依然无法清晰地想象石磨到底是什么样子，我的父亲手握着铁锤又是在以怎样的姿势伺候一盘盘石磨；我甚至还怀疑过那把铁锤和父亲的故事是不是真实地存在过，会不会是一个幻觉，或者是一个走了样的传说。

后来，我到一个遥远的地方去，在一个被改建成博物馆的民居里我亲眼目睹了一盘石磨。我兴致勃勃地把它拍下来拿给父亲看，我的苍老的父亲揉了揉眼睛，眸子里立马放出了亮光，说，磨子是好磨子，只是齿光了，这要是在当年，我肯定会把它锻得好好的。说着，父亲就开始左顾右盼，顺着他的视线，我看见了墙角躺着的锻磨锤。它肯定也听见父亲的话了，因为我看见它好像动了一下。

瓦　刀

1

进入老年之后，我父亲津津乐道的是自己曾经获得的“一把刀”的美誉。逢到我们兄妹几个都在，父亲的兴致总是很高，东拉西扯的，话题总归会回到这件事上。那个时候，父亲仿佛一下子年轻了许多，脸上泛着红晕，眼里闪着亮光，思路清晰了，口齿也不再含混了，一边说，有时还会比画着做出一些颇有难度的动作，以便于我们对他所描述的场景的准确理解。这个时候，我们兄妹几个无一例外地都会做出洗耳恭听的样子，偶尔还会适时地提出一个个幼稚的问题，以显示我们听得饶有兴味而且孜孜不倦。

父亲每每沉浸于自己的这种讲述的时候，母亲却常常会中途打断，甚至故意表达出一种不屑，说，什么一把刀一杆枪的，弄得跟游走江湖的大侠似的，说白了还不就是一个下苦出力的泥瓦工。父亲好像很容易就被母亲的这句话给噎住了，涨红了脸，瞪大了眼，嘴唇动了几动，却很难听出说的是什么。直到这时，母亲似乎才发觉父亲好像是真的生气了，就和缓了语气，说好好好，你是一把刀、一把刀，要是再添上一把，你就要赶上两把菜刀闹革命的贺龙元帅了。

母亲的这句话显然对调和气氛起到了良好的作用，先是我们兄妹几个哈哈大笑，再是父亲努力地憋，憋不住，终于发出嘿嘿地笑。

我父亲所说的“一把刀”当然不是母亲调侃的菜刀、大刀，或者是裁缝用的剪刀，医生用的手术刀，而是指泥瓦工所用的瓦刀。而“一把刀”则是对一个人在泥瓦匠行业所处地位的比喻，就像一个人能写被誉为“一支笔”，另一个人善烹被尊为“一把勺”。这几年，也常听人说“一根葱”，虽然也是“一××”，但显然不是褒义，用起来一般是“装得像一根葱似的”，一听就不是好话。

瓦刀，这种铁制的堪称简陋的劳动工具对我来说并不陌生，在我的幼年、少年乃至于青年时期，它的名字、样子，乃至于发出的声音，衍生的故事几乎天天陪伴着我，围绕着我，以至于在我成年之后它还经常出现在我的视线里，并差点儿跑到我的手里，成为我赖以谋生的一件家什。这当然和我的父亲是一位出色的泥瓦匠不无关系，甚至于和若干年前我父亲的一个冲动不无关系。在父亲无数次的讲述里，在我有限的对于过去的记忆中，我试图要做的是把这一切理清楚，搞明白。就像经过长途跋涉到达某个地方后，坐下来休息的时候，总会回过头想一想这一路是怎么来的，为什么要来，经过了什么地方，遇到了什么人，发生了什么事一样，虽然谈不上有什么实际意义，但又总是放不开，抛不掉。

我自然而然地就常常想起我父亲与瓦刀不期而遇的那个无奈的下午。

2

其实，在放下锻磨锤之后的一两年里，我父亲至少有三个工作可供选择。第一是去村里的桃园。园子虽不大，但可以学些作务果树的手艺，而且活不算重，桃子成熟的季节还可以放开了肚子敞开了吃。据说，我父亲之所以能得此美差，第一是队长觉得我父亲年龄小，怕干不了地里的重活；第二是觉得自家至少有两个人常年接受父亲的义务理发，应该多多少少有些回报。我父亲得了这个差事无疑使我的爷爷奶奶有些喜出望外，他们在一个漆黑的夜里差父亲悄悄地请来队长，用仅有的一点儿白面烙了一个油饼，把仅有的一只母鸡炖成了一锅肉汤，又拿出藏了几年的一瓶白酒，请队长吃，请队长喝。队长黑着脸先把我的爷爷奶奶训了一顿，说是乡里乡党的，搞得这个样子太不像话，说轻了这是搞资本主义吃吃喝喝的那一套，说重了这就是糖衣炮弹，是妄图摧毁他坚强革命意志的糖衣炮弹！因此他不能吃，坚决不能吃。说着，他还气呼呼地拧过身朝门口迈了一步。我的爷爷奶奶被吓坏了，一边让父亲赶快关上门，一边一人一条胳膊拉着队长坐到了炕上，一迭连声地说哪里话，哪里话，这点儿酒饭只是想表达一下心意，和什么主义啊什么弹的断然扯不上关系，并保证只此一次，绝对下不为例。队长不知道是被我爷爷奶奶的神态还是话语给惹笑了，叹着气朝门口看了一下，又朝冒着热气的碗里瞄了一眼，然后喉结上下一动，说算了算了，既然都做了不吃也是浪费，就算犯错误，他也认了——谁让他是一个意志坚强但是又心地柔软的人呢。

我爷爷奶奶连说就是就是，并忙活着一个给倒酒，一个给夹肉。队长就不再客气了，菜是一口一口地吃，酒是一盅一盅地喝，慢慢地，脸也红润了，头也冒汗了，话也软和了。他先夸说我奶奶手巧，烙的油饼筋道，炖的鸡肉嫩香；再夸我爷爷老实厚道，生产队里的活从不拈轻怕重；末了又夸我父亲年轻有为又踏实肯干，是棵值得培养的好苗子。临出门的时候，他还一个劲儿地夸说今晚的酒饭好，我爷爷奶奶一家人更好，并拍着腔子保证，说他是一个知道好歹的人，谁对他好，他对谁更好——只要他在队长这个位子上待一天，就会对我父亲他们多照顾一天，而且，说话算话。

我爷爷奶奶和父亲是否对队长的话深信不疑，我已无从知晓，但我能想象得到的是，当天晚上一定是他们睡得最为踏实的一个夜晚。次日，我父亲不但去了果园，下午的时候我爷爷还始料未及地接到了去饲养室当饲养员的通知。当初他病重的时候想调一个轻松点儿的活，不知道跑了多少路，说了多少话，现在突然之间喜从天降，他的激动之情可想而知。晚上的时候，为了庆祝一番，我爷爷自然而然地摸到了那个酒瓶子，遗憾的是瓶子里的酒早在前一天晚上已让队长给喝得一滴不剩了，可是，这似乎并未影响我爷爷的喜悦心情，他往瓶里装了一些凉开水，就那样一杯一杯地倒着喝，甚至还发出啧啧的品咂声。

多年后我父亲告诉我，爷爷那啧啧的品咂声让他眼睛发红，鼻子发酸，他当时想到的第一件事是，有朝一日自己赚了钱一定先给我爷爷买一瓶像样的酒喝一喝。

我父亲在桃园拢共干了七个月。他去的时候树上是光秃秃的枝干，离开的时候树上只剩下一些茂密的叶子。这并不是说园里的桃树不够努力，相反，据说那一年桃子结得最多，长得最大。这当然和我父亲，以及和我父亲同在一个园子的那位还俗和尚的辛勤劳动分不开。和尚有技术，我父亲有力气，他们两人各施所长，冬日里浇水施肥，春日里剪枝除草，夏日里眼看着一棵棵树上硕果累累。可是谁能想到，桃子成熟了，我父亲的心事却越来越重了。这并不是说我父亲对这一园的桃子有什么想法，而是因为队长似乎对这一园的桃子想法太多。他来园子的次数好像是随着桃子的成熟日益增多的，有时候一天一两趟，有时候一天三四趟，个别时候他没来，那来的肯定是他的老婆或儿子。我父亲当然愿意把这看成是队长爱护集体财产的具体表现，但渐渐地他发现，事情似乎与他想象的正好相反。队长每一次来了不光吃，还要拿，有时是拿桃子，有时干脆是拿卖桃子的钱。我父亲曾大着胆子在一次队长拿钱的时候提醒队长是不是应该打个条子，队长嘻嘻哈哈地说，打啥条子呢，你不知道我不会写字？我父亲这才想起队长确实不会写字，但他想不到的是，不会写字的队长却有着惊人的记忆能力和计算能力。某一天，当父亲亲耳聆听了队长对于桃园产量和收入的估算后，我父亲竟莫名地惊出了一身汗。

我父亲当然看穿了队长的坏心思，但他又能怎么样呢？在后来的几天里，我的父亲不知道搔掉了多少根头发，费掉了多少个脑细胞，终于向队长提出了离开桃园的想法。原因当然不能明说，我父亲的理由是自己怎么忽然就对桃子上的绒毛毛过敏起来，一进桃园就浑身奇痒，严重的时候还会打摆子，一会儿发烧一会禁冷的，难受得厉害。我父亲当初的这个说辞可能并非空穴来风，因为好几次当着队长的面我父亲的过敏果真就临场发作，更为离奇的是，时至今日我父亲依然不喜欢吃桃，他说也不知怎的，一吃桃浑身就不舒服，胸口堵，气都出不匀。

多年后再想起这事，我疑心的是，一件事情真做假久了，假的怕也就成了真的了吧。好在我父亲当年确实以这样的理由退出了桃园，并且成功地避免了一场灾难。

这是后话。

3

我父亲第二个有可能干上的工作是木匠。离开桃园后的我父亲自然回到了田地里。在那种以镬头铁锨为主的单调劳动中，我父亲私下里思谋的却是一件与镢头铁锨不甚相关的事情。最先知道这个秘密的是隔壁的王六。当时已经是一名半吊子木匠的王六看起来确实与和他同龄的我父亲差别不小。我父亲他们扛着铁锨在太阳地里干活的时候，王六极有可能正坐在某一间凉房底下慢悠悠地修理着一把木叉或者犁架；我父亲他们围坐在一起用旧报纸卷着旱烟吸的时候，王六也许正从胸前的衣袋里摸出一盒两角钱的“宝成”烟独自慢慢地抽；最让人眼馋的是隔三差五，王六就会带着他的工具消失几天，等到再见他的时候必定满面春风的，手里拎着一块豆腐或是一吊子肉正从街市往村子里走。那个时候，不用说，谁都知道那一定是他出去干私活又赚了钱了。我父亲当然也知道，不光知道，他还对王六从事的木匠行当表现出了极大的兴趣和强烈的向往。多少个夜晚，王六在自家屋子里干一些小活，我父亲就蹲在一旁着迷地看，有时候忍不住手痒痒，趁着王六休息的机会，自己就拿起那些刨子锯子的比画几下，没想到后来居然也能做出一些像模像样的小凳呀小桌的家具了。这不但令王六感到不可思议，就连我父亲自己也惊讶不已。他的想学木匠的想法大约就是在这个时候形成的，这个想法当时几乎占据了我父亲的全部头脑，成为他在那一阶段苦苦追求的一个远大理想。

我父亲的这个想法得到了王六强烈的支持，他说家有万贯不如薄艺在身，就像他，尽管父亲在县城当工人挣工资，但他还是坚持学了这门手艺；虽然说他以后完全有可能接替他父亲进城当一名工人，但他并不觉得学了木匠就是多余，所谓多个手艺多条活路，艺多不压人啊。具体到我的父亲，他既给予了热情的支持，同时也摆出了一些现实的困难，比如跟谁学，工具从哪来，等等等等。我父亲似乎对这一切早有准备，他说跟谁学他早就想好了，远的不说，王六你就是一个好师傅啊；工具不成问题，等情况好了他可以掏钱买，眼下他可以先借王六的用，当然不是白用，王六可以视他的收入情况适当提成，或者他干脆可以替王六义务干些活来顶替工具使用费。王六显然对我父亲的话缺少足够的思想准备，他愣了愣，眼睛又眨了几眨，说跟我学不成问题，反正自己又少不了啥，问题是工具是有使用寿命的，一个人用和两个人用结果当然不同；最让他为难的是他怎么能让我父亲白白为自己干活呢，那是剥削，只有旧社会的地主才会剥削，而现在又不是旧社会，他自己更不是地主，因此，他坚决不会接受我父亲义务给他干活；当然理发例外，因为那是事先说好的，而他，也是付出了承受风险的成本的。王六超乎寻常的好口才着实让我父亲吃惊不小，但他还是准确地品咂出了王六话里的意思，就赔着笑脸，说你想多了，咱俩谁和谁？不过你说的还是有些道理，所以还是适当收取些提成合理些，你看咋样？王六像模像样地思考了一会儿，就嘿嘿地笑了，说也罢也罢，谁叫咱俩是咱俩呢，那就按你说的办吧。

我父亲就这样成了王六的徒弟，并且很快地掌握了一些木工的基本技术。就在他向着自己的木匠理想埋头进发的时候，他并不知道，一个堪称灾难的厄运却已经在前边埋伏好，并且在等着他。

那应该是在父亲学会了制作一些简单的家庭用具之后的某一天，王六兴致勃勃地向我父亲说起了两件事。一是他父亲让他到城里去住一段，说是闲逛，实际上也是替以后的接班做些子铺垫的工作；二是他当天遇到了一位远房的亲戚，通过这位远房亲戚的介绍他接下了给一户人家做些家具的活计。原想着这两件事的时间是能错开的，没想到却偏偏凑在了一起，让他很是熬煎。我父亲一听却笑了，对王六说你到城里是好事，也是大事，自然不能耽搁；那户人家也无非是打些简单家具，他估摸着自己就能给应付了。王六开始觉得我父亲的提议并无不可，但紧接着又表示出了某种担忧。我父亲就保证说是干好那些活没有问题，收入也不用担心，肯定是按当初说好的两个人分。王六紧凑的眉头才算是松了松，说那好，就这样办。

王六去到城里的那天晚上，我父亲拉着那些锯子呀、刨子呀的工具就去了十几里外的那户人家。第一次独立干活，我父亲应该有些小小的兴奋，还有些小小的紧张。尺子细心地量，锯子小心地锯，每一个卯都是认真地凿，每一个钉都是仔细地钉，活干得特别细发。

不出三天，这户人家的活干完了，我父亲的名气也开始在这个村子传开了。需要干活的人家这家请，那家叫，满满地排了足足半个月。我父亲当然是惊喜万分，早上早早起床，中午也不歇晌，逢到需要赶的活晚上点上灯连夜干，好像累呀苦呀的全都跑光了，忘净了。第十五天下午，当我父亲结完了所有的工钱，埋头收拾工具的时候，一个魁梧的、看起来面容慈祥的中年男人走了过来。我父亲招呼他坐，他就坐。我父亲招呼他抽烟，他就抽。我父亲问他是不是家里有什么活，他笑笑点了点头说是。我父亲就赶紧把工具装上车，让中年男人在前边带路，他自己拉着架子车跟在后面走。走到傍晚的时候他们走到了一个村镇。在进到那个有着两扇大铁门的院子后，我父亲才如梦方醒地发现，原来自己是被带进了公社大院了。

我父亲本能的反应先是求饶，哀告说自己这是第一次，并且保证今后绝对不会再有第二、第三次。我父亲说这话的时候中年男人正在给自己的茶杯里倒进开水，一股子浓郁的茶香便在房子里很快地氤氲开来。中年男人似乎对茶水的香气更感兴趣，他鼻子凑在杯子上闻了闻，又扬起头陶醉地吸了一口气，这才抬起手捋了捋自己气派的大背头，在那张办公桌前坐了下来。我父亲那时就站在他的桌前，低着头，垂着手，那样子，可能就像一个犯了错的小学生。

中年男人显然是一个有着非凡耐心的“好老师”，尽管我父亲站在他的面前不停地检讨、保证，但他始终抱着茶杯笑眯眯地看着噤若寒蝉的我父亲一言不发。这使我父亲有些心里发虚，他当时想到的是，这个男人绝对是一个足够厉害的角色，在这种人面前要想含糊其辞蒙混过关无疑只能是一种痴心妄想。我父亲这样想着，他首先想到要做的事情是先把自己这一段时间的“非法所得”交出来。他开始在自己的衣兜里掏，在自己的铺盖卷里掏，然后把那些皱皱巴巴的票子整理得整整齐齐的，恭恭敬敬地放到了中年男人的面前。我父亲战战兢兢地做着这些的时候，中年男人一直笑眯眯地看着他。直到看见我父亲重又老老实实地站在了原地，他才啜了一口茶，问，就这么多？我父亲赶忙接上话，说，确实就这么多。

中年男人把我父亲扫视了一遍，又吐出了一截卡在喉咙的茶叶，这才对我父亲的认错态度给予了应有的评价。他说，看你也像是个老实娃，当然了，也多亏了你是个老实娃。实话告诉你，我以前在公安局是搞刑侦的，那么多狡猾的罪犯也没能逃出我的手心，要不是北村那个骚婆娘拉拢腐蚀，我好歹也能弄个所长什么的当当，而绝不至于到公社来当个破干事。说到这里，他大约觉得说漏了嘴，就把话题一转，说鉴于我父亲较好的认错态度，他决定从轻处理。一是非法工具和非法所得交公；二是写出深刻检讨，要充分认识到走资本主义路线的深刻错误和严重危害；三是保证今后绝不再犯此类错误，并积极检举揭发有这种动向和行为的可疑分子。宣布完了处理决定，他还对自己的宽厚仁慈感叹了一番，说他最大的缺点就是心慈手软，要不像我父亲这种行为，不但要通知村上，还要办学习班，准确地说就是到南山水库去义务劳动一周。还说，前一段他抓住的几个私下里卖棉花的、卖菜的，现在一个个都在那里背石头呢。

我父亲趴在那位中年男人的桌上写完检讨已是深夜。等他拉着空车子走出公社大门的时候，冷风一阵阵地吹过来，远处近处，此起彼伏的狗叫声响成了一片。

4

我父亲当木匠的梦想破灭后的很长一段时间里，脑子里一直浮现的是那位中年男子的笑，这使他坚定地以为在笑容的背后隐藏着的可能是比愤怒还要凶险的东西。因此，那一年夏天的那个下午，当大队支书笑眯眯地找到他时，他的第一个反应就是自己是不是又有什么把柄被人家抓住了。

但这次我父亲的判断显然是错误的，因为村支书来找他确实是一件好事情，是一件比天上掉馅饼差不了多少的好事情。支书说，村上准备筹建小学，按计划秋后就要开学，眼下校舍不成问题，最主要的是上边派不出多余的老师，因此急需从村里有文化的年轻人中物色一个。现在，大队干部们研究来研究去初步确定了两个人，一个是我父亲，另一个就是王六。至于最后究竟让谁去不让谁去，大队的想法是既不偏灯也不向火，由村里的王老先生出题组织一个简单的考试，谁优胜由谁去；待遇问题也不用考虑，暂时是民办，队里按全勤记工分，每月有现金补助，年底参与队里社员分红；最重要的是，教得好的话，说不定什么时候就给转成了吃商品粮的正式教师。

这就是我所说的我父亲有可能选择的第三个工作。当时听了支书的话，我父亲无疑心潮澎湃地激动了一番。但他没有想到的是，支书前脚走王六后脚就来了。王六来了先不说话，只盯着我父亲看，看着看着我父亲就沉不住气了，说有啥话你就说，看我又看不出一朵花。王六就不客气了，说其实你也知道我找你来是什么意思。按说吧，我有接班的可能，当不当这个老师也没有啥，可问题是你也知道，我几个月前去城里待了一段，那事情看来一时半会儿还办不成，而且越往后越难说；最重要的是，也就是在我去城里的那一段，你把我的木工工具让公社给收了，害得我到现在都没法干活。王六一说这话，我父亲的底气就有些不足了。开始的时候王六催要工具，我父亲通过曲里拐弯的关系托了人找了几次，但每一次都无功而返，人家说得很坚决，那些没收的东西不能给，要办展览，用来教育群众。我父亲就又找王六，说是实在对不起，现在要买齐那些东西还给他，就算砸锅卖铁也不够，但是他保证，等情况稍一好转第一件要做的事就是赔他工具。好说歹说的，王六总算答应了。但在这个节骨眼，王六的潜台词显然是：要么不要和他争这个机会了；要么，现在立即马上还他工具。

我父亲一沉默，王六就显得有些不好意思了。说他其实也不愿意和我父亲争，关键是他接班的事情看起来确实难以肯定了。他让我父亲放心，说以他的一贯为人，加上他们两个非同一般的关系，他不会只想自己而不顾我父亲的——他已经想好了，只要我父亲答应退出竞争，作为补偿，他的木工工具他不要了；他还准备把我父亲介绍给他在大队副业队瓦工组当组长的姐夫去当学徒。而且，瓦工必备的那些瓦刀呀抹子呀的一套工具也不用我父亲买，由他全部免费赠送。

王六一口气说完这些话，就站在一旁静静地等待我父亲的反应。我父亲蹲在地上，双手抱着头沉默着，沉默着，最后像是叹气似的说了一个字，好。

一个月后的那个上午，王六走进学校成了一位年轻的民办老师，我父亲背着瓦刀抹子进了副业队当了一名学徒工。同日，被撤了职的队长被民兵押解着游了一回街，跟在他后边的还有那位还俗的和尚。据工作组的人说，队长是贪污公共财产，账目不清，而还俗和尚则是包庇坏人，觉悟不高。我父亲得知后惊出了一身汗，庆幸自己当初退出了果园，若不然，被游街的怕是也有他自己了。

在去副业队的路上，我父亲自然而然地回想起了自己的石匠经历，果园经历和刚刚开始就匆匆结束的木匠经历。只是，我父亲可能不会想到，被命运塞进自己手里的瓦刀最终将会是陪伴自己一生的一件生存工具。

5

若干年后，说起父亲放弃选择教鞭而被动选择瓦刀的事，我们兄妹几个叹息不已，说父亲要是当初选择当民办老师的话应该早就转成正式的了，再弄得好的话，附带着家属也全都转成了吃商品粮的，也省得我们下苦拔力地念书，只为着要奔一个城里人的户口。我母亲则更是借题发挥，说可不是怎么的，一个穷泥瓦匠有什么好，当初结婚的时候彩礼给得少不说，连一些家具竟也是借人家的；现在倒好，人家那些民办老师早就转了正了，退了休啥事不干每个月也有一千多元的进项，哪像我父亲，人一病一分钱也赚不来还得花钱吃药，害得她吃不敢吃，穿不敢穿，简直是倒了八辈子的霉了。

一家人说起这些的时候，我父亲大多不太插话，只是嘿嘿地笑。在那种看似淡然的笑容的背后，谁知道他是不是想起了那些遥远的岁月，想起了在那一段岁月里，那一把瓦刀是怎样陪伴着他走南闯北，支撑着我们家的生活，支撑着他的希望。

回到当年的那个时候，手提瓦刀的父亲可能在短暂的伤感之后立即找到了某种安慰，乃至于满足。这缘于他对瓦工技术的浓厚兴趣，和不久即表现出来的出类拔萃的手艺。几个人砌墙，父亲负责的那一段肯定是第一个起来，而且是横平竖直，搭上靠尺也找不出毛病；一人粉刷一个房间，别人的刚干了一半，父亲已开始在第二个房间忙活了；最绝的是盘锅灶。听说有一年在一家国营食堂干活，负责盘锅灶的老师傅神神秘秘地忙活了几天，试火的时候却总是感觉有些不畅。老师傅一改再改，但总是不很理想。我父亲就耐不住了，说让他试试。老师傅未置可否，我父亲拎着瓦刀就上去了。他先对灶坑里的炉条进行了重新分布，又对烟洞和锅灶结合处进行了修改，再一试，食堂的烧火师傅就笑了，说神了，神了，就这么一日鬼居然好用多了。先前的那位老师傅本来蹲在一边冷眼旁观，这个时候也凑了过来，先看看锅灶里呼呼的火苗，再看看不无得意的我父亲，说能行，碎崽娃子真是能行！

这一段时光无疑是我父亲引以为豪的一段美好时光，不但周围的赞誉不绝于耳，他还很快地被提拔为小组长、瓦工班副班长，乃至于班长；工分涨到了满分，补助也拿到了最高。最让我父亲津津乐道的是，凭着这把瓦刀他不但使我们家在每一年的年终可以从队里领到分红的钱粮，而且还为他赢得了一门满意的婚姻。每每说到这里，我母亲就撇嘴，说还不是听信了媒人的鼓吹，上了那些不能顶吃顶喝的奖状的当，要不她才不会睁着眼往我父亲的这个火坑里跳的。我父亲就笑，笑得像个得意的孩子。

我后来零零碎碎地对我父母的婚姻有些耳闻。在我父亲二十岁那年，由瓦工班那位老师傅做媒，安排我父母见了第一次面。那次见面，我母亲对我父亲似乎并无好感，她的总体印象是个子矮，人还黑，看起来木木讷讷的缺乏生气。因此，当媒人征求她的意见时她回答得就有些决绝。媒人似乎早就料到了我母亲的态度，也不急，说看人不能只看外貌，有本事才最重要。说县城东边的那座大烟囱你见过吧，那就是他修的；省城里中心的那座高楼够气派吧，那是他参与盖的，没有两刷子的人能跟这些事沾边吗？说我不是说大话，像这么优秀的小伙子不说是全县，至少在全公社也是百里挑一了吧。为了增强自己的说服力，媒人后来还特意安排我母亲专门参观了我父亲贴了一面墙壁的各式奖状，在那面花花绿绿的奖状墙前，我母亲终于怀着激动的心情和对未来生活的美好憧憬，豪壮地答应了这门亲事。

但是仅仅是在结婚的当天晚上，我母亲对于自己当初的决定就不得不产生了一些怀疑。暮色降临的时候，随着客人陆陆续续地离去，我母亲惊讶地发现原来摆放在房子里的柜子呀桌子呀的，也一件一件地悄悄消失殆尽了，直到最后放在炕头的一床崭新的缎面被子也被人抱走的时候，我母亲才感觉到了某种不妙。我父亲当然不会无动于衷，他安慰我母亲的唯一方式就是保证，说现在家里边确实是困难，但他敢打包票，不出一年别人家里有的他也会一样不少地挣回来。

我父亲在新婚之夜对于我母亲的许诺当然不是随口说说，在以后的日子里，凭着他的不懈努力，家里的家具在年年增加，而我们兄妹几个也相继来到了人间。

我父亲常说，这些都和那把瓦刀分不开啊。

6

现在想起来，我们兄妹几个的成长的确和那把瓦刀紧密相关。

我们上学的学费，身上的衣裳，偶尔怀揣的几个零钱，无一不是父亲用那把瓦刀辛苦挣来的。以至于后来眼看着升学无望，我父亲首先想到的是买两把瓦刀，大不了跟着他学做瓦工。

在这件事情上我无疑是最让我父亲失望的。按照他最初的想法，至少是要把我培养成他的接班人的，但几经努力，他才发现我并不是那块材料，并从此对我往后的道路深为忧虑。我的两个弟弟就不一样了，他们似乎天然地继承了父亲身上的某些优点，一摸瓦刀就找到了感觉，而且不久就能独当一面了。那个时候，我的父亲带着他的两个儿子在工地上挥汗如雨，在他停下手来歇息一会儿的时候，望着同样手提瓦刀的我的两个弟弟，我父亲无疑是感到了一丝自豪的，他可能想到的是我的弟弟们有了一门手艺，而他要弄了半辈子的瓦刀终于也可以在他的儿子们手里传下去了。这个时候，我的父亲肯定不会想到，他拿瓦刀的日子正在一天天地走向终结，而他的儿子们在不久的将来，也将放下瓦刀，重新走上一条别的生路。

那天的到来似乎没有一点儿征兆。我父亲在给我三弟盖房子，盖一座两间两层的小楼房。按我母亲的意思，叫几个人承包出去，或者至少把我的两个弟弟叫回来一块干。我父亲不让，说就这么一点儿活，他来干，让我母亲当小工。就这样，他们每天起早贪黑地干，主体竟建起来了。就要开始内部粉刷的那天早上，我父亲早早就起了床，当他习惯性地要去茅厕的时候，他才发现自己的腿似乎有些不听自己的话了，明明是在端直往北走，却总感觉到有一股力量在把自己往西扭。他和那股力量抗争着，抗争着，最终却无奈地倒在了地上。等到他再醒来的时候已是躺在医院的病房里，他环目注视着周围陌生的一切，口齿不清地说出的第一句话竟是，没事，病好了，再鼓一把劲争取早日把剩下的活干完。

这当然成了我父亲一个不能实现的愿望和他瓦工生涯的一个最大遗憾。出院后的很长一段时间里，父亲一直不相信脑溢血会真真切切地发生在自己的身上，会毫不留情地把他用了大半辈子的瓦刀无情地夺走。他一天一天地练习走路，锻炼胳膊，但终于未能把那把瓦刀再拿到手里。直到这时，我父亲才不得不承认，那把瓦刀从此是与自己彻底地无缘了。

再过了几年，我的两个弟弟也相继放下瓦刀，改行干了别的。当他们开始把自己的打算告诉我父亲时，父亲只嗯了一声，脸上竟看不出来有什么异常的变化。

7

现在，我父亲几乎成了一个名副其实的闲人。一年四季，他要么在村子里闲走，要么围在象棋摊或是麻将桌边瞧个热闹。偶尔村子里来了卖吃货的，如果父亲兴致不错，他也会很积极地围过去买上一些，然后和几个孙子孙女分着吃。要是看到谁家盖房，父亲必定也是要跑去看的，有时候看着看着忍不住就有话说，只是嘴里呜里哇啦的，别人听不明白，也没耐心听，父亲就铁青了脸，愤愤然地回到家里，谁也不理。

我父亲肯定是又想起自己手提瓦刀的那段日子了。

前两年收拾屋子，我母亲发现了三把瓦刀，锈迹斑斑的，显然是多年未曾用过了，就张罗着说是来了收废铜烂铁的卖了算了，也省得占地方。我父亲一把就夺了过来，说卖卖卖，啥都知道卖，你连这个家也捎带着卖了去！然后，就把那些瓦刀摆放在面前，一个一个地看，也不知道他看见了什么，看出了什么，眼里竟闪烁出一种特别的亮光。

工地上来了个俏女人

1

郭爱娣被她丈夫王光晓领进工地的时候，大伙正围在灶房前的空地上蹲着吃饭。有眼尖的看到了，口里噙着汤水就哧哧地笑，说瞅，瞅，大家瞅。

一群人就都从碗里抬起了头，朝门口看。

那时是夏天，又是正午，太阳火辣辣地照着，空气中似乎浮动着一层淡淡的烟。透过那一层烟，大伙就看见了大门口王光晓和他老婆郭爱娣组成的一道奇特风景。王光晓瘦小，仿若一个没有完全发育的孩子，一手提着一个鼓鼓囊囊的蛇皮袋子，一手提着一个大号的塑料水杯，汗水从那颗圆嘟嘟的大脑袋上瀑布一样往他的小眼睛大嘴巴里涌。因为腾不出手来擦，就死命地闭上一只眼，另一只眼没命地往大睁，看起来就像在有意搞怪，显得滑稽而又可笑。他的老婆郭爱娣则显得高大丰满。她穿着一件浅蓝 T 恤，尽管胸前印了一团盛开的莲花，但依然遮挡不住衣服后面的波涛汹涌。她背着一个乳白色的大包，一只手拿着一根擀面杖，另一只手牵着几乎比她低半头的王光晓的胳膊，这使他们看起来不像是一对夫妻，倒像是一个母亲从某一个地方揪出了自己犯错的儿子要动家法。

人群里就有了笑声，不知是谁嘴里噙着饭笑得呛了喉咙，咔咔咔的咳嗽声在一片笑声里显得突兀而又不合时宜。

光晓你回来了。

光晓你领的这女的是谁?

光晓你狗日的把谁家的媳妇拐来了?

大伙七嘴八舌地调侃着。光晓一边嘿嘿地笑，一边使劲儿地抖着胳膊，想要挣脱他老婆牵着他的那一只手，而他老婆的手似乎是焊在了光晓的胳膊上，任他怎样挣扎却没有一点儿松动的意思，这就使光晓的努力显得徒劳而又可笑。众人就越发地笑得猛了，说光晓呀光晓，你个挨尿的长到你媳妇的身上还摘不下来了呀。光晓就挣得更猛，脸上黑水汗流的，一边挣一边还嘟嘟囔囔地回骂，说吵吵啥，吵吵啥，那么大个老碗还堵不住你们一个个臭嘴呀。

这当儿一辆黑色的小车停在了他们身边，光晓看见包工头孟虎从车里钻了出来。孟虎摘了墨镜，胖嘟嘟的一张脸笑嘻嘻地朝着光晓和他老婆看了一会儿，说这么热闹的，我还以为干啥呢，原来是光晓把媳妇接来了呀，欢迎欢迎。说着，就把一只白白胖胖的手伸向了郭爱娣。郭爱娣犹犹豫豫的，丢了牵着光晓的那一只手接过另一只手里的擀面杖，迟疑着把空着的右手伸了出去。孟虎握住郭爱娣的手，眼睛上上下下地打量着郭爱娣，脸上的笑泛滥得像一锅沸腾的水，说欢迎，欢迎，以后我们这几十号人的肚子可就交给你了，担子不轻啊，哈哈。好好干，我孟虎不会亏待你的，不会亏待你的。哈哈哈。说着就招呼张三李四，说光知道吃，一点儿眼色都不长，你，去把厨房旁边的宿舍收拾一下；你，帮着光晓两口子把床铺收拾一下。哈哈，光晓啊，这下老婆就在你身边了，可得一门心思好好干了呀，哈哈。孟虎对光晓说着话，眼睛却一直没有离开郭爱娣的脸。郭爱娣从孟虎的手里抽出自己的手，脸红红的，说谢谢孟老板，我会干好自己的事情的。就和光晓提着行李往灶房边的宿舍里走。而孟虎一直在原地站着，视线追随着郭爱娣的背影，脸上的笑仿佛凝固了，久久不能散去。

郭爱娣是被招来当炊事员的。原先的炊事员是个五十多岁的小老头，姓张，手脚慢，盐还重，吃了他炒的菜容易渴，正干着活呢一会儿这个喝水那个撒尿，看得孟虎心里不是个滋味；最让他不能忍受的是老张还有一个奇怪的嗜好，没事了总喜欢拿一个手指在鼻孔里抠，抠着抠着就抠出黏稠的一团，又舍不得擦，放两个手指间饶有兴味地揉，直至揉成药丸大小的一团，然后放在指头上漫无目的地弹将出去，也不管是落在了案板上还是锅盖上，完事了也不洗手，抓过面揉面，抓过菜切菜，显得顺理成章而又理所当然。起先的时候，孟虎碰见了还开玩笑，说老张你得是嫌饭菜的味道不够，有意要加上这一道调料呢？老张慢慢吞吞地搓搓手，嘿嘿笑着说我知道这毛病不好，以后坚决改。老张嘴上说改可老张手上却改不掉，几个干活的发现了就嚷嚷，说老张的鼻涕又揉不出壮阳药，凭啥要让大家吃；还说如果再让老张继续做饭的话，大家就绝食呀，就罢工呀。话传到了孟虎耳朵里，孟虎就铁了脸找到老张，说老张呀老张，我又不是没给你说过，你说你这是何苦来？现在不是我在撵你走，是大家在撵你走，你要不走的话我这活怕是就要塌活了，你说我总不能因为你一个人而耽误了这一个工程吧？老张低着个头，手不由自主地又要往鼻孔里掏，见孟虎正看自己，就住了手，忍不住呜呜地哭。孟虎就有些不耐烦了，伸手从上衣口袋里掏出几张百元大钞，说行了行了，这些钱算是我额外给你的，我是在人劳市场找的你，你不妨再在人劳市场碰碰运气；不过，我建议你不要再干炊事员了，去养鸡场或者养猪场干个饲养员倒是不错，那些鸡们猪们又不会说话，你就是把你的鼻涕当成饲料给它们喂，恐怕它们也不会有丝毫弹嫌的。你说是不是？

老张就止了哭声，悄没声息地收拾铺盖了。

打发了老张，孟虎就找到了光晓。孟虎说光晓你上次给我说的事情我答应你了。光晓说得是？孟虎说你个挨尿的，谁还骗你不成，我都和老张说好了，他这几天就走人。光晓就笑得嘿嘿的，说孟老板你真是个大好人，我下午就回去接我媳妇去。孟虎说好，不过咱丑话说到前头，试用期一个月，工资一千块，合适了以后一个月一千六百块，不合适了怎么来的怎么走。你说行不？王光晓笑得嘿嘿的，说成成成，你说咋弄就咋弄。扭头跑回宿舍收拾东西去了。孟虎看着跑远的光晓，就想起了那天王光晓给他看他老婆照片的情景。

那天中午大家都休息了，孟虎一个人到工地里去转。在二楼一个拐角的暗影里，孟虎发现有一个人在那里猫着，正在专心致志地干着什么。起先的时候，孟虎以为是哪个不想跑厕所的蹲在这里大便，心里就先有了气，故意放轻了脚步慢慢地挪到了跟前，大喊一声，谁不睡觉蹲在这里干啥呢？那个人吓了一跳，一边说我我我，没干啥，没干啥，一边就把手里的东西往身后藏。孟虎听出了是王光晓的声音，就走到他跟前，说你个挨尿的，大中午的不睡觉躲这挨刀呀。一边说一边就要看光晓手里拿着的是啥。光晓似乎有些难为情，藏掖了半天，就交出了手里的手机。孟虎接过手机一看，页面上是一个白白净净的小媳妇，胖胖乎乎的脸，眼睛大大的，嘴角翘翘的，虽然算不上十分漂亮，却有着一种说不出的味道。孟虎就笑了，说光晓你个挨尿的，没事了把人家谁家的媳妇放你手机里干啥？光晓嘿嘿地笑了，说不是谁家的媳妇，就是我的媳妇呀。孟虎说你个挨尿的吹吧，这个是你媳妇？光晓说就是我媳妇呀，我刚才还给她打电话了呢。孟虎嘴里哦哦着，却再没有说出话，就把手机还给了光晓转身准备离开。光晓却叫住了他。光晓说孟老板，我有件事想给你说说，不知道行不行？孟虎就转过了身，说你说。光晓说我孩子上小学了，有我妈看着，媳妇在家闲着也是闲着，她想出来打工，去别处我又不放心，你看咱工地有没有合适的事情。孟虎说行，不过我得想想有什么合适她干的。光晓就说，我媳妇饭做得好，蒸馒头蒸包子样样在行，尤其是手擀的面，又筋又长，在我们柳树村那是出了名的好。孟虎说好，好，好，我知道了，有机会我会考虑的，你放心。

孟虎就真的把这件事放在了心上。这倒不全是因为光晓，而是因为他看见的光晓手机上的照片。那照片上的女人真的是光晓的媳妇？他多多少少有些不太相信。

现在，看着那个女人和光晓的背影，他相信是相信了，但心里却有着一种说不出来的味道。他想起了一句话，那句话是，鲜花插在了牛粪上。

2

几乎没费什么劲儿，郭爱娣就赢得了工地上那些男人们的称赞。只是大伙都不叫她的名字，而叫她胖胖。起先的时候是一两个人背地里叫，后来是三五个人小声地叫，再后来是好多的人光明正大地叫，上下嘴唇轻轻地一碰，一个“胖胖”倒也叫得亲切热火。郭爱娣也无所谓，爱叫啥叫啥，关键是大伙接受了她，喜欢她。这和她的性格有关，爱干净，开朗，不偷懒，还泼辣，分内的事情干，分外的事情看见了只要有时间她也愿意干。今天是帮这个缝一缝裤子，明天是替那个洗一洗衣服，再后天谁要给家里寄东西她也会借买菜的工夫顺便跑一趟邮局；还开得起玩笑，管你是荤的素的，你能说她就能接，往往倒弄得那些大男人扭扭捏捏的很不自然了。最主要的当然是手艺好，也耐泼烦，这顿是手擀面，下一顿不是馒头就是花卷，有时候时间充足了，包包子捏饺子也有可能。男人们吃得欢心，干起活来就有劲头，见了她尽是笑脸抢着答话，这个说胖胖你买菜呀，那个说胖胖你淘米呀，有话没话的只要是碰见了，好像不叫一声胖胖就吃了亏似的。

王光晓却不喜欢别人这样叫。不但不喜欢别人这样叫，更不喜欢有的人有事没事地往郭爱娣跟前凑。

不喜欢归不喜欢，面子上还是要过得去的。光晓是小工，负责给匠工贺老三递砖供灰。贺老三手艺好，脾气也大，断砖了少灰了少不了斥骂王光晓，王光晓也不恼，谁让自己是伺候人家的小工呢。

要么觍着脸你爱骂啥骂啥去，要么就只嘿嘿地笑，仿佛那些骂人的话到了他的耳朵里反倒成了好听的话，只是给你笑，反倒让贺老三没了脾气。自打郭爱娣到了工地之后，贺老三明显像变了一个人，不但不再责骂王光晓，而且还常常主动停下手里的活计和王光晓说说闲话。那一天快收工的时候贺老三把瓦刀朝灰堆里一插，伸手掏出一包烟用嘴叼了一根，又顺手甩给王光晓一根，一边吸一边就朝灶房的方向望了一眼。他看见郭爱娣正在水管前洗菜，露了一截胖嘟嘟的白胳膊，屁股圆鼓鼓地翘着，胸前的双乳随着身子的晃动顶得衣服一胀一鼓的。就狠吸了一口烟，说光晓呀光晓，我感觉你个挨尿的最近有些不对劲儿。光晓说咋不对劲儿？贺老三就笑了，说你看你白天干尿个活没精打采的，不会是把力气都用在了晚上吧？王光晓就笑了，说就你爱胡想。贺老三嘿嘿笑了，说我给你讲个故事吧。一个小伙结婚之后整天贪恋床上的事，几乎天天不落，眼见着一天天消瘦下去，老父亲急呀，又不好说，就想了一个方法。第二天买了一罐蜂蜜，叫来儿子说你尝尝这个，儿子尝了一口说哎呀，这个可是好东西，就抢过罐子又要吃，父亲一把夺过罐子，沉了脸说，好东西是叫你留着一天天慢慢吃的，一次吃完还不腻死你？儿子一愣，品出了话里的意思，羞红了脸，从此不再整天赖在床上缠着要干那事了。

王光晓还在想着贺老三的话，贺老三自己先哈哈地笑了，说光晓呀，我就想不通了，你个挨尿的一晚上守着那么大两个热馒头咋就越吃越瘦呢？光晓说去去去，谁跟你一样，半个月不见老婆就恨不得把你的东西往墙缝缝里塞。贺老三跳下架说你个挨尿的还敢翻嘴了，看我不把你裤裆里的小玩意掏出来喂狗去。就捉住了光晓的双手反剪到背后，又一个绊腿将他放倒在地上，伸手去解他的裤带。光晓躺在地下扭动着笑骂着，引来了一片笑声和叫声。贺老三像是受到了鼓舞，不管光晓在身下声声告饶，闹得更加起劲儿了。这时候他听见有人说快住手快住手，胖胖来了。抬起头就看见郭爱娣正朝工地这边走过来。他就放了光晓，起身拍了拍手，笑着和郭爱娣打招呼。郭爱娣看着正起身提裤子的王光晓，说你看你啥样子，这么大的人了还这么没正形。光晓不说话，只嘿嘿地笑。贺老三脸上却就有些挂不住了，说那有啥，我们就是玩玩么。郭爱娣换上了笑脸，说光晓和你玩那还不是老鼠和大象玩，能有他的好？贺老三就来劲了，说那我不和光晓玩和谁玩？难道和你玩？郭爱娣就笑了，说行啊，和我玩就和我玩，你说玩什么，怎么玩？

众人就像是老鸹窝戳了一竿子，哗的一下哄笑着围成一圈。贺老三脸就有些红了，吭哧了半天，说算了算了，鸡不跟狗斗，男不和女斗，我和你玩什么呀？众人不依，说贺老三你挺大个男人咋就是个松尻子呢，你以后干脆蹲着尿尿算了，白披了一张男人皮呀你。贺老三脸就更红了，憋了半天说玩就玩。又抓着头皮想了想，对郭爱娣说，是这，我就在这站着，你要是能把我推着退后三步就算你赢了。郭爱娣笑着说行啊，要是推动了咋办？贺老三说你说咋办就咋办。郭爱娣说好，要是推动了你当着大伙的面叫我三声姐。贺老三说行，你要是你输了呢？郭爱娣说我输了我当面叫你三声哥。贺老三哈哈笑了，说你要输了我不要你叫哥，你只要叫我三声老公就行了。郭爱娣爽快地回答说行，一言为定。众人一哇声地拍手叫好，光晓却悄悄拉了一下郭爱娣的衣服，悄声说，胡闹啥哩，甭胡闹。

贺老三当下就在人群中站定了，定睛看着对面的郭爱娣，郭爱娣笑盈盈的，往后面捋了捋头发，慢慢地朝贺老三走去。快要近身的时候，只见她加快了速度，猛地往下一蹲，双手抓住贺老三的双腿，用头狠劲地朝肚子一拱，贺老三就四仰八叉地倒在了地上。众人哗哗地拍着手，嗷嗷地叫着。郭爱娣依然笑盈盈的，对正要爬起来的贺老三说，怎么样，是我叫你哥呢，还是你叫我姐呀。贺老三一边揉着屁股，一边吭吭哧哧的，脸都快要憋成了猪肝色，说不算不算，那是我没准备好。众人就又是一阵哄笑，说贺老三真不是个带把的，要又要不起，说话还不算数。就说笑着簇拥着郭爱娣吃饭去了。

那天是臊子面，大伙嘻嘻哈哈的，比往常多吃了许多。

男人们吃得高兴，郭爱娣看着心里也高兴，做饭呀买菜洗菜呀，整天笑呵呵的干得就更起劲儿，工地里的气氛似乎也比平常活泛了许多。但偏偏在这个时候却又发生了一件意想不到的事情。

那一天晚上郭爱娣收拾停当擦了个澡，就上床躺下了。外面男人们有的在看电视，有的聚在隔壁的宿舍里打扑克，吵吵嚷嚷地好不热闹。郭爱娣给家里打了个电话，问了问孩子的情况，又和孩子说了一会儿话，就熄了灯，慢慢地有了睡意。还没睡实，宿舍的木门吱扭一声被推开了，接着就闪进一个人影，似乎还带着一股子酒气朝床边走了过来。郭爱娣说光晓你又喝酒了，不让你喝你总要喝，怎么就是不长记性呀。王光晓原本住在集体宿舍，郭爱娣来了之后，他就搬进了她的宿舍，却总贪玩，一晚上打完牌或者看完电视才悄悄地溜进来，那时候郭爱娣大多已经睡着了，他也不说话，一般是悄悄上了床脱了衣服睡。郭爱娣说完那句话翻转身接着睡，那身影就靠近了床边，一双手先是在郭爱娣的胸前摸，接着就移向了腹部，移向了双腿，然后狗熊一样的身子就要往郭爱娣的身上压。郭爱娣猛地一个激灵，一声低吼，说谁？一伸腿就把黑影扑通踹到了床下。黑影一边哎哟哎哟地呻吟着，一边就要起身往门口跑，却绊了一跤，躺在地上哼哼唧唧地爬不起来。

郭爱娣胡乱披了一件衣服，随手抓过一把笤帚就拉亮了电灯，这才看清楚地下躺着的人原来是贺老三。贺老三低着头，头发乱糟糟的，眼睛红通通的，一副可怜吧唧的样子，说不要喊，求求你不要喊，我不是人，我不是人，你说怎么办就怎么办。郭爱娣涨红着脸，胸脯一起一伏的，手握着笤帚高高举起，却又突然丢到了地上，恨恨地说了一声，滚！贺老三却不敢动，说我混蛋，我不该这样。就在口袋摸索，掏出了两张皱皱巴巴的票子，说反正我也没怎么样，这个，这个给你，只求你别说出去。就把钱往郭爱娣的手里塞。郭爱娣把贺老三伸过来的手往旁边一打，说叫你滚你还不滚！就揪着贺老三的胳膊往起一拉，又在后背用力地推了一把，嘭的一声关上了门，气乎乎地躺回床上去了。

王光晓回来的时候见郭爱娣还没有睡着，就三两下褪了衣裤手往郭爱娣的身上摸，郭爱娣背过身说走开。王光晓却偏不走，嘿嘿笑着手又往过伸，郭爱娣就恼了，胳膊一抡就把王光晓推到了床下。王光晓这才发觉似乎有点儿不太对劲儿，就赤裸着身子问怎么了？郭爱娣说没事，睡觉。王光晓就悄没声息地爬上床，心里打着鼓，却不敢再问，老老实实地躺下睡觉了。

王光晓的鼾声响起的时候，郭爱娣还是不能入睡。她翻了个身，又翻了个身，睡不着，还是睡不着。

3

晚上没睡好，第二天郭爱娣还是起了个早，该干啥干啥，该说说笑笑还说说笑笑，好像晚上的事情压根儿不曾发生。贺老三却不自然，见了郭爱娣躲着走，吃饭的时候躲不过，也是低了头端着饭碗就走，找一个没人的角落悄悄地吃，人看起来蔫儿了许多。就有人拿他开心，说这个挨尿的今儿咋没精打采的，得是晚上打飞机把劲用完了。贺老三既不回骂也不接话，心事重重的，只是吃。

大伙都上工地的时候，郭爱娣开始收拾锅碗，隐隐地感觉身后像是有人，一转身就见贺老三蔫扑塌塌地在身后站着，不由心头一紧，说你干啥？贺老三像是被这一声吓住了，脸上笑不像笑，哭不像哭地说，你别怕，你别怕，我找你有事情。郭爱娣瞪着贺老三，说你该干啥干啥去，你找我能有啥事情。贺老三眼巴巴地看着郭爱娣，又不时地朝门外瞅瞅，最后竟扑通一声跪在了她的面前。他说我不是人，啪，往自己的左脸抽了一巴掌。他又说我是畜生，啪，又往自己的右脸抽了一巴掌。他说胖胖，不，郭爱娣，我知道我错了，我只求你不要把这事说出去，我求求你，求求你了。说着从口袋里掏出了一沓钱，说我没有别的意思，我只求求你不要把这事说出去。郭爱娣看着眼前的贺老三，一时显得有些惊慌失措。她把一双湿手在围裙上擦了擦，不容置疑地说，你起来。贺老三疑惑地看着郭爱娣，颤颤巍巍地站了起来，说这是一千元，本来是要往家里寄的，我现在全交给你。郭爱娣盯着贺老三，一字一板地说，贺老三你听着，要是识相的话你就装上你的钱赶快滚出这间房子，我不欠你的，你也不欠我的，你要是还在这里死磨硬缠的话，我现在就把这事喊出来。贺老三被郭爱娣的阵势镇住了，说你别喊，你别喊，我走，我这就走。快快地收起钱，转过身朝工地上去了。

看着贺老三远去的背影，郭爱娣感觉心头像是堵了一团什么东西，就长长地出了一口气，转过身继续忙活起来。

转眼又过了十多天，工地里还是一如既往地忙碌嘈杂，好像除了郭爱娣和贺老三谁也不知道那天晚上发生的事情。但这一切其实早已被一个人看在了眼里。这个人就是孟虎。孟虎那天晚上在工地里转了一圈肚子有些饿，本来想去灶房看看还有什么吃的，见郭爱娣的房间灭了灯，正准备转身往回走，就看见贺老三溜进了郭爱娣的宿舍。他那时刚走到一堆架板前，就在那里驻了足，目睹了事情的全部经过。当时看见贺老三出门时狼狈的样子，他摇了摇头，似乎还莫名其妙地想要笑。想归想，但他终于没有笑出声。

孟虎说话算话，郭爱娣来工地满一月的那一天上午，他让人把郭爱娣叫到了自己的办公室。郭爱娣那时候刚收拾完锅灶，洗了头，换了一件粉色的T恤，清清爽爽地来到了孟虎的办公室。孟虎的办公室在那排简易房的最里面，外面看起来和工人们住的宿舍别无二致，但里面收拾得干干净净的，装了空调，摆放着办公桌、沙发。最里面挂着一道帘子，没有拉严，可以看见一张床的一角。郭爱娣进去的时候，孟虎正在埋头看一份工程进度表，看见郭爱娣进来，他连忙抬起头，说来了，坐坐坐。又去接了一杯水递给郭爱娣，说这一段辛苦你了，先喝杯水。郭爱娣接过杯子在沙发上坐着，看见孟虎理了个寸发，一张国字脸刮得干干净净的，高高大大的身子走回办公桌前站了，正笑眯眯地看自己，就也回了个笑，心想，这孟虎其实是一个长得很男人的男人呢，平时怎么就没发现？

哈哈哈，孟虎朗声地笑着，说这一段干得很不错，大家有目共睹，有目共睹啊，哈哈。今天找你来就是告诉你，你的试用期结束了，大家很满意，我也很满意，你就安安心心留在咱这里好好干吧，待遇好说，我亏不了你，我敢保证亏不了你，你说说还有什么困难，有困难就对我说，千万不要客气哦。郭爱娣说谢谢领导，我没有困难，我一定会好好干的。孟虎说好，有什么事你随时可以找我说，从今天开始我就住在工地了，有事情你可以随时找。说着又拉开了抽屉，取出一个早已准备好的信封，说这是你这个月的工资，下月可就是一千八了，你先点点。郭爱娣起身接过信封取出钞票坐在沙发上点，完了说不对呀。孟虎说怎么了，少了吗？郭爱娣说不是不是，多了，多了五百。孟虎就又哈哈地笑了，说没有多，那五百是奖励，咱们工地每月会按照个人贡献多少给予奖励，这五百是奖励你的。郭爱娣就涨红了脸，说不对不对，我刚来能有什么贡献呀，就数出五百元往孟虎手里塞，孟虎则摆着双手往回挡，说奖励你的你就拿。两个人推来让去的，不小心碰倒了一旁的水杯，热水洒了郭爱娣一裤子，她就哎呀叫了一声，显得有些不知所措。孟虎急忙扶起杯子，又拿过一条毛巾在郭爱娣的潮湿的屁股上擦，刚擦了一下，郭爱娣就抢过了毛巾，说我自己来。噌噌噌擦了几下，扔了毛巾说再没什么事我就走了。红着脸一转身跑出门外去了。

孟虎站在原地没有动，看着郭爱娣远去的背影，又看一看郭爱娣坐过的沙发，最后抬起那只在郭爱娣屁股上擦过的手在鼻子上闻了闻，一个人不出声地笑了。

中午吃饭的时候，工人们喜气洋洋闹闹哄哄，敲碟子打碗地议论谁谁谁奖金拿了多少，谁谁这下又要往街边的洗头房里跑了。贺老三却蔫头耷脑地站在一边，不言不语的，像一棵霜打的茄子。有人就取笑，说贺老三你个挨㞞的，不就是这个月没拿上奖金吗，看你那样子，像不像下了杆的猴，卸了套的牛，炸了饼的油，吃了活的㞞。大家就笑，说像像像，说贺老三现在这样子真的要赶上“四乏”了。贺老三抬起眼睛却说不出话，翻翻这个，瞅瞅那个，脸上堆起一层无奈的笑。正在这时，王光晓夹着个碗笑嘻嘻地走了过来，有几个人就扭过了头，说光晓你个挨尿的要请客，你老婆又在，你该不会也把那几个糟纸纸往洗头房里去送吧？光晓说去去去，谁像你们，有俩钱就知道去塞小姐的黑窟窿。有人就说了，说光晓不去，光晓连他老婆的都塞不满呢。光晓说我能塞满你老婆，你不让我塞么。两个人就开始斗嘴，你一言我一语的，淹没在一片哄笑声里。

孟虎就是在这个时候走过来的，穿一件纯白的短袖，手里拿着个饭盒，笑呵呵的。大家就止了哄闹，说孟老板也开始与民同吃同住了呀，这说明胖胖的手艺好，咱工地的伙食改善了呀。孟虎说可不是，没看见你们大伙一个个都上膘了，还不是人家胖胖喂得好。众人说是是是，要是你再给大家多喂点儿奖金那就更好啦。孟虎哈哈笑着说没问题，只要大家好好干，我一定不会亏大伙的。众人也跟着笑，一边就让开一条路让他先打。孟虎伸出饭盒递进窗口，郭爱娣接过去麻利地打好饭菜又递出来，后边的人再接着打。很快地，灶房外就围成了一圈儿，说笑声，咀嚼声响成了一片。

吃罢饭收拾好，郭爱娣回到隔壁的宿舍的时候，王光晓正趴在床上拿着一沓钞票一边清点着一边嘿嘿地笑。看见郭爱娣进来，他噌地溜下床掩上门，踮起脚就在郭爱娣的脸上啄了一口，说想死啦，想死啦，就要伸手去揭郭爱娣的衣服，郭爱娣挡开他的手，说大白天的，就光知道干那事儿，吃桑葚还等不得黑了呀。光晓就嘿嘿地笑，说等到黑就等到黑。转身抓起了床上的那沓钱，说给，也不知道走了什么狗屎运，这个月光奖金就多了五六百呢。郭爱娣问，贺老三多少？王光晓说，贺老三背，这个月一分钱奖金也没有，也不知道啥原因，一个大工没奖金，却奖了我这个小工。郭爱娣就没再问，说下午还要忙，抓紧歇一会儿吧。自己就先躺到床上了。

贺老三在那个中午却无论如何睡不着，他想不通的是原来几乎每月不缺的奖金这个月怎么说没就没了。左想想不通，右想想不通，就起身去了孟虎的办公室。孟虎似乎刚刚打完电话，面无表情地说，大中午的不休息跑我这儿来干啥呀？贺老三说我想不通。孟虎说想不通可以慢慢想。贺老三说我想不通为啥这个月就我没奖金？孟虎说你没奖金是我不乐意给你发奖金。贺老三说我我我我……孟虎说你咋？钱是我的我爱发给谁就发给谁，你不愿意也没有人硬拉着你绑着你。贺老三眼睛翻着翻着，眼泪都快要流出来了，却说不出一句话。孟虎已经有些不耐烦了，摆着手说去吧去吧，你不睡，我还想睡一会儿呢。就把贺老三推到了门外。

贺老三站在门外的时候，眼泪已经哗哗地流出来了。他抬起手使劲儿地擦了一把，低着头慢慢悠悠地回到宿舍去了。

4

五层楼快要封顶的那一天孟虎显得特别的兴奋，他在工地上兴致勃勃地转了一圈，然后往一块平坦的地方一站，说最近工程进度进展不错，大伙好好干，今天晚上给大家加餐，有酒有肉，大家放开肚子尽饱吃。脚手架上的工人们就一个劲儿地叫好，说孟老板真是个好领导，大家抓紧干，到了晚上喝酒吃肉呀。

从工地转回来，孟虎直接去了郭爱娣的宿舍。到了门口刚要推门，手却返回来蜷起几根指头梆梆梆梆地敲了几下。里面就传出了郭爱娣的声音，问是谁呀？孟虎说是我，找你说个事情。郭爱娣就应了一声，拉开门，看见孟虎正笑呵呵地看着自己。她刚刚换下了工作服，穿着那件粉色的低领T恤，胸部的曲线柔美地延伸着，露出脖颈下面一片白花花的嫩肉。孟虎把目光从郭爱娣的胸前拽回来的时候，感觉自己的心跳似乎莫名地加快了一些，就哈哈哈干笑了几声，说难怪大家都叫你胖胖，你是一个很漂亮迷人的胖胖呢。郭爱娣一边把孟虎往进让，一边说孟老板说笑了，我一个三十多岁的农村女人，漂亮什么呢，迷人就更谈不上了。孟虎说真的真的，我可没骗你，你没看工地上那些男人有多少双眼睛叼着空偷偷看你哩。郭爱娣说爱看呀看去，谁还能捂上别人的眼睛？孟虎说那是，那是。

就转了话题，说最近赶进度，大家都很辛苦，我想的是今天晚上给大家加餐改善一下伙食，是这，你收拾一下，我开车拉你去买些菜。郭爱娣说好，也没啥收拾的，那就走吧。两个人就相跟着出了门，朝院子里停着的黑色小车前走。眼看着孟虎钻前边的驾驶室门，郭爱娣就要开后边的车门，孟虎却在前边开腔了，说，坐后边干啥，来，坐前边吧。就伸出右臂斜过身子推开了副驾驶那边的车门。

看着郭爱娣坐好，孟虎拧动钥匙，踩一脚油门车就驶出了工地大门。孟虎又开了音乐，问郭爱娣喜欢听啥。郭爱娣说你随便，你放啥我听啥，也没有什么特别喜欢的。孟虎就放了一首老歌，声音不大，在车里轻轻地唱。车过一个小区的时候孟虎对郭爱娣说，看见那个光明小区了吗？郭爱娣说，哦，看见了，挺气派的。孟虎笑了笑，说我在这里边有一套二百平方米的大房子，可惜的是现在只是一座空房子了。郭爱娣就有些不解，说空房子？那你老婆不在那儿住？孟虎摇了摇头，说老婆早跟别人跑了。郭爱娣就问是怎么回事？孟虎顿了顿，慢慢说道，我常年在外面忙，基本上不太回家，没想到她和小区一个保安搞到一块了。有天晚上我很晚才回家，敲半天门不见开，等到摸出钥匙开了门，就看见她床上躺着那个光溜溜的保安。你说我能咋？我摔上门扭头就往外走，她在后边追，说她错了，要我看在孩子的面子上给她机会。我当然给了她机会，我给了她一百万，说孩子归我，这钱也是看在我们生活了十几年的情分才给你的，拿了钱你走你的阳关道，我过我的独木桥。她哭哭啼啼地接了支票，没过多久就和那个小保安结婚了。

哈哈哈，孟虎像是在讲别人的故事，说完就哈哈地笑了起来，说所以我现在是天不收地不管的，一个人倒也落得自在。说完又看郭爱娣，说，不说我的事情了，你知道我老家在哪儿？郭爱娣问在哪儿？孟虎说我老家在卧牛坡，离你们柳树村三四十里路，我以前去过你们村。郭爱娣说哦。孟虎又说你们村姑娘俊，媳妇俏，一个个手又巧。郭爱娣就笑了，说真有那么好，那我将来给你介绍一个？孟虎说好啊，要介绍就选像你这样的。郭爱娣脸一红，说我有什么好的？孟虎就又转了话题，说你当初是怎么跟的王光晓？是自由恋爱呢，还是别人介绍的？郭爱娣说，自由什么呢，媒人介绍然后就结婚了，过日子么，人实在，靠得住就行，能有什么呢？郭爱娣嘴里这样说，心里却想起了她跟王光晓结婚的前前后后。

郭爱娣和她相恋了多年的同村青年郭光荣马上就要谈婚论嫁的那个夜晚，郭光荣把她约到了村东的小河旁。郭光荣说他有一个好消息，一个坏消息，问郭爱娣先听哪一个。郭爱娣说先听好消息。郭光荣就说，他的工作有眉目了，说高中读了几年，大学上了几年，工作又找了几年，现在县教育局的大门终于向他打开了。说这就是好消息。郭爱娣说真的呀，这真是天大的好消息呀，就拽着郭光荣的胳膊问，那坏消息呢，有什么坏消息？郭光荣低下了头，一只脚在地上踢着踢着，再抬起头的时候，眼里已经满是泪水。郭爱娣心头就抽搐了一下，说什么坏消息，你说啊！郭光荣擦了一下眼泪，说我为什么能进教育局？那是因为我父亲托人求到了教育局一个办公室主任，主任答应事情包在他身上，但前提是要把他的一个侄女介绍给我。郭光荣说完这些已经站立不住，他双手捂着脑袋蹲在地上，原来低声的啜泣已经变成了沉闷的呜咽。郭爱娣在那一刻脑子里先是一阵空白，接下来还是一阵空白，最后竟嘿嘿地笑了，说光荣你不要哭，这是好事你不要哭；其实是我错了，自打你上了高中上了大学我就怀疑是我错了，现在看来真的是我错了。郭光荣像是被郭爱娣的笑声给吓住了，止了哭声就站起来去看郭爱娣，明晃晃的月光下，只见她脸上带着笑却挂着两行晶亮的泪水，就去拉她的手，问，你没事吧？郭爱娣挣脱了郭光荣的手，说我没事，我祝贺你有工作了，你走的时候我就不送了。说完背转身飘飘忽忽地往家走。

在家里躺了一个多星期，郭爱娣起来洗了脸，好好地吃了一顿饭，又去剪短了头发，就又恢复了往日的生活。再过一个多月，媒人介绍和王光晓见面，郭爱娣说见就见；见完面父母问感觉怎么样，郭爱娣说就那样。父母说娃呀，这可是一辈子的大事，你千万不敢委屈了自己。郭爱娣说我已经委屈过自己了，从现在起我绝对不会再委屈自己了。结婚前，父母和郭爱娣商量提些啥条件，郭爱娣说该怎么办就怎么办。结婚后郭爱娣人面前照样嘻嘻哈哈，晚上了却不让王光晓近身。郭爱娣不让，王光晓就不动，两个人各自睡。半年多后，郭爱娣有一晚睡觉前有意只铺了一床被子自己钻进去睡，王光晓就愣愣地站在一边傻傻地看。郭爱娣问王光晓我是不是你老婆？王光晓说是。郭爱娣又问王光晓你是不是我老汉？王光晓嗫嗫嚅嚅不说话，郭爱娣就再问，说你是不是我老汉？王光晓憋得脸红脖子粗，说我是你老汉，我咋不是你老汉，就三两下丢剥了衣服，赤条条地钻进了郭爱娣的被窝。

两个人浑身是汗地喘着气的时候，王光晓搂着郭爱娣丰腴滑溜的身子竟变得哽哽咽咽的，说我王光晓知道自己不配你，我今后一定好好对待你，我要是对不起你就叫我出门时撞上车，干活时掉下架。郭爱娣连忙捂了王光晓的嘴，一只手却绕过脖子将他搂得紧紧的。

郭爱娣正走神的时候车已停了。孟虎说到了，郭爱娣这才发现市场已经近在眼前了。两个人走进去，大肉蔬菜酒水买了一堆，全放进了后备厢，却不急着走，说，时间还充裕，我带你去个地方。郭爱娣问哪里，说我还要赶回去做饭呢。孟虎说不急，就在附近，难得出来一趟随便逛逛嘛。郭爱娣就不再坚持，跟着孟虎出了市场朝右手边的一条商业街去了。在一家门前蹲着两座金色狮子的宏伟建筑门前，孟虎停住了脚步，说到这里进去看看。郭爱娣刚看清楚“鸿福金店”的招牌，门口站着的两个礼仪小姐已经笑盈盈地做出了里面请的手势了。郭爱娣就有些犹豫，说我又不买，还是就不进去了吧。孟虎说哪里话，既然已经来了就进去看看吧。就拉着郭爱娣的胳膊往进走。郭爱娣本想挣脱，看见门口的礼仪小姐都在看着这边，就跟着走进去了。

孟虎把郭爱娣直接领到了一处首饰专柜前。两个人刚站定，服务员就热情地招呼两个人要点儿什么。郭爱娣正愁怎么回答，孟虎说话了。孟虎说你看看她戴哪一款项链好给推荐一下。服务员把郭爱娣看了一眼，甜美地一笑，说夫人人白皮肤好，这一款一定适合的。说着就抓起一条项链递了过来。仿佛服务员手里提着的是一条毒蛇，郭爱娣下意识地就要朝后躲。孟虎笑着接过项链，小声对郭爱娣说，这链子又不咬人，你躲什么？郭爱娣说我一月才挣多少钱，我又不买。孟虎说，你不买我买呀。我有个朋友长得和你差不多，所以这才想让你帮我试试呀。郭爱娣脸一红，这才站住了身子让孟虎帮着把项链往脖子上挂。挂好项链孟虎又把郭爱娣往镜子前拉。站在镜子前一照，金灿灿的项链在郭爱娣白皙丰润的脖颈下熠熠生辉，更加衬托得她粉嫩圆润的脸颊越发生动诱人。孟虎就拍着手笑了，说好好好，就是这件了，服务员，多少钱？服务员的回答原价两万元，现在搞活动，也是图个吉利，优惠价一万八千八百九十吧。郭爱娣被这个价钱吓了一跳，孟虎却哈哈地笑了，说好，好，就这件，麻烦包装一下。服务员掩饰不住内心的喜悦，笑逐颜开地收钱开票包装项链去了。

走出店门的时候，郭爱娣绷紧的神经才放松了许多，就问孟虎，买这么贵重的东西是不是要送心上人呀？孟虎哈哈地笑着，说我要是送给你，不知道你要不？郭爱娣就笑了，说孟老板又在开玩笑了，我是你什么人，怎么能要这么贵重的礼物。孟虎也笑了，说我是想送给心上人，可是人家肯不肯接受可就难说了。郭爱娣就不再说话，掏出手机一看时间，说糟糕，晚上饭怕是要迟了。孟虎说没事，我给你打下手，保准迟不了。

两个人就朝停车的地方走去。

5

回到工地下了货，孟虎果然撸胳膊挽袖子冲进了厨房，逮住菜就择菜，逮住肉就切肉，风风火火的，倒也干得有模有样。郭爱娣就笑了，说没看出来，孟老板你这干大事的人对厨房里的活居然也这么在行啊。孟虎一边忙着手里的活，一边说什么老板不老板的，老板又不是天生的，我当初在老家种地做生意，什么精都成过，后来在工地从小工做起，搬砖和灰砌墙全干过，这点儿事情算得了什么啊。郭爱娣说那还是你有本事啊，要不怎么就你成了老板。孟虎就笑，说有什么本事啊，有本事怎么到现在还是光杆杆。郭爱娣说那是你眼头高，要不然你后面跟着的大姑娘还不排成队。

两个人说着笑着，一顿丰盛的晚餐就做好了。

两个人又在灶房前支好桌子摆上菜，郭爱娣看了看表，离收工的时间还有半小时，孟虎却说不等了，叫大家趁热吃。就绕过一堆堆砂石材料来到工地前对着上面喊，收工，收工，今天提前收工大家好好吃一顿。上面的工人们叫着好，一个接一个地就停了手里的活，下了脚手架去洗手洗脸。孟虎一边招呼着大家，一边自己却上了脚手架，一直上到了眼看就要砌完墙的五楼，一段一段地查看着刚刚砌好的墙面。虽然有专职的质检员，但孟虎多年来已经养成了习惯，一有空闲，总喜欢上到脚手架这里瞧瞧那里瞅瞅，倒也能发现一些这样那样的问题。走到贺老三和王光晓负责的工作段，他特意眯起眼睛打量了一下，心想，贺老三这家伙还真是个出色的工匠，他砌的墙横平竖直，还真挑不出什么毛病，就想着上次扣发了他的奖金是不是有些过分，但转念一想起他摸进郭爱娣房间的样子，他内心刚刚涌起的那一丝愧疚便很快地烟消云散了。他用脚踢了踢横在脚底下的灰斗，心想这王光晓也真是毛手毛脚，放个灰斗都不知道竖着放，横起来也不嫌干活碍事。用脚踢的时候，感觉脚底下咯吱咯吱地响，正要弯腰去查看，却发现从房间里冒出了贺老三。贺老三嘴里叼着根烟，光着个脑袋，双手正提着个裤子系裤带，猛一看见孟虎不由就吓了一跳，说是孟老板啊。孟虎看了看贺老三，说你看你，说了多少次，不许在工地大小便，你不在工地解决不舒服啊？贺老三吐了嘴里的烟，谄笑着，说闹肚子，实在夹不住了啊。孟虎就挥了挥手说，算了算了，肚子也腾空了，赶快下去吃饭吧，以后再这样可别怪我不客气啊。贺老三说好好好，就跟着孟虎一起下了脚手架朝灶房走去。

孟虎回到灶房前的时候，一帮子人已经围着桌子坐定了，个别性子急的耐不住酒肉的诱惑，已经伸手去吃肉喝酒了。孟虎哈哈笑着，说吃，开吃，能吃多少吃多少，能喝多少喝多少，咱们今天也来个一醉方休怎么样？大伙说好，就抄菜的抄菜，撕肉的撕肉，咀嚼声说笑声响成了一片。王光晓嘴里噙着一块鸡腿，腾出双手倒了一杯酒站起来走向孟虎，说咱们能有今天多亏了孟老板，我这第一杯酒先敬孟老板。孟虎哈哈笑着接过酒杯，仰脖一饮而尽，说王光晓这杯酒我喝了，不过，今天不是大家敬我，而是我敬大家，为什么呢？王光晓刚才说大伙能有今天多亏了我，其实，没有大伙哪有我孟虎的今天呀，因此，今天我要敬大家，每个人都要敬到。说着就抓过一瓶酒，挨着桌子一个人一个人地挨个敬酒。

一番酒敬下来，孟虎已经是双腿打软口齿不清，但他依然哈哈笑着，看见了正在端菜的郭爱娣，就提着酒瓶走了过去，满满地倒了一杯，说你辛苦了，这杯酒我代表大家诚心敬你，你可不要不给我面子啊。郭爱娣接过酒杯刚要喝，王光晓却走了过来，悄悄拉了一下郭爱娣的胳膊，对孟虎说我能不能替她喝？孟虎说不能，坚决不能，你要喝我一会儿再敬你，这杯酒是敬郭爱娣的，你闪远。光晓站在那里就没话了。郭爱娣举着酒杯笑吟吟的，说孟老板敬的酒我当然要喝，就仰起脖子咕咚一声一饮而尽。大伙正在鼓掌叫好，她又顺手倒了一杯，说这杯酒是我们两口子敬你的，祝你事业兴旺财源广进。孟虎说好，这杯酒我喝，一定得喝，接过酒杯刚刚喝下去，双腿一软，人就瘫在了地上。王光晓和郭爱娣连忙将他扶起，又上来几个人，大家背的背，搀的搀，要将他送回宿舍。孟虎胳膊一抡一抡的，说我没醉，我没醉，喝，喝，我还要喝，接着喝。

好不容易把孟虎扶进宿舍，刚一靠近床边，他就哇地吐了一地。众人把孟虎放在床上躺好，嚷嚷着让郭爱娣把地上吐的收拾一下，吆喝着说咱几个回去继续喝，继续喝，就相跟着出了门。郭爱娣去厨房掏了一些炭灰盖了地上的污物，又找来簸箕笤帚把那些东西清理干净，用拖布擦了一遍。正要转身离去，见孟虎在床上又要呕，就赶紧接了一盆凉水放在床边，让他往里吐。孟虎伸着个脑袋，肚子里的酒水饭菜翻江倒海地从他的嘴里喷涌而出，溅了一地。呕吐过后的孟虎面庞痛苦地扭曲着，嘴里还在不停地嘟嘟囔囔。郭爱娣换了盆里的清水，再一次站到床边看着孟虎在床上呻吟的样子时，心里竟涌起了一股母性的怜惜。她去水池接了一盆清水，又兑进一些热水，伸手试了试温度，刚好不热不凉，就拿一条毛巾放进去沾湿，再拧干，小心翼翼地去擦孟虎的脸。刚擦了几把，孟虎一翻身就抱住了郭爱娣的腰，口齿不清地叫着爱娣，爱娣，说我容易吗？别人都叫我孟老板，我是什么破老板啊，我连个女人都拴不住，我连个像样的家庭都没有。

郭爱娣被孟虎抱着，一开始还在掰他的手想要挣脱，没想到孟虎却越抱越紧，而且像个受了委屈的孩子，头埋在她的胸前呜呜地哭个不停，说我算什么呀，我连王光晓都不如啊。

郭爱娣不由心一软，就不再掰脱孟虎的手，任他那样抱着把头靠在胸前鼻涕一把泪一把地哭着说。这时，不知道谁在外面大声地喊，说胖胖，胖胖，快来管管你家王光晓。郭爱娣焦急地朝外边看了一眼，就把孟虎放倒在床上，盖上被子，说好好睡，睡上一觉就好了。撤身就往门外走，走出了门外几米远，耳朵还能听见孟虎低沉的哭叫声。

郭爱娣再回到灶房前的时候，桌子上的人群已经喝倒了一大片。有几个人在大声地划拳，有几个人在脸红脖子粗地讲粗话，王光晓则脱光了上衣，裸露着瘦筋筋的胸脯，手里提着一个酒瓶撵着一个胖墩墩的小个子围着人群转圈圈。王光晓边撵边喊，说你个挨𡱝的站住不站住？小胖墩说我就不站住。王光晓说你不站住你就不是个长牛的。小胖墩说你是个长牛的你自己把那瓶酒喝完去。王光晓说我喝完就喝完，我喝完你得承认你不是个长牛的。王光晓说完就不再追，站住脚先是嘘儿嘘儿地喘气，接着就拿嘴对了酒瓶狠命地喝。刚喝了没一半，看见小胖墩在看着自己奇怪地笑，一扭头就看见了已经走到身后的郭爱娣。郭爱娣瞪了王光晓一眼，说你逞啥能。王光晓手提着酒瓶就愣住了，后来摇摇晃晃地嘿嘿笑，刚笑了两声却要往下倒，郭爱娣伸出一只手拦腰一揽，腰又一弯，王光晓就被扛在了肩上，手胡乱抓着，脚踢腾着，就被扛向了宿舍。身后先是小胖墩在哈哈地笑，后来笑声就响成了一片……

郭爱娣那晚收拾完月亮已经升起了老高。她拖着疲惫的步子回到宿舍，看见王光晓睡得正香，被子被蹬到了一边，一会儿发出咯咯吱吱的磨牙声，一会儿又发出迷迷瞪瞪的梦呓声。她打了个呵欠，替王光晓拉好被子，就上床脱衣睡觉。躺了好长一会儿却睡不着，翻个身再睡，睡不着还是睡不着。

6

孟虎那一晚上睡得很实在。

快到黎明的时候他感觉自己似乎回到了自己的老家，好像还是多年前的老街道，老房子，他从自家的门道里往出走，看见一个姑娘的身影正好从大街上走过，只留给他一个好看的背影。他就追，拼命地追，可是，两只脚却像是吊着两块石头，无论他怎么心急似火，步子却沉重得怎么也迈不开。他就那样费力地追呀追呀，等到终于满头大汗地快要追上的时候，那个背影忽然就扭过了头，却原来是他的前妻。前妻抱着他的胳膊一会儿大哭，一会儿大笑，鼻涕眼泪地抹了他一身。后来，他好像又身处一家酒店的一个婚礼现场。他看见大厅里站满了花花绿绿的男男女女，新娘子一身大红的婚礼服顶着个盖头，身边却看不见新郎的身影。正在纳闷，这时一伙男女嘻嘻哈哈地走向了自己，三两下就扒光了他身上的衣服，拉胳膊拖腿地给他换上了一身新郎官的服装，簇拥着来到了新娘子的身边，嚷嚷着叫他揭盖头。他伸出手犹犹豫豫地揭下盖头，欣喜地发现新娘子原来竟是郭爱娣。顿时心花怒放地正要去拉郭爱娣的手，却发现旁边有一双眼睛正笑眯眯地看着他，他一扭头，才看清那人原来就是拐走他老婆的那个保安。再后来是在他小区的新房里，郭爱娣头发湿漉漉的，脸蛋粉嫩嫩的，裹着一件浴衣正香气缭绕地向他款款走来。他心咚咚地跳着，手上拿着一条金灿灿的项链张开双臂正要去深情拥抱，王光晓却怒气冲冲地跑了进来。他先是对着他破口大骂，随后就从腰间拔出了一把匕首，血红着眼睛不顾一切地向他刺来。他转身就朝门外跑，王光晓手提着刀子没命地在后边追。跑呀跑呀就听见门敲得咚咚的，一个声音在外面喊，孟老板，孟老板，不好了，出事了，出事了，出大事了。

一骨碌爬起来，孟虎才知道自己原来是做了个梦。就抹了一下满头的汗，说大呼小叫的咋了，到底什么事情吗？一边就赶快地穿好了衣服开了门。

那个人还在门外站着，上气不接下气地说，孟老板，不，不好了，王光晓，王光晓从架子上掉，掉下来了。孟虎脑袋嗡地一下就大了，门也顾不上拉，撒腿就朝工地跟前跑。等到他跑到跟前的时候，围着的人群自觉地让开了一条路，他看见王光晓瘦小的身子在地上躺着，一把铁锨扔在一边，脑袋边有一摊暗红的血；郭爱娣则抱着王光晓的脑袋，眼泪巴叉的，正在一声声地叫着他的名字。孟虎蹲下来喊了几声光晓光晓，只见他眼睛睁开一条缝，嘴唇嚅动着却听不清在说什么，就站起来说都围着看什么，还不快叫救护车，就掏出电话，刚拨了一个号又把手机装在了兜里，说算了算了，来不及了，我去开车。就转身很快地把车开来，打开车门，和几个人小心翼翼地把王光晓抬上车，由郭爱娣照看着，又简单地交代了一下工地的事情，然后发动了车，一脚油门就朝市医院开去。

挂号，交费，进急救室，等办完这些事情坐到走廊的连椅上，孟虎已浑身没了一点儿力气。再看身边的郭爱娣，眼里泪水蒙蒙的，坐在那里浑身止不住地轻轻发抖。孟虎就下意识地朝郭爱娣身边靠了靠，轻轻地拍了拍她的肩膀，说放心，放心，不会有事的。郭爱娣看了看孟虎，没有说话，目光迅速地又转向了急救室。

经过了说不清多长时间的等待，急救室的门终于打开了。看见满头大汗的大夫走出来，孟虎和郭爱娣几乎同时迎了上去，急切地问，大夫，怎么样了？大夫看了看两人，摇了摇头，说，我们尽力了，实在对不起。大夫的话刚刚说完，郭爱娣就摇摇晃晃地软了下去。孟虎连忙蹲下身去抱住她，喊郭爱娣郭爱娣，却见她闭着眼睛牙关紧咬，身子一个劲儿地抽搐。孟虎急得几乎要流出眼泪，扭头就喊医生医生。医生赶忙走过来，掐着郭爱娣的人中，说没事，没事，一会儿就醒了。果然，郭爱娣像是憋了好久似的，哇的一声从嗓子里哭出来，接着就呜呜地哭个不停。

哭了好一会儿，郭爱娣擦了擦眼睛，说孟老板，我还想请您帮个忙。孟虎说哪里话，再怎么说光晓也是在我的工地出的事，你说怎么做就怎么做。郭爱娣说，王光晓是从柳树村走出来的，我想把他再送回去。孟虎说，这个好办，我去联系车；丧事你不用管，所有的费用由我出，回头，我会妥善地处理这个事情，我不会让光晓兄弟白白走的。郭爱娣点了点头，说光晓活这么久也没穿过一件像样的衣服，我想让他走的时候穿得体面些。孟虎说应该，应该，咱们这就出去买衣服。

王光晓的衣服是郭爱娣和孟虎一起给换上的，之前，郭爱娣流着泪把王光晓的身子擦洗了一遍，然后，两个人一起帮他换上了那一身刚刚买来的崭新西装。穿皮鞋的时候，郭爱娣看见王光晓的脚指甲长得太长，就蹲下来仔细地给他剪短擦净，然后，套上袜子穿上了皮鞋。郭爱娣做这些的时候，孟虎已联系好了车辆。几个人走进来把王光晓抬上车，郭爱娣跟着也要上，孟虎就放弃了自己开车的打算，说那我陪你一起送光晓兄弟回家吧，就也跟着上了车。

市区离柳树村的道路不算远，一路上郭爱娣坐在王光晓身边，不停地念叨，说光晓咱回家了，光晓你这下可以好好歇一歇了。孟虎听着郭爱娣这样念叨，心里便酸酸的，却想不起该说上一句什么话，就只低着头，脑子里乱哄哄的。车子停在村中一座干干净净的小院门前的时候已是晚上，屋子里的灯光照着，可以清清楚楚地看见两个等在门口的老人，孟虎猜想这该是王光晓的父母亲了。果然，王光晓被从车上抬下来的时候，两个老人急急地走上前，手扶着担架，儿呀儿呀地哭得撕心裂肺。一个六七岁的小男孩正在屋里的人群中跑来跑去，忽然看见了爷爷奶奶在哭，就傻愣愣地看，瞅见了郭爱娣，就噔噔地跑了过来，妈妈妈妈地叫着，说爷爷奶奶都在哭，好怕人。郭爱娣揽过孩子抱起来，眼泪又唰唰地流了下来。

设好了灵堂点起了香蜡，本家的几个老人和王光晓的哥哥就坐在了一起叫孟虎来说事情。孟虎说，说心里话，出了这样的事情我看着心里也难受，无论怎么说光晓兄弟是在我的工地出的事，丧事不用说，各位大伯大叔尽管按着规矩办，费用全由我负担；另外，光晓兄弟家里的情况我也看见了，上有老下有小，今后的日子还得过，各位也不要嫌话难说，只要拿个方案，我一定好好来处理。几个老人一边点头称是，一边就转到外面小声地商量了一会儿，又征求了光晓父母的意见。征求郭爱娣意见的时候，她说人都没了，再说那些还有啥意思，你们说怎么办就怎么办，只要不出格咋都行。几个人就又转了回来，由其中一个白白胖胖的老人首先开口。他说，是这样，丧事也没什么，就按村里的一般规矩来办；光晓走都走了，按说说什么钱不钱的也不合适，但他的一家子毕竟还要过日子，因此……孟虎接过了话说应该，老人家说得是，您看这多少合适？白胖的老头看了一看众人，慢吞吞地伸出了三个指头。孟虎说不行，这绝对不行。几个老人就愣了，一起拿眼睛看孟虎。孟虎说光晓兄弟走得惨，我得让他在那边能放心啊。就举了四个指头，说四十万，明天我就让会计送过来。几个人碰了碰眼神，就不再说话。

王光晓的遗体在家里停放了两天，第三天按照柳树村的风俗吹吹打打地送到了墓地。

孟虎那几天一直在帮着忙前忙后，等到办完丧事人已经累得走路脚步发飘。临行前，他把郭爱娣叫到了一个房间，说我知道你现在心里不好受，你先在家里好好歇一段时间，过一段时间待得闷了想要出去，那个炊事员的位子会一直给你留着的。说罢，就又掏出一张十万元的支票往郭爱娣手里塞，说这个你拿着，有困难随时再找我。郭爱娣似乎被那张支票烫了一下手，一边往回挡，一边说孟老板你的好意我领了，但这个钱我不能要，坚决不能要。说着，眼泪就又要出来了。

7

工程主体彻底完工后，孟虎对工地的工人人数进行了裁减。他开列了一个名单，并书写了一张告示，首先感谢大家长期以来对自己的支持和信任，说明工程已进入尾声，已经不需要这么多人，让大家理解自己的苦衷，说自己绝不是过河拆桥的人，但凡属于裁减的人员不但马上可以领到所有的工资，并且可以多拿半个月的薪水。并表示，目前只是暂时不需要这么多人，等下一个工程开工，一定会让大家再回来。告示在灶房外面的墙上张贴着，吃饭的时候就聚了一堆人围在那里边看边议论。

贺老三是听见别人念到自己的名字后才围过来看的。他站在人群里扯着个脖子，眼睛睁大又眯小，眯小了又睁大，最后又伸手使劲儿揉了揉，这才相信没有看错，上面确实有自己的名字。就低了头轻叹一声，悄悄地转身吃饭去了。说是吃饭，脑子里却尽是家里的事情。俩孩子正念高中，三天两头地问家里要钱；父亲是肺气肿，一咳嗽起来没完没了，咔咔咔，咔咔咔，每天都像是在催着他去给医院交钱；也难为了老婆，黑不当黑明不当明地忙了屋里忙外面，为的就是他能腾出手来多挣几个钱，可眼下这活说不能干就不能干了，这日子又该咋过呢？思来想去，贺老三扔下饭碗就硬着头皮去了孟虎的房间。

孟虎的房间里已经有几个人在算账办手续了，他被一堆人围在桌子中间时而写写画画，时而耐心解答。等忙完了那几个人，孟虎才发现了站在自己面前的贺老三，就哈哈笑了两声，说实在对不住，工地上没那么多活了，我也没办法，只好裁员。说着就要翻账本。贺老三就叫了一声孟老板，说我跟你跟了这么久，就算没功劳也该有苦劳啊，能不能……孟虎又哈哈地笑了，说你看看，你看看，这工地上哪个不是跟我跟了好久的，实在是没办法啊，你放心，放心，等以后有活儿了我一定让你再回来。可是，可是这……贺老三还想再说什么，看见孟虎瞥过来的冷冷的眼神，就住了口，呆呆地站在那里等着孟虎算账。孟虎翻开账本很快地算好了账，说是这样，别人多领半个月工资，我给你一个月，足足一个月啊，你去拿着这个条到财务那去领钱，可别告诉别人哦。说着就把一个纸条塞到了贺老三手里，拍着他的肩膀往门口送。

贺老三去财务领完钱，下午就卷着铺盖走出了工地。

工地上人一少，那个临时请来做饭的女子小李就轻松，有事没事就喜欢和孟虎答话。孟虎嘴里支应着，心里却常常地会想起郭爱娣，也不知道她现在怎么样了，既不见打个电话，也不见发个短信。心里就常常会有一些失落。初冬的时候孟虎忍不住拨通了郭爱娣的电话，还没等想好说什么，话筒里却先传来了郭爱娣的声音，说孟老板，你最近还好吧？孟虎说好好好，也不知道你现在怎么样？郭爱娣说能怎么样，过日子呗，什么样的日子都得过呢。孟虎听出了话里的凄凉，就转了话题，说工地上大伙都惦记着你，你要是在家待得闷了想出来还欢迎你再回来。郭爱娣那边就笑了一下，说在家也是闲着，要是工地需要，我准备再回去。孟虎连忙说需要需要，大家都盼着你回来呢。郭爱娣说那我安顿安顿后天就去。孟虎说好，那我开车去接你。郭爱娣说不，不用，我自己去。

郭爱娣回到工地的那一天，孟虎特意去刮了脸，理了发，又换了一身崭新的西装。他亲自开着车把郭爱娣从长途车站接回来，又亲自帮她拎着行李安排好宿舍，又领着她来到灶房见了小李，说这是小李，以后灶房主要由你负责，小李给你打下手。小李看看孟虎，又看看郭爱娣，勉强挤出了一个笑，才伸出手去握郭爱娣的手。

郭爱娣回到工地后，孟虎又变得生龙活虎了。顿顿饭都在灶上吃，有事没事地还老爱往灶房跑。起先的时候，只要孟虎一去灶房小李就笑盈盈地迎上前，后来看出了名堂就主动往一边躲。孟虎似乎毫无顾忌，帮郭爱娣烧火择菜，和郭爱娣大声说笑，有时候，弄得郭爱娣简直都有些不好意思了。没人的时候，她就提醒猛虎，说孟老板，你好歹也是老板呢，不操心别人说闲话？孟虎哈哈一笑，说什么闲话？我是孤男，你是寡女，谁个爱说让他尽管说去。郭爱娣就不再说话。

冬日里第一场大雪的那个夜晚，孟虎终于对郭爱娣说出了自己在心底藏了很久的话。那晚吃完饭之后，孟虎提着一个新买的电热毯敲开了郭爱娣的门。孟虎说下雪了，怕你冷，我去买了条电热毯。郭爱娣说，我不冷，谢谢孟老板。孟虎脸就沉了下来，说老板老板，在你眼里我就是个老板呀？郭爱娣就笑了，说不是老板是什么？孟虎就站了起来，呼哧呼哧地喘着气，脸也憋得红了，盯着郭爱娣看了好一会儿，忽然就张开双臂抱住了她，说我不光是个破老板，我还是个男人，是个生理完全正常的单身男人。说着，就抱着她嘴在脸上乱咬乱啃，手在她的身上乱摸乱捏。郭爱娣被抱着起先还在挣扎，不料孟虎越抱越紧，越抱越紧，就浑身一软，被孟虎压在了床上。压是压住了，郭爱娣却并不就范，身子在底下扭来扭去，双手在他身上乱抓乱打。孟虎也管不了这些，就像是一头失去理智的狮子，你打你的，他忙他的。经过了一番激烈的“搏斗”，孟虎终于成了最终的胜利者。

完事之后，孟虎搂着郭爱娣光滑的身子头在她裸露的肩膀上深情地蹭来蹭去，说，说老实话，我是真心喜欢你，自打第一次见到你就喜欢你。郭爱娣一直看着天花板，不说话，只悄悄地流眼泪。孟虎说真的，我是认真的，嫁给我吧，我会真心地好好对你，爱你。郭爱娣抹了一下眼角的泪水，说你是大老板，我就是个寡妇，但寡妇也是人，我不想被人玩儿。孟虎说你说的哪里话，就用嘴去堵她的嘴，说我是真的，真心地喜欢你。孟虎说这一番话的时候，郭爱娣突然一翻身坐了起来，说喜不喜欢你已经干成你想干的事了，你想好，我说过我不想被人玩儿，要是我发现谁玩了我，我会杀了他，亲手杀了他。郭爱娣说这话的时候脸上流着泪，眼里却闪着亮，冰冰冷冷的亮。孟虎只看了一眼心里就哆嗦了一下，也一骨碌翻身坐起来，说我保证会好好对你，若有二心，你想杀就杀想剐就剐。说着说着好像想起了什么，说你等等，你等等，就翻身下床，光着身子从裤兜里掏出一个精美的盒子，打开说你还记得这个吧？郭爱娣一扭头，就看见了半年前孟虎让她帮忙试戴的那条金项链。孟虎双手拿着链子，赤身站在郭爱娣床边，说那天我说这条项链要送给心上人，现在你知道了吧，我要送的就是你呢。说着，就要把项链往郭爱娣的脖子上戴。郭爱娣伸出一只手挡住了孟虎拿项链的手不让戴。孟虎问为什么？郭爱娣却紧闭着嘴不说话。孟虎就捧着项链僵在了那里。

又过了几天，小李才惊奇地发现郭爱娣脖子上多了一条金灿灿的项链，非但如此，她还发现郭爱娣的脸上多了一种不曾见过的笑。郭爱娣的笑小李见多了，但这种笑是新近才有的，是那种发自内心的、不经意流露出来的笑。她就猜了个八九不离十。

春节临近的时候工程也已按期完工，孟虎就一门心思地和郭爱娣商量婚事。房子是新买新装的，比光明小区那套还要大，专门留了一个儿童间，说是等郭爱娣的儿子来了住；家具也都是崭新的，孟虎拉着郭爱娣转了好几个家具商场，吩咐看上什么买什么，不要吝惜钱。置办完这些之后，孟虎还特意拉着郭爱娣回老家给王光晓上了一趟坟。那天是个好天气，虽然冷风阵阵地吹着，但太阳却明亮得耀人眼目。孟虎在王光晓荒草覆盖着的坟头摆上了烟酒食品，点燃一堆纸钱，又深深地鞠了一个躬，说兄弟你放心吧，我会照顾好郭爱娣和孩子的，你就安心在那边好好地过吧。郭爱娣扶着孟虎的胳膊看着眼前飘飞的纸灰，眼睛湿湿润润的，就抬起头望着天，看见有一只麻雀喳喳叫着正从头顶飞过。

孟虎和郭爱娣的婚礼定在农历正月二十八。二十七这天中午吃过饭，两个人正在看电视，酒店打电话要孟虎去婚礼现场看看现场布置的情况。郭爱娣本来要跟着一块去，孟虎却说不用了，你这几天也没少操劳，就在家好好休息吧。就自己下楼开车去了。郭爱娣一个人坐在沙发上看电视，看着看着有些困，就伸手关了电视，起来准备上床躺一会儿。就在这时手机却响了，是条短信。本来以为是垃圾广告之类的废信息想要随手删了，点开之后却看见了贺老三的名字，就好奇地接着往下看。

短信说：我是贺老三，你应该还记得吧？听说你要结婚了，但我却不知道该不该祝贺你。王光晓出事的前一天，我发现有人在脚手架上动了手脚，这个人不是别人，正是你现在的老公。因为看见了这个秘密，我才被中途辞退，我原想把这件事烂在肚子里，但我越想越害怕，越想越害怕——我对自己的话负责，如果有一天需要，我愿意站出来作证。

郭爱娣脑子嗡地一下，就想起了王光晓血肉模糊的样子，想起了孟虎在医院跑前跑后的样子，在王光晓坟前烧纸鞠躬的样子。脑子越来越乱越来越乱，拿着手机的手越抖越厉害，越抖越厉害，最后手机啪地掉到了地上，人也软成了一摊。

楼下，从酒店赶回来的孟虎正停好车，轻松地按了几下喇叭。嘀嘀嘀，声音听起来清脆悦耳而又激动喜悦。

咥面吧

1

王小鱼没有想到，自己的面馆子能够起死回生，居然是因了外乡人胡小湖。

王小鱼家住柳街镇西边的上坡村。上坡村是一马平川的水浇地，原先的时候一年四季种蔬菜，成熟了用三轮车装着，蹬到县城的早市上去批发，或者就干脆就用扁担老笼的挑着走村卖。后来这里划给了古城市开发区，一座座厂房和一栋栋高楼像是长了腿，一步步向村庄挺进挺进再挺进，没过多久就将村子淹没了。失去了土地的王小鱼先是用赔偿款买了一辆大货车跑长途，一年多下来过路费过桥费，这罚款那罚款的一扣除，基本上刚刚能持平。人却落下了一身病，胃疼腰疼颈椎疼，尤其是颈椎和腰，一疼起来常常是扭着脖子弯着腰，龇牙咧嘴地乱叫唤。

还是他老婆刘末末有眼光。刘末末看王小鱼跑长途没指望，就劝王小鱼不如把车卖了，开一家扯面馆。她说你出去看一看，现在的柳街镇说是镇，可是工厂建了那么多，楼房盖了那么多，不说本地人，光外来打工的人都成千上万的，这些人只要长着嘴哪个能够不吃饭？再说了，扯面也不是难度多么大的技术活，两个人说干就能干。王小鱼见刘末末说得有道理，就到二手车市场卖了车，在镇子西头租下两间门面房，又盘了锅灶添了一些桌椅板凳和食具，雄心勃勃地开起了一家扯面馆。

馆子开起来倒容易，但生意却远比两人想象的要差好多。一般好的时候也就是能卖出不到二十碗面，差的时候连十碗面都卖不到。一个月后的某一天，王小鱼自己就先泄了气，白帽子在头上随随便便地戴了，白大褂的扣子也不扣，露着一绺肥肚皮，手端着个茶壶对着墙上的电视机一看就是大半天。刘末末免不了就嘟囔，说一下子投资了好几万，全家人就指望着这个馆子吃饭呢，你倒悠闲地坐得住。王小鱼说我坐不住又能咋，没人来吃难道叫我去门口一个个往进拽。刘末末说你一天就会抬死杠，你看看镇子上面馆子开了三四家，哪一家都比咱生意好，这里面一定有啥名堂。王小鱼嗞溜一声往嘴里吸了一口茶，小眼睛扑里扑腾地闪了闪，就转过身认真地面对着刘末末，说就是，就是，按说咱这位置也不错，为啥这生意就这么差，我也觉得奇怪得很。刘末末放下手里的笤帚，把额前散落的头发朝上拢了拢，就在王小鱼对面的一张桌子旁坐了下来。

刘末末说我到那几家面馆看了看，要说店面和环境，还真比咱强不到哪，可是也不知道怎么的，人家那里却就是能招来人，你没想过是为什么？王小鱼放下了茶壶就摸出了一支烟，说咋没想过，这不是没想出来为什么嘛。刘末末就剜了王小鱼一眼，说你呀，长了个脑袋也就是用来吃饭出气的。王小鱼嘿嘿就笑了，说我不是有你这个能行媳妇么，我动那些脑子干啥呀？说着，就嬉皮笑脸地往刘末末跟前凑了凑，说那你说说这里面到底是啥原因。刘末末说，这几天我一直在思量，咱一开始还是考虑得太简单了，只是想着扯面这活不太难，却忘了隔行如隔山，免不了就走到了今天这一步。王小鱼听刘末末这样说，就吐了一口烟，问说你是不是后悔开这个馆子了？刘末末说开面馆本身没有错，错就错在咱舍不得用人上了。王小鱼一听刘末末说要用人，瞪着一双小眼睛就从座位上站了起来，说你是不是发烧了说胡话？就这馆子，眼下连你我都养不活，你还想着要雇人？刘末末瞪了王小鱼一眼，说你咋呼啥，听我把话说完你再说。王小鱼就又坐下来抽开了烟。刘末末说，我起先也是想省下雇人的钱，可是经过这段时间，事实证明啥活还得啥人来干，不能省，也省不了。王小鱼说我听明白了，你不就是准备要雇人么，雇就雇，雇了人省得我穿着白大褂在厨房里整天揉面团，我背抄着手当老板还不好。刘末末说你想得美。就交代了招人的条件：男女不论，人得干净勤快；最重要的是要有经验。王小鱼说知道了，知道了，明儿一早我就到劳务市场去招人。

王小鱼第二天在劳务市场上看见举着“扯面”牌子的胡小湖时，几乎弄了一个大笑话。劳务市场在镇子的东头，几十上百个男男女女吵吵嚷嚷地拥挤在一个塑料大棚下，有站着围住一个招工的人讨价还价的，有面前放着一个水工电工瓦工牌子席地而坐等待雇主的，还有手捧着一张报纸坐着津津有味地阅读的。王小鱼腆着肚子背抄着手走进劳务市场的时候，第一眼就瞅见了人群里的胡小湖。胡小湖就像是一片谷子地里猛不丁地蹿出来的一棵高粱，显得特别而又显眼。他身材高大匀称，上身穿着一件白色的T恤，下身穿着一件蓝色的牛仔裤，一张白白净净的脸上还架着一副银边眼镜。王小鱼看了一眼胡小湖手里的扯面牌子，就把他当成了和自己一样招人的同行，说哎，伙计你也是来招扯面工的？胡小湖扭过头，一双细长的眼睛眨了眨，一缕谦和的笑意透过镜片就流了出来。胡小湖说哪呀，我是应招扯面工的。王小鱼哈哈就笑了，说听口音你不是本地人。胡小湖说嗯，我是凤城县的。王小鱼说哦，凤城县的面食很出名，你以前在面馆子干过？胡小湖说干过呀，大哥你是不是要招扯面的？王小鱼说对对对，看来咱俩还真有缘。两个人就找了一个僻静的地方蹲下来，谈活路，议工资，完了就领着胡小湖往自己的面馆走。

在面馆见了胡小湖，刘末末背后就和王小鱼开玩笑，说也不知道你咋找的人，和你一起走着咋看他都像老板，而你倒像是个打工的。王小鱼就说去去去，你不要见了别的男人就看自己老公不顺眼。刘末末就在王小鱼的肩上擂了一拳头，说你个狗嘴啥时候能吐出象牙来，我是说不知道这个人牢靠不？王小鱼把自己的腔子拍得啪啪地响，说你放心，小伙子是凤城县人，凤城县面食那是有名的。再说了人家原来就干过面馆子，没问题，没问题。刘末末就说好，那就干起来再看吧。

胡小湖确实有两下子，和面扯面调面，样样有板有眼像模像样，更神奇的是同样做出一碗面，面粉却比以前减少了；而且主要是看着好看，吃进嘴里味香，明显和以前王小鱼做的大不同。不光如此，点子还多，他建议王小鱼带上了啤酒和凉菜；建议将店门前的一块地方租给了一个卖熟肉的；还提出来扯面馆名字听起来太老套，说现在流行叫什么“吧”，比如酒吧、话吧什么的，倒不如干脆就叫“咥面吧”。胡小湖的点子把王小鱼两口子听得一愣一愣的，拍着大腿直喊叫好好好，说第二天立马就着手办。这样一来不出一个月，王小鱼的面馆子就有了大起色，从上午一开门到晚上关店门，吃面的人成群结队的几乎不间断，逢着饭点更是满满当当地挤一屋子人，这个喊老板来两个大油泼，那个喊老板来三个大碗鸡蛋西红柿，乐得个王小鱼提着面汤壶一会儿对这个说你先坐，马上好，一会儿对那个说先喝汤，立马来。

刘末末除了帮着择菜洗菜端个饭，大多的时候腰上就挎个包，在门口一张桌子后面坐了，招呼着外面的客人进来坐，等候着出店的客人来买单。手摸着挎包里一沓一沓的票子，刘末末禁不住就往后厨里瞄，心想着胡小湖这个人看来还真不简单。

2

面馆的生意红火后，王小鱼真的像是一个甩手掌柜的，除了每天早上去市场买些菜，其余的时间不是在店里看电视，就是到镇子上胡溜达。身上穿的衣服讲究了，嘴里叼着的香烟也变了，得空也敢往麻将馆里钻一钻，高兴了也会到KTV里吼一嗓子。刘末末对此睁一只眼闭一只眼，只叫他负责早上买了菜，然后操心着早晚接送正上小学的儿子，店里的事情爱干了干，不爱干了也不强求。她后来又招了两个年轻人，一个是小伙子，叫王月明，在厨房帮忙，另一个跑堂，叫赵蕊蕊，是个姑娘。这样，她自己基本上就成了一位专职的老板娘。

胡小湖有了新帮手，厨房里的事情就干得更应手。大多数时间里，他都待在厨房埋头干着手里的活，晚上食客少的时候，他才时不时地到大厅里坐一坐，有时候眼睛瞅着电视机和刘末末或者那两个年轻人讨论一下电视里的内容，或者就抓起一沓散落在桌上的报纸，一页一页地仔细看。刘末末生性活泼又爱笑，闲下来就有话没话地和胡小湖聊。

这一天晚上送走了一拨客人，刘末末看见胡小湖正抓过一沓报纸要翻看，她就从电视机上移开眼睛说话了。她说小湖呀，你长得白白净净的，又斯文，要是站在大街上谁也不相信你会是个扯面工。胡小湖一听这话像是很吃惊，猛地抬起头，脸上的肌肉轻轻地跳了一跳，瞬间就又换上了一脸谦和的笑，说嫂子真会开玩笑，我干扯面工干了十几年，怎么就不像个扯面工。刘末末就咯咯地笑了，说你的确是个出色的扯面工，要不是这，咱这店里的生意今天能做到这个样？胡小湖手捏着报纸嘿嘿就笑了，说这都是你和小鱼哥经营得好，我也就是做了自己分内的事。刘末末听胡小湖这样说，心想这小伙子不但手艺好，还会说话，迟早是个能干成事情的主儿，就转了话题，问说兄弟你来店里也有两三个月了，咋也不见弟妹来看看你？胡小湖低下头就叹了一口气，说两年前就离婚了，我眼下是一个人吃饱了全家都不饿，倒也省心自在些。胡小湖话音一落点儿，刘末末跟着就也叹了一口气，但立马咯咯又笑了，说兄弟你放心，只要你不嫌弃，嫂子做媒给你介绍一个对象，保险你满意。

胡小湖嘿嘿笑了笑没说话。

刘末末对胡小湖说这话时，心里想起了自己的妹妹刘小末。刘小末也是前年刚离了婚，眼下正高不成低不就地悬着呢。刘末末想，眼下这不就是非常合适的一个么。

心里有了这个想法还没等到和王小鱼商量，王小鱼倒先急急火火地和刘末末说起了一件事。那一天刘末末回到家刚躺下，王小鱼就满身酒气地回来了。那时候孩子刚睡着，王小鱼推开门直接就来到了刘末末的床前，嘻嘻哈哈地伸出一只手刚要往被窝里摸，不想就被刘末末挡了回去。刘末末说酒就那么好喝，看你喝得全身都是味儿。王小鱼打着酒嗝丢剥了上衣，说还不是都怪王三军，开麻将馆子挣了两个钱，硬要请我跟他喝几杯，喝就喝呗，谁害怕谁？刘末末说嘴在你头上长着的，我不信你不喝他还能给你灌？王小鱼说我为啥不喝？我不喝不是便宜了那小子。狗日的，一下午叫我输进去二三百。刘末末一听这话一骨碌就从床上坐起了身，说你个没脑子的，你给他送钱呢，你还以为是他请你喝酒呢。王小鱼没想到自己一时说漏了嘴，一边用巴掌在自己的嘴上扇，一边就嬉皮笑脸地赔着笑，说快躺下，快躺下，小心受凉了。就扶着刘末末躺好，自己也顺便哧溜一下钻进被窝，说甭生气，甭生气，俺以后不再去他那里就是了。

两人躺下后，见刘末末已经平息了，王小鱼就又讨好地嘿嘿笑，说我有一件正经事要和你商量呢。刘末末就侧过脸，说你能有啥正经事？王小鱼说你可能还不知道，咱村里现在大多都已经购买了私家车，连当年没人能瞧上眼的王二平现在进进出出都开车了，可是你看咱。刘末末说你想买车？王小鱼就不说话只是嘿嘿地笑。刘末末说要说现在买辆车也不是啥大事情，办个事情也方便。王小鱼就兴奋得仰起了头，说那你是同意了？王小鱼说同意是同意，但你得保证有了车不再和王三军他们一伙子钻。王小鱼说没问题没问题，两个手就搂住刘末末的头，像是一个饿久了的人抱着一个熟透了的大西瓜，在上边啄出梆梆的响。啄着啄着，王小鱼两只手不由自主地就在刘末末的身上蛇一样上上下下地来回摸。刘末末虽然已经是一个孩子的母亲，但皮肤白皙身材好，王小鱼一得空忍不住就要朝上黏。现在，两个人黏在一起像是彼此都喝醉了酒，哼哼唧唧的，床板就被弄出了一些吱吱扭扭的响。

完事了刘末末去了一趟卫生间，再回来躺到床上的时候，就想起了把她妹妹介绍给胡小湖的事。她越来越觉得这件事情很合适。一是胡小湖人有本事也实在，妹妹跟了他注定吃不了亏；再是这门婚事如果真成了，那就成了一家人，也不用担心胡小湖干着干着就走人。越想越觉得自己的这个想法好，就用胳膊捅了捅王小鱼，说哎，你觉得刘小末和胡小湖怎么样？王小鱼说啥怎么样？刘末末说，我是说把刘小末介绍给胡小湖怎么样？王小鱼说谁知道人家胡小湖是不是都有婆娘娃了。刘末末就说不会的，我问过了，胡小湖说他两年前刚刚离了婚，现在正好是一个人。王小鱼打了一个呵欠，懒洋洋地说，胡小湖毕竟是外乡人。刘末末已经跑到喉咙口的一句话就卡住了，停了一会儿，说凤城县远是远了些，可是现在交通这么方便，这么些路算个啥。王小鱼说路远近倒不是个事，可我总感觉有些不踏实。刘末末说那你觉得哪里不踏实？却听不见王小鱼再搭话，刚想要再问一遍时，就听见王小鱼已经呼噜呼噜地打起了鼾。

睡睡睡，一吃饱了就知道睡。刘末末嘟囔了一句，放平了枕头就也翻过了身。想起自己刚才嘟囔的那句话，不由得就发了一声笑。

3

一大早王小鱼从菜市场上买回来菜，胡小湖和王月明就抬进店里面。王小鱼跟进来对刘末末说了一声那我就去看车呀。一转身就出了店门去车站。刘末末应了一声哦，就拿过遥控打开了墙上的电视机，几个人围在一堆一边择菜一边看。电视上播放的是一个卖什么药的广告片，一个老人起先佝偻着腰咔咔咔地咳个不停点儿，后来画面一转换，一个白大褂的女医生拿出了一瓶什么药给老人服，紧接着画面又一转，这个老人立即挺胸抬头红光满面，又是伸胳膊又是踢腿的，感激涕零信誓旦旦地说，某某药治好了我多年的咳喘病；某某药好，好，好，就是好呀，就是好。刘末末扑哧一声就笑了，说这广告做的，不像是卖药品倒像是演小品，简直是要笑死个人。就摸过了遥控器要换台，可是还没等遥控器拿到手，一档子新闻节目就开播了。

新闻的第一条是一个案件，说是凤城县城一个珠宝店发生了一件失窃案，一名看店的员工被打成重伤，价值一百万元的金银珠宝被盗。目前警方正在全力破案。一看案件的发生地是凤城县，刘末末就转过头去喊胡小湖，说赶快看，凤城县还发生了这么一件事，你听说过没有？胡小湖抬起头扶了扶眼镜，说那一家珠宝行我知道，这些年我一直在外面四处找活干，好久都没回去过，这件事还真的没听说。刘末末就哦了一声，感叹说现在这人都是咋了，爱钱可以自己凭本事靠力气去挣么，怎么就不是偷就是抢。王月明说偷抢来得快么，一百多万挣要挣到啥时候去？赵蕊蕊在一边就撇了撇嘴，说快是快，被抓了判刑吃枪子那也快。说完了，又瞥了一眼王月明，说哎，王月明听你这话你说不定哪一天也要去偷去抢呀是不是？王月明瞪了赵蕊蕊一眼，说那说不来，人逼急了谁知道能干出什么事。胡小湖那时候站起身正把一捆子择好的菜往厨房里面抱，说好了好了，时间不早了快干活，好好的说什么偷呀抢呀的多晦气。

这一天也不知道怎么地，还不到晌午端面馆里就挤满了一屋子人，胡小湖和王月明两个就在厨房里忙得开不了交。刘末末和赵蕊蕊也不得闲，一会儿帮着倒面汤，一会儿帮着端面拿酒递凉菜。赵蕊蕊那时手里提着一个装满面汤的铝壶，有客人进来在桌子前坐定了，她很快地报了饭菜，先倒一碗面汤让客人边等边慢慢喝。有两个客人点了一盘猪头肉一盘拌黄瓜和花生米，又要了一瓶普太白，高喉咙大嗓子的，一边手舞足蹈地说着话，一边碰杯举筷地吃喝着。赵蕊蕊过去倒面汤，壶刚提起来倒了两三滴，那个下颚长了一块黑痣的男子抡着一条胳膊就比画，不偏不倚，胳膊肘正好碰到了赵蕊蕊提着的面汤壶，赵蕊蕊尖叫一声手一抖，滚烫的面汤洋洋洒洒地就浇湿了黑痣男子的一条粗胳膊。长黑痣的男子像是被烧红的烙铁烫了一下，瓮声瓮气地惨叫了一声就站起了身，着急忙慌地把那条热湿的袖子往上抹。就看见那条黑粗的胳膊被烫红了一大片。长黑痣的男子看了一眼自己的胳膊，瞪了眼睛骂赵蕊蕊，说你睁着牛铃大的俩眼睛，咋就把面汤往人的胳膊上倒。赵蕊蕊吓得浑身颤抖着，一个劲儿地说对不起，对不起，是我不小心。长黑痣男子的同伴又黑又壮的像一座铁塔，见赵蕊蕊说对不起，就把手里的酒杯重重地往桌子上一放，翻着眼珠说对不起？一句对不起就完了？去去去，叫你老板来。刘末末那时候正在门口给一位食客找零钱，就赶忙折身走到店里边，问咋回事，咋回事？铁塔一样的男子指着长黑痣男子的胳膊，说你眼睛是叫鸡啄了还是长毛了，把人胳膊烫成这样子了还睁着眼睛问咋了。刘末末刚过来就被劈头盖脸骂一顿，尽管心里边念着忍忍忍，但一股气却已不由自主地涌到了嗓子眼，她强忍着，说有话好好说么，你咋能一张口就骂人。长黑痣的男子说你说得好，把你烫成这样子我看你能好好说话不？王月明那时刚刚走出操作间，听见刘末末和男子正争论，就说就是么，有话好好说么，吵吵闹闹地还想咋？铁塔一样的男子就瞪住了王月明，呼地一下站起来，一只手抓住王月明的领口，另一只手攥成木碗一样的拳头朝王月明脸上砸过去，说还想咋？还想打你个狗日的呢。王月明被那一拳打得跌坐在地上，鼻子里冒出的血流了一嘴一下巴。刘末末和赵蕊蕊就去扶倒在地上的王月明。周围的食客吵吵嚷嚷的，有劝说双方的，也有小声提醒打110的。刘末末掏出手机刚拨了一个数，就看见胡小湖走出了操作间。胡小湖把白帽子揉成一团在手里攥着，眼睛朝两位男子扫了一眼，就摘下眼镜开了腔，说依着两位想要怎么办？胡小湖的声音不算高，但仿佛话是从冰层底下发出的，冷冰冰地进入人耳朵，就有一股寒意在心头。两个男子互相看了一眼，铁塔一样的男子就先开了口，说把人烫成了那个样，要么赔钱，要么带到医院去看病。胡小湖说好。扭头看了一眼满脸是血的王月明，目光冷冷地投向了两位男子，说这小兄弟脸上的不算伤？是谁弄的，让我先把他也弄成这个样。说着，眼睛露着寒光提着拳头一步一步地朝两位男子跟前走。长黑痣的男子脸上的肌肉一跳一跳的，目光就朝铁塔一样的男子脸上瞟。铁塔一样的男子目光和胡小湖对视了一会儿，后来就软软地移开了。猛地拽起黑痣男人的胳膊，说走走走，吃个饭他娘的都吃不消停。两个人就挤出了人群往出走。满脸是血的王月明用手在嘴巴上抹了一下，说甭走，甭走，饭钱还没给呢？饭钱，饭钱。围着看热闹的食客哗的一声就笑了，王月明茫然地朝几个人脸上看了看，搔着后脑勺自己也嘿嘿地笑了。

一切恢复就绪后，刘末末再次坐到门口的收银台时，脑子里就满是胡小湖刚才站在大厅里沉着的样子。她越发感觉胡小湖是一个不一般的人，靠得住的人。只是她不明白，看起来文文弱弱的一个人，那目光，那声音怎么会那么冷，那么硬？

天黑实的时候，王小鱼满心欢喜地开回了一辆新车。刘末末迫不及待地把白天发生的事情向王小鱼学，王小鱼嗯嗯啊啊地只应付，拿了一件衣服风风火火地就朝外边走。刘末末问说你急急忙忙地弄啥呀？王小鱼说不弄啥，晚上那条新修的大路上车辆少，我去试下新车呀。刘末末就一屁股坐在了床上，心想着本来是要和王小鱼商量一下什么时候约妹妹和胡小湖见面的，没想到一辆新车却早早把他的魂魄勾走了。

4

王小鱼自从有了那辆新车，东颠西跑的谁也不知道在忙些啥。店里面去得少了不用说，常常是深更半夜的才回家，有几次竟然连接孩子都忘了，气得刘末末在心里边就发狠，下决心等他回来了一定狠狠地骂。这一天晚上刘末末已经睡了一觉，迷迷糊糊地一摸床旁边空空的，不由得就清醒了，翻来覆去地睡不着。头昏脑胀地正胡思乱想，却听见门锁在轻轻地响，就翻了一个身佯装睡着了。王小鱼轻手轻脚地进了门，摸到床边褪了衣服悄悄地钻进了被窝。刘末末侧身躺着，王小鱼呼出的气息吹到她的脊梁窝，热热的，痒痒的，就像一些小虫子在身上爬呀爬，慢慢地就爬到了心里边，弄得人整个身子也痒痒的。往常的这个时候，王小鱼的那只手肯定会恰逢其时地慢慢靠上来，轻柔地从每一块肌肤上抚摸过。那时候，那些令人痒痒的小虫子好像也就被那只手轻轻地拂掉了，剩下的是舒心和畅快。可是现在刘末末等啊等啊，王小鱼的那只手却好像是睡着了，睡死了，把自己应该干的事情给忘掉了，左等不见来，右等不见来。刘末末感觉身上的那些虫子就都往心里钻，往心里聚，最终聚成了一团火，一堆火，猛然间就点燃了。她忽地一下翻过身，一出手就准确无误地把王小鱼攥进了手心里，说跑哪鬼混去了，咋现在才回来？

王小鱼像是被吓了一跳，身子一蜷缩，两腿一夹紧，喊了一声疼疼疼，就在被窝里嘿嘿谄笑了，说你鼓那么大的劲，就是一只鸡娃子也快被你捏死了。刘末末绷住没有笑，说你最近是咋回事，店里店里不见你，家里家里不见你，孩子你几次也忘了接，我就不知道你一天都忙啥呢？王小鱼说要叫人说你也得放开了才能说呀，你这样捏着，我连气也出不来，还咋说。刘末末就丢了手，说谁稀罕你，说。王小鱼就嘿嘿地笑了，说我能忙啥？我还不是忙着给咱挣钱呀。刘末末说你忙着挣啥钱？王小鱼就双手搂住了后脑勺，长长地出了一口气，说说出来能把你吓个屁股蹲，咱开个面馆那挣的是啥钱，都不够人家有钱的人吃顿饭，咱得想办法挣大钱。刘末末在黑暗里就睁大了眼，说你到底挣的是啥钱？王小鱼嘿嘿又笑了，说王三军那家伙也不知道怎么结识了一个外地来的唐老板，说是要在咱这里建设一家娱乐城，这老板对咱这里不熟悉，有意找两三个当地人合伙干，我最近就在忙这事情。刘末末听王小鱼一说完，就要拿指甲在王小鱼的身上掐，王小鱼躲闪着说干啥嘛，干啥嘛，说得好好的咋老虎钳子又要上来了。刘末末说早给你说了不要和王三军他们钻，你咋又和他搅和到一块了？和他钻哪能有你的好？王小鱼说你不要门缝里看人把人瞧扁了，王三军这次说的事可是真的，我都亲自和老板吃了几次饭呢。刘末末说你都不想一想，老板就是找合伙人也会找有钱的或是有权的，你不看看你是有钱还是有权，小心被人卖了你还帮人数票子。王小鱼说放心，放心，放你的心，我又不是三岁的娃，能让他们轻易给骗了？刘末末见王小鱼话说得这么满，就说反正你小心，出了事那可是吃不了得兜着走。王小鱼说我知道。

王小鱼对刘末末说知道，但他清楚自己说的基本是实话，只不过把该说的没有全部说，也不敢全部说。王三军确实带着王小鱼见过几次唐老板，唐老板也确实准备要在柳街镇开一家娱乐城。唐老板允诺资金主要由他自己一人出，王三军和王小鱼要出的话，额外再给他们算股份；唐老板答应经理和副经理由王三军和王小鱼担任，他自己事情多，应名当个董事长，实际上就是个甩手掌柜的，到时候经营管理全由他们自己说了算——鉴于他们俩对娱乐行业都是门外汉，唐老板近期给他们布置的任务是考察。说是考察，实际上也就是到附近古城市里的娱乐场所去实践。王小鱼和王三军这几天去了好几家，面对那些浓妆艳抹袒胸露乳的三陪女，王小鱼起先禁不住咚咚地心跳，后来虽然忍不住动手动脚地胡乱摸，却始终没敢再发展。王三军显然就要比王小鱼放开得多，好几次出来他都笑得嘎嘎的，说日他娘的，咱以前是白活了，娱乐原来就是弄这个，有钱人的日子就是好呀。那时候，王小鱼也陪着嘿嘿地笑，但脑子里却时不时地会出现刘末末的身影。

现在，躺在刘末末的身边，王小鱼却怎么也提不起神，心里边就慌慌的，伸出手在刘末末的身上摸。刘末末也许是感觉到了那只手在敷衍，就拿掉了王小鱼的手，说哎，上次跟你说过的事情你感觉怎么样？正走神的王小鱼就哦哦着，说你说过的事情多了到底是哪一件？刘末末就说你个没心没肺的，上次和你说的，刘小末和胡小湖的事啊，你觉得这事怎么样？王小鱼沉吟了一会儿，说胡小湖小伙子是不错，人有本事心眼也好，可谁知道你妹子刘小末有没有这想法。刘末末说小末这边我电话问过了，有合适的她还是愿意见见的。王小鱼说那就好办，你和两人约个时间，看啥时候有空让见了面自己谈，也省得话来话去的说走了样。刘末末说好，那就后天给胡小湖放半天假，你带着和刘小末见个面。王小鱼说成。

5

第二天一开门，刘末末就把胡小湖叫到了一边，说兄弟呀，我妹子那边我已经说好了，明天她有时间，你们见个面。胡小湖扶了扶眼镜，一缕柔和的笑意就从镜片后面透出来，说嫂子的好意我心领了，可是你也看到了，我三十几岁的人了，要钱没钱，要房没房的，只怕是不合适。刘末末说钱呀房呀的算个啥，只要人有本事肯吃苦，啥东西不能挣回来。胡小湖就不再说啥话，两只手搓着低着头笑，那样子就像个羞赧的大男孩。刘末末爽朗地就笑了，说没有啥不好意思的，这事情就这样了，明天给你放半天假。

刘末末说妥了胡小湖，又给妹妹打了一个电话约好了时间和地点，就开始忙着店里面的事。而胡小湖再回到操作间里的时候，不由得心里边就乱乱的，手上免不了也就出了两次错。第一次是泼辣子时只顾提着桶往里边倒，倒完了才想起来倒进锅里的不是油，而是醋。只好一勺一勺地舀出来，擦干了锅重新再倒油。第二次是和面，心里知道是要放盐，手里边却提了一个碱面袋子就要往里面倒。一旁帮忙的王月明就笑了，说小湖哥你不至于吧，明天才去相亲，今天咋就激动得成了这个样。胡小湖就嘿嘿笑了笑，说去去去，你一个小孩子懂得个啥。

中午店里的生意是一样的好。快两点打发走了最后一拨客人，刚刚端起碗，胡小湖的手机就吱吱地叫个不停。在刘末末的印象里，胡小湖手机似乎很少响，在这个时候突然地响起来就显得非常明显和刺耳。刘末末不由就扭了头去看。胡小湖放下饭碗掏出手机看了看，放到嘴边刚说了一声喂，就手捂着手机紧张兮兮地朝外边走。刘末末眼睛追着胡小湖的背影看见他走到了门外，嘴角边就露出了一个不经意的笑，心说这小伙子今天怎么神神道道的，接个电话还要跑到外面去。

胡小湖来到了店门外，才对着手机话筒说了一句话，说小鱼哥，什么事情嘛，还非要叫我到没人处说。话筒那边的王小鱼尴尬地笑了笑，说你先甭问了，三言两语说不清，我想叫你帮我个忙。胡小湖就说没问题，啥事情你说嘛。王小鱼吭吭哧哧地顿了顿，就说是这事，你能不能想办法给我先送三千元。胡小湖说可以，你人在哪儿？我往哪儿送？王小鱼那边就又顿了顿，接着就嘿嘿笑了笑，结结巴巴地说，派，派，派出所。完了像是想起了一件更为重要的事，补充说，记住了，这事就你和我知道，千万不敢让你嫂子知道了。胡小湖说哦，但语气里却就带出了一丝丝犹豫。王小鱼像是感到了什么，说你放心，钱我回去了以后就给你。胡小湖说不是钱的事，我担心店里走不开。王小鱼在电话那头就急了，说现在早过了高峰了，你编个理由赶快来。胡小湖嗯嗯啊啊地还想再说啥，那边王小鱼却像是被什么人催逼着，一句话还没说完整，电话就潦潦草草地挂掉了。

胡小湖握着手机再次回到桌前端起碗的时候，就显得心事重重的，手捏着一双筷子半天挑不起几条面。刘末末就扭过头来搭了腔，说谁的电话，几句话就把我兄弟魂魄勾了一样，吃个饭都神不守舍的？胡小湖抬起头推了推鼻梁上的眼镜，嘿嘿嘿就笑了，说嫂子真会开玩笑，没有啥，我吃完饭得出去一会儿，在想着怎样给你请假呢。刘末末说，嗨，我当是啥事呢，你有事出去就出去么，搞得这么紧张兮兮的干啥呀。胡小湖就笑着点了点头，拿起了筷子夹起几条面往嘴里吸。一碗面吃完刚要站起身，胡小湖听见刘末末的手机又火急火燎地响了起来。刘末末把手机刚刚贴到耳朵上，脸上唰地就起了一层霜。胡小湖听见刘末末说什么，什么？哦，哦，哦，知道了，那我马上去。紧接着就看见刘末末换了一件衣服背上了包，说我有事出去下。就急急忙忙地走出店门上了一辆载人摩托车。

刘末末前脚出了门，胡小湖后脚就出了店。胡小湖走出店门后特意绕到宿舍背了一个包，然后到镇中心农业银行的取款机上取了钱，就从包里取出一顶太阳帽往头上一扣，一路打问着朝派出所走。派出所门口对面有家小超市，胡小湖进到超市里买了一瓶水，就准备要往派出所里走。这时候他看见派出所一间房子的门帘一掀开，有几个身影就闪了出来。这几个人中有一个是位年轻的警察，另两个则正是王小鱼和刘末末。王小鱼低头纳闷地眼睛朝四处瞟，刘末末则一边和警察打招呼，一边一眼一眼地朝王小鱼身上剜。眼看着他们正在朝外边走，胡小湖一闪身就躲进了超市里。

胡小湖回到面馆后发现刘末末还没回来，就放下东西到厨房去忙活。忙活了整整一下午，也没见刘末末再回来。

6

刘末末那天一回到家就往床上扑通地躺下去，又拉开被子蒙住了头。王小鱼凑在床边一声一声地叫，说末末，末末，你千万甭生气，我的的确确是啥事也没干。刘末末躺在被窝里不说话，只见身上的被子起起伏伏的。王小鱼就揭开被子看刘末末，只见她眼睛红红肿肿的，眼泪流湿了半边脸。王小鱼就去扳刘末末的肩膀想扶她坐起来，刘末末一甩手就打到了王小鱼的手背上，说别动我，我嫌脏。王小鱼就住了手，往后退了一两步，举起巴掌往自己的脸上扇，说都怪王三军个狗日的，我不去不去他硬拉着去。又说末末我对你保证，去是去了，但的确没有干啥见不得人的事，你放心，我以后再也不会和王三军往一块儿钻了，我保证。

王小鱼在床边扇着自己的脸喋喋不休地保证着，刘末末躺在床上始终没吭声。晚上的时候，王小鱼到学校接回了孩子做好了饭，又走到床前叫刘末末吃。刘末末翻身下床穿好了鞋，两手抓着王小鱼就往门外推。王小鱼不明白怎么回事，稀里糊涂就被推到了门外边。刘末末在里面砰的一声关上了门，任王小鱼在外面再怎么敲就不是不去开。

王小鱼在门外站了一会儿眼看着叫开门没希望，嘴巴就凑到门板上，说末末你再甭生气了，你不让我进门我就不进了，你放心，明天我会按时带胡小湖去见刘小末的。说完了就又把耳朵凑到门板上听，见里面并没啥动静，就转过身快快地朝远处走。

王小鱼漫无目的地来到街上的时候，家家户户已经亮起了灯。身边的汽车一辆挨着一辆排成了队，灯光一闪一闪的，喇叭声高高低低地往人耳朵里钻。再抬头往四下里看，远远近近的彩色招牌五颜六色，明明灭灭的，看得人有些晕眩，感觉有些不真实。王小鱼就想起了几年前，那时候，这里还是一大片庄稼地，一到了晚上，天上的星星明明亮亮的，四周静悄悄的，一股子玉米的气息，麦子的气息，蔬菜的气息，清清凉凉的，一个劲儿往人鼻孔里钻，往人心肺里边渗；而田地里的蛙鸣，远处村庄的狗吠，清清楚楚地传过来，让人感觉在一片宁静中似乎能听到自己的心跳，看到自己的心跳。但是这些似乎只能留在了记忆里，今天好像是再也不存在了。

王小鱼百无聊赖地在街上转了一会儿，原想着顺便吃些饭的，却没有了食欲，脚步就自然而然地拐到了胡小湖的宿舍。胡小湖的宿舍是王小鱼给租的，就在面馆的二楼，原是打算让王月明和胡小湖公用的，但王月明家离得近，所以其实是胡小湖一个人住。王小鱼敲开门进去的时候，胡小湖正准备要睡觉，见是王小鱼，就往里边让。王小鱼进来往一张床上一平躺，说今晚上我就在你这里将就了。胡小湖心里边就明白了怎么回事，答了一声哦。就说下午是咋回事，我还没赶到嫂子就已经赶到了。王小鱼躺在床上叹了一口气，说这不怪你，我刚给你把电话打完没多久，那个警察就坚持要给家属打，结果就弄成了这样子。胡小湖说哦，我就说呢，咋能这么巧。说完了就又看了一眼王小鱼，问到底是啥事，咋就要交三千元？王小鱼躺在床上扭过头翻了胡小湖一眼，说你装不知道是不是？还不就是男女那种事。胡小湖嘿嘿就怪笑了一声，说小鱼哥你也真是的，你真的那个了？王小鱼嘿嘿就苦笑了一下，说哪个啥呢？啥也没干成就是惹了一身骚！

王小鱼说那天上午他又见到了王三军，王三军对他说镇上的一个洗浴城新开业，里面有几个小姐人不错，应该去看一看学习些经验。王小鱼说他本来不打算去，可是王三军连哄带骗地说，你不去除非你将来的那个副经理不想干了；再说了又不是要你掏钱，不去也是白不去。就硬拽了王小鱼往进走。刚一进门王三军的手机就响了，他嗯嗯啊啊地接完了，就对王小鱼说老板打电话找他有要事，说你就一个人独自玩儿吧。说完了又对领班的女子大声地交代，说去找几个最好的，把我兄弟招呼好。说完了扭屁股就朝外面走。王小鱼稀里糊涂地刚在沙发上坐下身，领班的就带了两个身材丰满的女子走进来。女子扭着腰浅笑着，一边叫着大哥一边一左一右就在王小鱼的两个大腿上坐了，手在他的脸上身上胡乱摸。王小鱼迷迷瞪瞪地想要站起来，包间的门砰的一声就被撞开了，三四个警察不容分说就把他们全都带到了派出所。

这就叫狗肉没吃成反倒惹了一身骚。王小鱼嘿嘿苦笑着对胡小湖说。

胡小湖也嘿嘿笑了笑。说小鱼哥说句你不爱听的话，那些事不是你这样的人能干的，听兄弟一句话，你还是老老实实地和嫂子经营你的扯面馆。王小鱼唉地叹了一口气，说也是啊，可是谁知道你嫂子会不会让我过这一关。胡小湖说嫂子这人你应该最了解，你真的和那些人断了往来我觉得嫂子这边应该也会没问题。王小鱼说但愿吧。就打了一个呵欠，说不说了睡睡睡。就拉开了被子摆好了枕头。刚要躺下的时候好像想起了一件事，说对了，我睡觉呼噜打得像打雷，要不是这，你先瞌睡，你睡着了我再睡。胡小湖说好。就关了灯脱衣服钻进了被窝。

7

王小鱼在黑暗里拿着手机玩了一会儿，耳边就响起了胡小湖的呼噜声，忍不住就笑了一下，心想着这小子可能不知道自己也打呼噜，居然还毫不谦让地先睡了。放下手机把被子往身上盖好了，闭上了眼睛刚要睡，却听见胡小湖在说话。胡小湖说钱，我只要钱。王小鱼心想这家伙原来没睡着啊，就问你要钱弄啥呀？胡小湖说我要钱救命，救英子的命。王小鱼就问英子是谁？胡小湖说你往后退，往后退，我只要钱，我不想伤害你。王小鱼听着感觉不对劲儿，就伸出胳膊捅了捅旁边床上的胡小湖，说醒醒，醒醒，乱七八糟胡说啥呢？胡小湖迷迷瞪瞪地嗯了一声，拧过身呼呼地又睡过去了。

王小鱼躺在床上摇了摇头，闭上了眼睛继续等瞌睡，好半天却怎么也不见瞌睡来找他。

第二天早上看见胡小湖正在门口洗脸刷牙，王小鱼就打着呵欠，说我只说我睡觉打呼噜，没想到你呼噜打得并不比我差，不但打呼噜还说胡话，害得我半天都睡不着。胡小湖正在刷牙的刷子就在嘴里停住了，扭过头说真的？那我都说了啥胡话？王小鱼翻身起了床，说咕咕哝哝的，谁能听见你具体说了些啥。胡小湖就不好意思地笑了笑，说我还以为我不打呼噜呢，谁知道会是这样子。王小鱼穿好了衣服蹬上了鞋，说好了好了，不说了，不说了，你快些准备下，上午我开车带你去相亲，这事情要是办不好，谁知道你嫂子还会咋样收拾我。胡小湖嘿嘿笑了笑，说哦，知道了。

相亲的地方约在古城市护城河边的一处茶秀里，主要是考虑离刘小末打工的地方近。古城市离柳街镇也就是四五十里路，王小鱼开车拉着胡小湖提前半个多小时就赶到了。这家茶秀就开在护城河边，隔着窗子就能清清楚楚地看见护城河。护城河两岸的景观树绿莹莹的，河里新注入了水，清亮亮的，有几艘刚刚添置的游船载着一些客人在水面上轻轻地游。王小鱼朝窗外看了一会儿，说这地方现如今修得真不错，就顺手把抽了半截的烟头要往窗外扔。胡小湖看见了急忙走过来，接住了王小鱼手里的烟头，说烟灰缸，还是扔到烟灰缸吧。王小鱼看着胡小湖就笑了，说我兄弟果然素质高。

两个人要了一壶茶一碟西瓜子，喝着聊着正等着刘小末，忽然就听见护城河岸边有人大声地喊有人落水了，谁会游泳快救命。王小鱼隔着窗子正要朝护城河边看，胡小湖就站起来一阵风似的出了茶秀往护城河边跑。王小鱼愣了一会儿神，嘟囔了一句说这小子，跑得那么快，都不知道自己是干啥来了吧。就也出了茶秀的门往护城河边跑。

王小鱼跑到护城河边的时候，看见胡小湖已经脱下了外衣甩掉了鞋，正光赤着身子往护城河里跳。护城河边围了一大圈的人，有人在张着嘴大声叫喊着，有人在伸着手焦急地指点着，吵吵嚷嚷的听得人一颗心禁不住要往嗓子眼跳。胡小湖跳入护城河的一瞬间激起了一波巨大的水花，紧接着就看见他挥动着双臂奋力地朝落水者游。落水者明显是位女子，她的长发在水面散开来，两只手扑腾着，脑袋一会儿冒上来，一会儿沉下去，引得岸上喊的声音一会儿高，一会儿低的，像是被她的沉浮牵拽着，指挥着。胡小湖很快地游到了女子的身边，他伸出一只手刚要抓女子，女子漫无目的两只手却正好已经搂住了他的腰。胡小湖在水里打了个旋，挣脱掉女子的双手，一伸胳膊就把女子夹到了腋下，掉转头就往岸边游。岸边的河壁是水泥抹光的，胡小湖游到了岸边伸出手却不知道往哪里抓，就只能在岸边焦急地徘徊着。这时候一个中年男子伸下了一根竹竿，说抓住，抓住，快抓住。胡小湖一只胳膊夹着女子，另一只胳膊就伸出去一把抓住了竹竿。这时候岸边又伸出了无数双手，大家七手八脚地就把胡小湖和女子拉上了岸。

胡小湖爬上岸还没站稳，一辆救护车呜呜呜地叫着就开了来，一辆巡逻的警车也鸣着警笛停下了，招呼着众人七手八脚地把女子往救护车上抬。四五个扛着摄像机照相机的记者不知道从哪儿冒了出来，举着手里的机器这儿拍拍，那儿照照，抓住一个个目击者问东问西的在采访。一个白头发的老者被问得不耐烦，说问我们这些围观的人有啥用，把那个救人的小伙子一采访不就啥事都知道了。记者们互相看一眼，如梦初醒地转动着脑袋四处寻找救人者。

胡小湖这时候已经悄悄溜出了人群，浑身颤抖着一边穿着衣服一边叫王小鱼赶快走。王小鱼说着急啥，你这小伙子咋是这，做好事时积极得跟啥一样，咋做完了好事又像是做了贼，反倒怕见人了。胡小湖擦了一把潮湿的头发刚要说啥，就听见几个记者挤出了人群四下里喊，说救人的英雄在哪儿？有哪一位看见了？王小鱼就踮起了脚尖挥着手，说在这儿呢，在这儿呢。还没等胡小湖反应过来，四五个记者已经飞奔到了他跟前，长枪短炮地对着他，一边拍照摄像，一边七嘴八舌地询问着你叫啥，哪儿人，你救人的时候想没想过自己会有啥危险。胡小湖扭着头抬起一只手遮着脸，说没有啥，没有啥，我就是走到这碰见这事了，实在是没有啥说的。说着就拽住了王小鱼大步往远处走。几个记者显然对胡小湖的回答不满意，七嘴八舌的还有啥问题要提问，却看见胡小湖已经走远了，就摇头晃脑地直感叹，说做了好事不留名，这样的好典型一定要好好地宣传。

胡小湖拉着王小鱼一直跑出了记者的视线才停下来，王小鱼就喘着气，说你看你走得着急的，好像是后边有老虎撵。就在路边蹲下来，掏出一支烟点燃了吸。吸了几口觉得不对头，就仰了头看胡小湖，说完了，完了，咱今天跑来干啥来了？这离约定的时间怕是早都过了。说着就从兜里掏出手机看，见上面显示着两条未接。一个是老婆刘末末打来的，另一个是妻妹刘小末打来的。就赶忙先给刘末末回了过去，说是手机也不知道咋的，调成了振动，所以刚才的电话没接着。刘末末问说你们现在在哪儿？王小鱼就说了地方，并把刚才胡小湖救人的事绘声绘色地讲了一遍，完了叹息说光顾了救人做好事，却把约会见面的事情给耽误了，就问刘末末该怎么办。刘末末说小末刚才来电话，说她单位临时有急事没去成，我还担心你们在那儿死等呢，那就这样，重新再约时间吧。王小鱼说哦，就挂了电话对胡小湖笑了笑，说也好，亲没相成，就权当来专门做好事了。胡小湖没说话。

两人回到茶秀付了钱又开了车往回走，胡小湖一路上就低着脑袋不说话。王小鱼扭头看了看副驾上的胡小湖，说没彩，愁眉苦脸的干啥，这次没相成不是还要另约时间再相么，这么低头纳闷的算咋回事。胡小湖脸上的肌肉一抽搐，嘴里就嘿嘿地发了一声笑。王小鱼说就是么，咱现在咋说也是救人的英雄呢，电视一播，报纸一登，那跟在你后边的还不一排一排的。这么说着，王小鱼自己先笑了笑，笑完了又抱怨，说你当时说了名字好好地接受采访该多好，好不容易上回报纸电视的，却没名字，还遮着半边脸，多可惜。王小鱼说完咂了咂嘴，再看胡小湖时，却看见他把头扭向了窗外，看不清脸上是啥表情。

8

第二天早上王小鱼买了菜早早地就来到了店里。一进店，他就举着一沓报纸大呼小叫地冲着刘末末王月明和赵蕊蕊喊，说昨晚的电视新闻你们看了没，今天古城的几家报纸可是都登了，有文字，有照片，快看，快看。就把几份报纸往几个人的手里递。几个人接过报纸展开了看，几乎不约而同地都看到了胡小湖头上湿漉漉的，手遮着半边脸接受采访的照片，上面的大标题大同小异，全是什么“小伙子勇救落水者不留名”“无名英雄救起落水女悄悄离开”等等等等。赵蕊蕊看着看着就笑了，说小湖哥照片上了报纸还挺帅的哦。王月明说那是，小湖哥这下成名人了，咱一会儿得让他请客。赵蕊蕊就附和，说对对对，请客，请客，一定得请客。

王小鱼嘻嘻哈哈的，好像登了报纸的是他自己，眉飞色舞地把昨天在护城河边救人的事情原原本本地又学说了一遍，然后一会儿看看这个，一会儿看看那个，好像是在检验自己的演讲水平是不是达到了预期的效果。刘末末手里拿着报纸说好样的，小胡还真是好样的。就看了王小鱼一眼，脸上终于露了一丝笑。王小鱼就像是受到了鼓舞，哈哈笑着就朝厨房里喊，说小湖，小湖，大家都在这夸你呢，你还待在里面不出来？刘末末说别喊了，小湖可能是累了，到现在还没到店里来。王小鱼就哦了一声，说也是，也是，咱们的救人英雄辛苦了，就让多睡一会儿没有啥，没有啥。

九点多没有来，十点多没有来，十一点的时候刘末末就觉得有些怪，说小湖到店里三四个月了，基本上每天都是八点半准时到，今天这是怎么了，十一点了还不见来。就让王小鱼到楼上去看一看，王小鱼噔噔噔地来到了胡小湖的宿舍前，却发现宿舍门冷冰冰地挂着一把锁。王小鱼一下子就蒙了，手拍着脑袋就在门边左右看。他看见窗台上放了一块砖，砖下面露出了一截钥匙链，就拿出钥匙开了门，进去后就发现胡小湖的床铺收拾得光光净净的，床板下横七竖八地扔着一地的烟头。怪了，这小湖原本不抽烟，这烟头是咋回事？人又怎么突然就不见了？王小鱼就掏出了手机给胡小湖打，但听筒里传来的提示是空号。王小鱼一时就糊涂了。

王小鱼满腹疑惑地回到面馆对刘末末一说，刘末末站在那里也呆愣愣地说不出话。王月明和赵蕊蕊似乎觉出了什么，就围拢过来问是咋回事。刘末末和缓了一下表情说没事，没事，各人都先干各人的活。支走了王月明和赵蕊蕊，刘末末又对王小鱼说，你先到厨房里帮着做些事，再等等看到底是咋回事。

一直等到了晚上要关门，还是不见胡小湖有消息。王小鱼就一口一口地吸着烟，说咋回事，好好地么，咋就任何招呼也不打就消失了？难道咱有啥地方做得对不起人？刘末末说怎么会？我思来想去咱们也没有啥地方过分的啊。话刚一落点，就听见王小鱼的手机响了一下。王小鱼迟疑着掏出了手机，按了一下键，眼光就亮了，说小湖，信息是小湖发来的。刘末末就赶紧凑过去看。只见屏幕上就密密麻麻地显示了几行字：小鱼哥，嫂子，我走了，我到我该去的地方去了。请原谅我的不辞而别，你们都是好人，感谢你们收留了我，让我度过了一段难忘的时光。别问我为什么，我的事情你们将来也许会知道，也许永远不知道，这不重要。这是我最后一次用这个号。哥，嫂，祝福你们，好好过。

刘末末看着看着眼睛不由自主地就湿润了，愣了一会儿，提醒王小鱼赶快按这个号往过打，王小鱼急忙按了键，提示音显示又成了空号。两个人就你看着我，我看着你，各自心里边都空落落的，不知道该说什么好。

幸亏王月明已基本上熟练了扯面的技术，王小鱼在一旁再搭个手，面馆的生意还算稳定地朝前走。这一天面馆里走进来两个警察，一进来就喊王小鱼。王小鱼懵懵懂懂地问啥事，两个警察就掏出了工作证，说他们是分局的，唐老板唐良运和王三军涉嫌诈骗已被捕，现在找王小鱼是要落实些证据。王小鱼用一个上午的时间回答了警察的提问，送走警察后他就擦着头上的汗对刘末末笑，说老婆，还是你说得对，今后我就在咱的店里老老实实干活哪也不去了，刘末末哼了一声，谁管你。

一个月以后的一天早上，几个人在店里一边干着活一边看电视，一档子新闻纪实栏目就引起了刘末末的注意。那期节目是口播，说是凤城县珠宝店被窃案侦破了，案犯叫谷向阳，三十五岁，此前是一所中学的体育教师，后来留职停薪和妻子开了一家扯面馆。扯面馆生意做得正红火，谷向阳又和别人开了一家洗浴城，随着生意越做越大，野心也越来越大，又投资开了一家娱乐城，不料由于经营失误最后欠了一屁股债。恰恰他妻子此时查出了白血病，几十万的手术费成了摆在面前最大的难题。走投无路的谷向阳为给妻子治病，最终把手伸向了珠宝店。谷向阳作案后逃逸四个多月，于一月前，终于顶不住强大的压力投案自首。

节目在最后还出现了嫌犯谷向阳戴着手铐的照片，刘末末突然发现剃着光头的谷向阳有些像胡小湖，但因为画面只是闪了一下，这让她始终不能确定自己是不是看错了。这画面王小鱼正好也看到了，而且他还禁不住啊地叫出了声。刘末末看着张大嘴巴的王小鱼，说这不可能。王小鱼看着满脸狐疑的刘末末木呆呆地愣了大半天，终于坚决地摇了摇头，也说不可能，绝对不可能。

又沉默了半天，王小鱼说不对，我得去凤城县看一看。刘末末说嗯，一定得去看一看。

后　记

爱上文学，应该是少年时候的事了。那时候，我一心一意地想成为一个作家。在我天真得近乎幼稚的想象里，仿佛只有作家才是天底下最神圣最伟大的职业，其余的都无足轻重了。因了这样的想法，我在上课的时候偷偷摸摸地看课外书，在上自习的时候理直气壮地“搞创作”。结果是，我自然没能成为一个好学生。

后来到了部队——之所以到部队似乎还是因为爱文学。那个年代有一本描写军营生活的小说很出名，这使我坚定地认为军营一定是一块可以成长出作家的肥沃土壤。我在训练的间隙，甚至在老山前线的猫耳洞里写诗歌，写散文，写小说。也正是因为那些文字，从前线归来后我也得以从一个基层连队的士兵调到了政治部宣传科耍起了“笔杆子”。我在宣传科主要的任务是写“本报讯”，但我很快地发现我对诗歌散文小说的兴趣要远远地大于“本报讯”。有好长一段时间里我披着新闻的外衣干着文学的“勾当”，就像是一个用情不专的男人，守着自己的婆娘却总惦记着别人的女人，这使我感到不安，让领导感到愤怒，一句“不务正业”定义了我最终没能成为一个好士兵。

再后来娶妻生子——一个男人的成熟好像是从娶妻生子后才开始的。虽然依然做着作家梦，但养孩子，买房子，过日子自然占据了我的大量精力，写作不得不成了解决生存问题之外的一件奢侈事情。从二十多岁到四十岁，我的写作处于时断时续状态。

四十岁好像是个转折点，这一年我不可救药地又一次投奔了文学。人一过四十，鼓起来的是肚腹，消减的是一些轻狂的念头。往前边看往往会为年轻时候的一些想法感到脸红，再往后边看看，就会为以后的道路多些切合实际的打算——这也是由性情的改变而改变的吧，经见了更多的人和事，明白了一些只有到了这个年纪才能明白的道理，就知晓了自己是个什么样的材料，能做成什么样的事情。也就抛却了那些花里胡哨的想法，远离了那种高深玄秘的概念，喜欢写自己熟悉的事，说自己熟悉的话。就像是乡村地头长出的一棵树，你可以把它移栽到城市的公园里、马路边，但它本质上还是一棵乡村的树，而长不成一朵城市里的花。我在乡村生活了十几二十年，恰恰是这十几二十年在我的身上生成了一种无法改变的基因，因此，再次投奔文学后我依然关注的是乡村的人，乡村的事。我发现我一说乡村的人、乡村的事就有感觉，就像是唱歌找对了调门，跳舞踏对了鼓点，写的时候自己觉得自然，想必别人看着也不会觉得太别扭。这一年开始，可能是上苍眷顾我，我写作并发表了一批农村题材的散文和小说。我写的都是小题材，我说的大多是家常事；我好像也厌弃了那种故作高深的卖弄和华丽宏大的虚浮，我只想沉入我经历过或正在经历的生活中，去发现发掘出一点一滴的感动、温暖和善良，然后经由理性的思辨、诗意的表达将其呈现出来，让人们在紧张焦虑的围困中能够得到舒缓的呼吸和些许的抚慰。需要说明的是，和众多农村题材作品厚重严谨的写实风格不同，更多的时候，我可能更看重我的体验，我的感受；我写一棵树可能不是在写一棵树，我写一只鸟可能不是在写一只鸟，它们一定是对应了一个人，一些人，一些事；它们只是我拿来寄托某些想法，某些主张的一个载体，是被自我化了的物象。就好像是一堆大白菜大萝卜，在经过清洗腌制之后，可能还是白菜萝卜的形状，但显然已经完全不是白菜萝卜的味道了。

当然，文学肯定还有大命题、大视野、大手笔，但那是大家们的事，我所能做到的，如此而已。

幸运的是，这些作品有的获了奖，有的被各种选刊转载，还有的被选进了几种教辅和考试题。这对我当然是一个鼓励。对我更大的鼓励是“陕西省百名青年文艺家扶持计划”纳入了我。在这个计划实施的过程中，我有幸参加了鲁迅文学院陕西中青年作家研修班的学习，见到了好多令人尊敬的文坛大腕，并亲耳聆听了他们的精彩讲座；陕西文学院为我们组织了多场研讨活动，为我们在大刊上组织专辑，并且聘请了著名作家贾平凹先生担任我的导师。所有这些对我不但是一种精神上的鼓舞，更是一种技术上的提升。因此，我没有理由不认真写作，勤奋写作。

现在，当我把这几年陆续发表的小说结成集子的时候，除了一点儿小小的喜悦，更多的却是羞涩和胆怯。我想起来在一次陕西青年作家作品研讨会上，有位评论家说，在陕西搞写作是幸运的，也是不幸的。幸运的是陕西名家众多，不幸的也是陕西名家众多。的确，在陕西这块有着深厚文化积淀和优良文学传统的土地上，众多大家无疑会提供给我们丰厚的营养和无私的扶携，但其耀眼的光芒也足以令我们感到晕眩和自卑。就像一个矮个子被几个巨人扶着走，巨人越高大，矮子越显矮。这不关巨人高大，只关乎矮子太矮。

因此，我不敢妄言我写得有多么优秀，多么出色，但我知道我在写作这些篇目的时候是用心的，认真的。作为自己的第一本小说集，自信也罢，自卑也罢，内心里的偏爱却是在所难免的。就像是一个母亲生出的一群娃，别人再怎么觉得像丑八怪，但在母亲的心里眼里一定是俊秀的、聪颖的。

几年前有位著名作家说过一句心里话，大意是说对大多数人而言，文学其实只是一种爱好。我信这话。在文学朝圣的羊肠小道上，往往是上路时轰轰烈烈熙熙攘攘，但真正攀上山顶者毕竟是少之又少。然而我又固执地认为，攀上山顶的固然值得敬仰，但谁又能说一直跋涉在路上的就毫无意义？这就好比修行，有的人修行修成了佛，有些人虽然没修成佛但却修成了一颗向佛的心。

我记得有人说过写作是种瘾，还有人说过写作是一种病。有瘾也罢，有病也罢，反正是戒不掉，治不好的。那么，写作这条路我会一直走下去，能走多远是多远，直到走不动，不能走。

感谢陕西文学院的领导和老师，感谢作家出版社的编辑老师，是你们的努力使我这本小说集得以面世；感谢读过我的小说和将要读我小说的朋友们，是你们的关注令我有了坚持下去的底气和勇气；感谢那些给过我这样那样帮助的亲人、朋友；感谢我单位的领导和同事，是你们的宽容支持让我在干好工作的同时，能够走一走神，做一做梦。

真诚地感谢大家！

2015年3月

图书在版编目（CIP）数据

和杨旦没完 / 王宏哲 著. -- 北京：作家出版社，2015. 9
（文学陕军新梯队作家书系）
ISBN 978-7-5063-8358-5

Ⅰ. ①和… Ⅱ. ①王… Ⅲ. ①中篇小说 - 小说集 - 中国 - 当代 ②短篇小说 - 小说集 - 中国 - 当代 Ⅳ. ①I247.7

中国版本图书馆CIP数据核字（2015）第232445号

和杨旦没完

作　　者： 王宏哲
责任编辑： 秦　悦
特约编辑： 冉晓雄
装帧设计： 回归线视觉传达
出版发行： 作家出版社
社　　址： 北京农展馆南里10号　　**邮　　编：** 100125
电话传真： 86-10-65930756（出版发行部）
86-10-65004079（总编室）
86-10-65015116（邮购部）
E-mail:zuojia@zuojia.net.cn
http://www.haozuojia.com（作家在线）
印　　刷： 三河市紫恒印装有限公司
成品尺寸： 152×230
字　　数： 212千
印　　张： 16.25
版　　次： 2015年10月第1版
印　　次： 2015年10月第1次印刷
ISBN 978-7-5063-8358-5
定　　价： 45.00元
